AF219304

Michèle Voigt

Kind der 90er

Buchbeschreibung:

Julia ist Ehefrau und Mutter und eigentlich ist ihr Leben perfekt. Aber irgendwie ist da trotzdem so ein Gefühl, etwas verpasst zu haben.

Sie fühlt sich in ihrer Mutterrolle gefangen und sehnt sich nach Freiheit, Spaß, Abenteuern und der glücklichen Zeit in den 90ern, als sie jung war, das Leben bunt und sie jeden Tag Spaß mit ihrer Clique hatte.

Auf einer 90er Party trifft sie Jannis, ihre Jugendliebe. Er scheint ihr all das bieten zu können, was ihr in ihrem Leben fehlt. Eine Achterbahn der Gefühle beginnt.

Ein berührender Liebesroman über die Vergangenheit, die Zukunft und verpasste Träume. Zwischen Bravo Hits, grenzenloser Freiheit, unbeschwerten Nächten und dem Alltag einer berufstätigen Mutter.

90er-Feeling garantiert!

Über die Autorin:

Michèle Voigt ist 1984 geboren und somit ein echtes Kind der 90er. Sie lebt mit ihrem Mann und den drei Söhnen im Odenwald.

Sie ist Physiotherapeutin und Fußpflegerin. Kind der 90er ist ihr erster Roman.

Mehr zum Thema 90er Jahre finden Sie unter www.kind-der-90er.de

Kind der 90er

Von Michèle Voigt

Bibliografische Information der Deutschen Nationalbibliothek:
Die Deutsche Nationalbibliothek verzeichnet diese Publikation
in der Deutschen Nationalbibliografie; detaillierte
bibliografische Daten sind im Internet über http://dnb.dnb.de
abrufbar.

1. Auflage, 2020
© 2020 Michèle Voigt – alle Rechte vorbehalten.

Lektorat: Eva Maria Nielsen - Lektorat Der rote Faden
Cover: Rocío Martín Osuna
Buchsatz: Fabian Zentel - Bookerfly Club
Herstellung und Verlag: BoD – Books on Demand, Norderstedt
ISBN Taschenbuch: 978-3-7519-6915-4

AN ALLE KINDER DER 90ER

Kapitel 1

»Jetzt ist es aber gut! Ihr streitet euch ununterbrochen und brüllt herum, ich kann mich nicht auf das Autofahren konzentrieren.«

»Aber Franz hat meine Lieblingskarte und gibt sie mir nicht zurück!«

»Und Maximilian hat gesagt, ich darf sie mir kurz ausleihen.«

»Ja, kurz, aber hast du sie schon ewig, gib sie wieder her!«

»Stimmt gar nicht! Ich habe sie noch nicht lange. Mama, ich habe die Karte wirklich noch nicht lange.«

»Doch, hast du. Gib her!«

»Aua, du tust mir weh. Mama, Max hat mich gezwickt.«

»Jungs, seid ihr noch zu retten? Wenn nicht augenblicklich Ruhe ist, schmeiße ich diese doofe Karte in den Müll und dann hat sie keiner!«

»Mama, du bist gemein!«, jammert Maximilian, mein ältester Sohn.

»Ja, echt voll gemein«, stimmt Franz seinem großen Bruder bei.

»Jungs, hört mir mal zu! Ihr seid müde und ich bin müde. Ihr habt Hunger und ich habe Hunger. Also lasst uns friedlich nach Hause fahren, Mittagessen und dann ein bisschen chillen, okay? Und ich will keinen Mucks hören. Versprochen?«

»Ja, aber Franz soll mir trotzdem meine Karte geben.«

Ich starte den Wagen und will endlich nach Hause fahren, aber ich merke sofort, dass der Straßengraben, in dem ich meinen ungeplanten Stopp gemacht habe, viel zu matschig und rutschig ist. Ich fahr vor und zurück, vor und zurück, aber das Auto gräbt sich nur tiefer in den Schlamm. Keine Chance, wir stecken fest. Wütend hämmere ich auf dem Lenkrad herum und drücke auf den Warnblinker.

»Scheiße!«

»Scheiße sagt man nicht«, meldet sich ein dünnes Stimmchen von der Rückbank.

»ICH darf das«, schreie ich nach hinten und überlege verzweifelt, was ich denn machen soll. ADAC? Einen Bauern aus der Umgebung fragen? Oh man, was soll denn heute noch passieren?

Der Tag fing schon schrecklich an. Ich hatte vergessen Kaffee zu kaufen, und dementsprechend fehlte heute Morgen mein absolutes Lebensexelier. Dann noch die üblichen Diskussionen mit den Kindern, warum man im Mai keinen Schneeanzug anziehen kann und der 7-jährige Maximilian beschwerte sich, dass er immer nur Käsebrote in seiner Brotdose hat.

Bei der Arbeit war viel los. Mein Kollege Bernd hatte sich krankgemeldet. Patienten mussten verschoben oder abgesagt werden. Zu guter Letzt drückte mir meine Chefin noch einen zusätzlichen Patienten aufs Auge und ich kam fast zu spät in den Kindergarten und die Schule, um meine motzenden Kinder abzuholen. Und jetzt das hier. Ich lege meine Stirn auf das kühle Lenkrad. Wenigstens sind Max und Franz ruhig, vermutlich haben sie den Ernst der Lage bemerkt und eingesehen, dass es nicht die beste Idee ist, mich noch mehr zu reizen.

Warum passiert immer mir so was? Ich raufe mir die Haare. Zum Haare waschen hat die Zeit auch nicht mehr gereicht und ich habe das Schlimmste mit einem bunten Haarband kaschiert. Ich schaue mich im Rückspiegel an. Die Frau, die mich da anstarrt, gefällt mir nicht besonders. Zerzauste Haare, dunkle Schatten unter den Augen. Mein halbherziger Versuch, mein Gesicht mit Concealer, Puder und Wimperntusche zu pimpen, ist heute ziemlich in die Hose gegangen. Aber das ist egal. Ich atme tief durch und steige aus dem Auto. »Ganz toll gemacht, Julia«, sage ich zu mir selbst, als ich sehe, was ich da angerichtet habe.

Die Räder meines Autos haben sich 20 cm in den Matsch gegraben und ein Anblick des Grauens hinterlassen. Es schüttet und ich werde sofort klatschnass. Am liebsten würde ich mich hier hinlegen und heulen. Ich klettere zurück ins Auto und suche das Handy. Vielleicht hat Bente eine Idee, wie ich am schnellsten aus diesem Schlamassel rauskomme. Aber anstelle meines Mannes erreiche ich, mal wieder, nur seine Sekretärin.

»Ihr Mann ist gerade in einer wichtigen Besprechung, Frau Peters. Ist es dringend? Soll ich ihm was ausrichten?«

Ich lege wütend auf. Nie ist er zu sprechen. Immer ist sein Job wichtiger. Bente ist Filialleiter der örtlichen Volksbank und ziemlich eingespannt. Er hat die Chance, stellvertretender Direktor zu werden und muss daher wichtige Projekte übernehmen. Ich verstehe das ja alles und will ihn unterstützen, aber gerade jetzt könnte ich seine Unterstützung mal brauchen. Nur so zur Abwechslung. Ich komme mir in letzter Zeit ziemlich allein gelassen vor.

Glücklicherweise ist es auf der Rückbank ruhig. Ich will gerade die Nummer vom ADAC wählen, als ein Auto anhält. Ein junger Mann in Bauarbeiterkleidung steigt aus seinem Pick-up und kommt auf mich zu.

»Kann ich Ihnen helfen?«, fragt er und grinst.

»Das wär nicht schlecht«, antworte ich etwas verlegen.

Mein Retter holt ein Seil aus seinem Wagen und befestigt es an unserem und mit einem beherzten Ruck zieht er den Kleinwagen aus dem Schlamm. Erleichtert bedanke ich mich und mache mich auf den Heimweg. Kaum rollt der Wagen wieder und die Gefahr ist gebannt, quengelt es auf dem Rücksitz weiter. Unglaublich, es geht immer noch um diese dämliche Sammelkarte.

Ich stelle das Radio lauter, um das Gezanke meiner Kinder nicht zu hören. Wow, sie spielen *Rhythm Is a Dancer* von *Snap!* Ich drehe noch ein bisschen lauter und muss, trotz meiner miesen Laune, mitsingen.

Meine Gedanken schweifen ab in meine Jugend, als ich mit ausgefranster Jeans, abgeschnittenem T-Shirt und kleinen Zöpfchen vor dem Spiegel zu diesem Song getanzt habe. Damals war ich 8 oder 9 Jahre alt und die Welt war noch in Ordnung. Zusammen mit meinen Freundinnen haben wir die aktuelle Bravo-Hits-CD gehört und Disco gespielt. Die Hits der frühen 90er Jahre dudelten in meinem Zimmer und ich sang sie alle mit: *It's My Life* von *Dr. Alban, What Is Love* von *Haddaway*, *All That She Wants* von *Ace Of Base*, *Mr. Vain* von *Culture Beat*, *Whithout You* von *Mariah Carey*, *Cotton Eye Joe* von *Rednex*, *No Limit* von *2 Unlimited*, *Die da!* von den *Fanta 4* und wie sie alle hießen. Ich kannte alle Songs auswendig, auch wenn ich nicht wusste, was das alles bedeutet. Ich fühlte mich dazugehörig und war glücklich in meiner kleinen, heilen Welt.

Kapitel 2

Es ist Dienstag. Der Tag nach der Auto-im-Graben-Katastrophe. Ich habe Bente, als er nach Hause kam, die Geschichte erzählt und auf aufmunternde und tröstende Worte gehofft. Dass er Verständnis dafür hat, unter welchem Stress und Druck ich Tag für Tag stehe. Ich dachte, er kann vielleicht sehen, wie anstrengend ein Leben als berufstätige Mama, Ehefrau und »Kopf« der Familie ist. Aber falsch gedacht. Außer dem doofen Kommentar, warum ich überhaupt angehalten habe, kam von meinem lieben Gatten gar nichts.

Enttäuscht verkrümelte ich mich ins Schlafzimmer, um mein Leid meinem geliebten Tagebuch anzuvertrauen.

Tagebücher sind meine Leidenschaft. Seit ich 9 bin, schreibe ich fast täglich meine Gedanken, Sorgen und Pläne in ein Notizbuch. Keine Ahnung, wie viele der Bücher ich schon gefüllt habe.

An mein allererstes Tagebuch erinnere ich mich noch genau. Pink und lila und vorn war eine Diddl-Maus mit einem Kuli in der Hand. Meine beste Freundin Nina hat es mir zu meinem 9. Geburtstag geschenkt. Da entdeckte ich meine Leidenschaft fürs Schreiben. Eine große Liebe war geboren. Nämlich zwischen mir und der Diddl-Maus. In den nächsten Jahren verwandelte sich mein Kinderzimmer in eine riesige Diddl-Sammlung.

Ich hatte alles: von Plüschtieren aller Art, über Geldbeutel, Täschchen, Stiften, Karten, Stickern, Postern, bis hin zu Brotbüchsen und Trinkflaschen. Sogar eine Diddl-Tapete zierte mein Zimmer. Ich verehrte das Mäuschen mit den großen Füßen. Meine Schulhefte waren mit Diddl-Schutzumschlägen versehen und auf meinem Schreibblock prangte die Maus auch. Jeder Pfennig meines Taschengeldes wanderte in die Geschenkboutique unseres Ortes und wurde dort in Diddl getauscht.

Für meine Eltern war das eine schreckliche Zeit. Sie atmeten erleichtert auf, als mir das Ganze mit 11 total peinlich wurde und ich alles aus meinem Zimmer verbannte, um ein cooles Jugendzimmer herzurichten.

Die einzigen Zeugen, die diesen Wahn unbeschadet überlebt haben, sind drei Diddl-Tagebücher. Ich habe alle Tagebücher aufgehoben und könnte die letzten 29 Jahre meines Lebens einfach nachlesen. Manchmal blättere ich in den Heften und wundere mich, was alles passiert ist. An vieles erinnere ich mich nicht mehr, obwohl es damals so unglaublich wichtig war. Manches kann man viel besser betrachten, wenn man es aufschreibt.

Besonders, als ich wegen meiner Ausbildung drei Jahre allein in Hamburg gewohnt habe. Dort kannte ich, außer meinen Arbeits- und Schulkollegen, niemanden und fühlte mich fremd in dieser Metropole. So weit weg von zu Hause, von Freunden und Familie. Richtig wohl fühlte ich mich dort erst nicht. Umso mehr stürzte ich mich in meine Tagebücher und schrieb mir allen Frust von der Seele.

So auch gestern Abend. Ich habe die Auto-Katastrophe aufgeschrieben und musste beim Lesen schmunzeln. So schlimm war es gar nicht.

Jetzt tut es mir fast leid, dass ich Bente blöd angemacht habe.

Ich stehe immer unter Zeitdruck, komme chronisch zu spät, habe tausend Dinge im Kopf, die noch zu erledigen sind. Das Quengeln der Kinder gibt mir den Rest und bringt meistens das Fass zum Überlaufen.

»Heute bin ich gelassener und plane meine Zeit besser«, nehme ich mir vor.

Im Bad klappt das super, ich wasche meine Haare und flechte mir einen Zopf. So spare ich Zeit, die ich sonst mit föhnen vergeude. Ein bisschen getönte Tagescreme und Wimperntusche reicht, beschließe ich. Dann nehme ich mir meine Lieblingsjeans aus dem Schrank und greife nach irgendeinem T-Shirt. Ist völlig egal, ob das Shirt blau, weiß oder schwarz ist. Bei der Arbeit trage ich meine Dienstkleidung, weiße Jogginghose und hellblaues Poloshirt.

Zum Frühstück gibt es Cornflakes, die sind schnell auf den Tisch gestellt. Genauso handhabe ich es mit den Brotdosen für die Schule und die Kita. Es gibt in der Frühstückspause die Reste des Käse-Schinken-Toasts von gestern Abend. Die Kinder werden sich freuen und die Erzieherinnen und Lehrer darüber hinwegsehen können. Für das gute Gewissen packe ich noch ein paar Trauben in die Boxen. Fertig.

Der Kaffee braucht noch ein paar Minuten, also erst die Kids wecken. Das hasse ich. Sie sind solche Morgenmuffel. Ein falsches Wort, und der Tag ist im Eimer. Ich sage oder mache immer was Falsches. Entweder ist der Lieblingspulli, den Maximilian unbedingt anziehen wollte, noch in der Wäsche. Oder der Pulli, den ich ihm vorschlage, ist »oberpeinlich« und »was für Babys«. Dann ist in der Zahnpastatube nichts mehr drin. Franz bekommt einen Tobsuchtsanfall, wenn ich ihm seine Haare kämmen will, weil sie nach allen Richtungen abstehen. Manchmal habe ich auch den falschen Sender im Küchenradio eingestellt oder ich gucke einfach doof. Irgendwas ist immer.

Aber heute lasse ich mich nicht von meinen Vorsätzen, ruhig und gelassen zu sein, abbringen. Während ich den dampfenden Kaffee schlürfe, betrachte ich meine missmutigen, strubbeligen Söhne und mein Mutterherz hüpft vor Liebe. Eigentlich habe ich schon Glück. Ich habe einen liebevollen und gut aussehenden Mann und zwei gesunde Kinder. Wir nennen ein gemütliches Fachwerkhaus mit Garten unser Eigen und arbeiten in sicheren Jobs.

Der Frieden hält, bis Max mittags ins Auto klettert und verkündet, dass morgen Nachmittag eine Klassenfeier stattfindet. Alle Mamis sollen etwas Selbstgebackenes zum Buffet beisteuern.

Oh Mann, nicht schon wieder! Ich hasse backen und die Vorzeige-Eltern aus Maximilians Klasse gehen mir gewaltig auf die Nerven, so wie sie sich gegenseitig übertrumpfen wollen. Bei denen ist immer alles Friede Freude Eierkuchen, die Kinder sind wohlerzogen, machen ohne

Gezeter ihre Hausaufgaben und spielen mit ihren Geschwistern pädagogische Spiele. Sie basteln mit Naturmaterialien tolle und nützliche Dinge. Die Ergebnisse werden stolz in der WhatsApp Gruppe der Klasse präsentiert. Bei den anderen Familien sind beide Elternteile bei diesen Feiern anwesend. Nur ich komme mit meinen Streithähnen allein.

Als ich Franz in der Kita abhole, ereilt mich die nächste Hiobsbotschaft. Wie hätte es auch anders sein können? In der Kita laufen die Vorbereitungen für das Sommerfest und die Eltern werden an den Herd gebeten, um eine kulinarische Köstlichkeit für den Brunch zuzubereiten. Wenigstens ist das Fest erst im nächsten Monat.

Noch im Auto suche ich auf meinem Smartphone nach einem leckeren, gesunden und vor allem einfachen Kuchenrezept. Die Zutaten besorgen wir auf dem Heimweg, nicht ohne mehrfache Ermahnungen, dass es im Supermarkt nichts Süßes und keine Ninja Zeitschrift gibt.

Zu Hause verkrümeln sich die Kids nach dem Essen zügig ins Wohnzimmer, wo sie in trauter Zweisamkeit KIKA schauen. Wenn es ums Fernsehschauen geht, sind sich meine Herren einig. Egal, ich nutze die freie Zeit, um mit Nina, meiner besten Freundin, zu telefonieren.

Wir lieben uns seit dem Kindergarten heiß und innig, vielleicht, weil wir alles zusammen durchgestanden haben. Die Schulzeit, die erste große Liebe, die erste schmerzhafte Trennung, den ersten Alkoholabsturz auf der Konfirmandenfreizeit und alle Modesünden der 90er Jahre.

Wir könnten unterschiedlicher nicht sein. Nina ist klein und quirlig, färbt ihre Haare in den hippsten Farben und ist eine Frohnatur. Sie ist aufgeschlossen, frech und plappert unentwegt.

Meine Haare sind lang und mein Kleidungsstil besticht nicht unbedingt durch Originalität. Ich bewundere Nina, sie ist so wunderbar positiv. Ihre gute Laune steckt an. Nina beneidet mich um meine langen Beine. Aber richtig neidisch sind wir aufeinander nicht, wir lieben und ergänzen uns perfekt.

Nina arbeitet vormittags im Büro des elterlichen Dachdeckerbetriebes. Also können wir ungestört telefonieren. Gut gelaunt berichtet Nini, so ihr Spitzname, von ihrem Tag und erzählt mir den neusten Dorfklatsch. Nach kurzer Zeit bin ich bestens informiert und wir quatschen über das vergangene Wochenende. Nina jobbt am Wochenende im »Waldschrat«, der Dorfdisco. Es heißt zwar Dorfdisco, aber der Laden ist ziemlich bekannt und gut besucht.

Ich freue mich auf Ninas Geschichten aus dem »Waldschrat«, wer einen über den Durst getrunken hat, wer mit wem rumgeknutscht hat oder auf der Toilette verschwunden ist oder ob es Schlägereien gab.

»Du musst unbedingt auch mal kommen, Julia. Ich könnte mir frei nehmen und wir feiern zusammen. So wie früher!«

»Ach nee«, wiegle ich ab. Wie immer will Nina mich überreden, dass ich wieder zum Feiern komme. Aber ich habe keine Lust. Abends, wenn die Kinder im Bett sind, will ich mich nur noch auf die Couch fläzen und vom Fernseher berieseln lassen.

»Also echt, Julia, du kannst doch nicht immer nur vor der Glotze hocken. Mal ein bisschen rauskommen, das würde dir guttun.«

Durchschaut, seufze ich innerlich. Wenn ich mir vorstelle, dass ich mich zurechtmachen müsste und ein Discoabend beginnt, wenn ich normalerweise ins Bett gehe, nein Danke.

»Du hast keine Kinder, du weißt nicht, wie müde ich abends bin …« Ich höre selbst, wie kläglich meine Worte klingen. Aber es ist doch wahr.

»So ein Quatsch, Julia, du igelst dich total ein. Bist nur noch müde und schlecht gelaunt. Du musst unter Menschen und Spaß haben. Wenn du immer nur zu Hause sitzt und dich ärgerst, dass Bente zu viel arbeitet, wird es auch nicht besser. Verdonnere ihn zum Babysitten und komm mit.«

»Ach, nee! Nina, ich habe keine Lust, mir die Nacht, um die Ohren zu schlagen.«

»Überleg es dir noch mal … Es würde dir guttun.«

Ich atme tief ein, so tief, dass mein Bauch sich aufbläht wie ein Ballon. Nina meint es gut. Ganz sicher. Ich vertrage kaum noch Alkohol und am nächsten Morgen einen Kater auskurieren und Kinder um sich zu haben. O nein.

»Ich meine es doch nur gut!«, plappert Nina weiter. Ich muss sie unbedingt auf andere Gedanken bringen.

»Nini, erzähl mir lieber vom Wochenende. Gab es was Besonderes?«

»Und ob!« Ninis Stimme wird eine Oktave höher. »Julia, stell dir vor, Jannis war da. Den hab ich ewig nicht gesehen. 20 Jahre bestimmt, oder? Boah, ich sag dir, der ist so heiß. Ne Mischung aus Surfer Boy und Bad Boy, megadurchtrainiert und total krass tätowiert. Und einen sexy Dreitagebart trägt er jetzt.«

Nina plappert weiter, aber ich höre ihr nicht mehr zu. Ich höre das Blut in meinen Ohren rauschen. Jannis war hier!

Kapitel 3

Den Rest der Woche bin ich von weiteren Katastrophen verschont. Maxi und Franz sind recht zahm. Vielleicht, weil ich angedroht habe, den Kinobesuch abzusagen. Das wäre für meine kleinen Ninjas das Schlimmste, denn sie freuen sich seit Wochen auf die Verfilmung von Ninjago. Auch bei der Arbeit ist es angenehmer als sonst. Meine Chefin gönnt sich, wie jedes Jahr, ihren Mallorca-Urlaub. Laut ihr gibt es nichts Schöneres als die Mandelblüte im Mai auf der Lieblingsinsel der Deutschen. Mir soll es recht sein, denn wenn die Katze aus dem Haus ist, tanzen die Mäuse auf dem Tisch. So auch in unserer Physiopraxis. Bernd und ich nehmen keine zusätzlichen Patienten an, weiten unsere Frühstückspause aus und machen pünktlich Feierabend.

Seit Franz den Kindergarten besucht, arbeite ich halbtags als Masseurin bei Silvia im »Physio-Eck«. Ich habe während meiner Ausbildung zur Reiseverkehrskauffrau in Hamburg einige Wochenendkurse an einer Massageschule belegt. Seit die Kinder auf der Welt sind, habe ich meinen Job im Reisebüro an den Nagel gehängt und bin in Silvias Praxis für die Massagen zuständig. Meine Arbeit macht mir Spaß.

Nur manchmal geht mir das Gequatsche der Leute auf die Nerven. Wenn man zigmal am Tag den Kunden bestätigen muss, wie verspannt sie sind, kann das zu schlechter Laune führen. Was denken die denn? Dass meine Muskeln locker und entspannt sind, wenn ich den halben Tag unbequem an der Bank stehe und Rücken und Nacken durchknete? Egal, wenigstens sind sie zufrieden, wenn sie ihren Seelenmüll abladen können und interessieren sich nicht für mich.

Ich gebe zustimmende Laute von mir und ab und zu ein »Genau!«, oder »Da haben Sie recht!«. Dazwischen drifte ich ab und plane den Speiseplan für die kommende Woche, schreibe einen imaginären Einkaufszettel und überlege, wer was zum Geburtstag bekommt.

Nachdem mir der Zucchinikuchen für das Schulfest runtergefallen ist und völlig zerstört auf dem Küchenboden lag, habe ich beim Bäcker einen Streuselkuchen gekauft. Ist zwar nicht selbstgebacken, aber immerhin Kuchen. Sonst ist die Feier recht entspannt.

Da das Wetter schön ist, können die Kinder auf dem Schulhof spielen. Wir Eltern stehen mit Kaffee und Kuchen dabei und unterhalten uns. Zum Glück ist auch Svenja da. Svenja Wolperdinger gehört, wie Nina, zu unserer alten Clique. Die Schulzeit haben wir zusammen verbracht und darüber hinaus Spaß auf Partys gehabt. Svenja ist in jeder Hinsicht mittelmäßig. Mittelgroß, mittelschlank, mittelblonde Haare und mittelmäßig lustig. Wenn die Musik anging, wurde aus unserem Mäuschen ein wildes Partytier.

Wolpi, wie wir sie nannten, kannte alle Songs und Choreographien in- und auswendig und hatte jede Menge Energie.

Zum ersten Mal stellte Svenja ihr Talent beim Klassenfest in der 3. Klasse unter Beweis. Unsere Lehrerin fand es wichtig, unsere Wünsche zu berücksichtigen, und so gab es eine »Mini Playback Show«. Vier Showacts traten verkleidet aus der Zauberkugel. Zuerst stellten sie sich Rebekkas Interview und absolvierten dann den Auftritt mit ihrem Lieblingssong. Den Anfang machten die coolen Jungs der Klasse. Sie traten als *Snow* mit *Informer* auf und zauberten mit ihrem unbeholfenen Gehabe manchem Elternteil ein Schmunzeln ins Gesicht. Im Anschluss wurde es ruhiger, die ehrgeizige Kathrin mühte sich mit *I Will Always Love You* von *Whitney Houston* ab. Ich hatte riesiges Lampenfieber, als ich mit Nina, Tobi und Chris *Go West* von den *Pet Shop Boys* aufführte. Tagelang hatten wir bei Nina unseren Tanz einstudiert. Ich hatte den Song rauf und runter gehört, um mir den Text einzuprägen. Unser Auftritt lief gut und die Eltern klatschten mit.

Dann kam Svenja. Sie sah nicht nur aus wie Tania Evans, die Sängerin von *Culture Beat*, sie performte den Song *Mr. Vain* so gut, dass es niemanden mehr auf den unbequemen Stühlen der Aula hielt. Kaum hatte sie die Bühne betreten, zeigte sie ihr Showtalent. Die Beats des Eurodance Klassikers waren kaum verhallt, da brach ein gigantischer Applaus los und wir feierten Svenja.

So ging es weiter, egal welche Disco wir besuchten, Svenja stahl uns immer die Show. Sie konnte die meisten Choreographien der großen Stars nachtanzen. Zum Beispiel *Michael Jacksons Moonwalk* und viele Moves von DJ Bobo, dem Tanzpapst der 90er. Sie hatte ein wahnsinnig gutes Takt- und Körpergefühl, was ihr die Blicke der Jungs einbrachte.

Über mangelndes Interesse des anderen Geschlechts konnte sie sich nicht beschweren, auch wenn sie nicht die Hübscheste von uns war.

Svenja und ich stehen auf dem Schulhof der Schule, die wir auch schon besucht haben. Alles wirkt so klein. Korridore und Gebäude scheinen geschrumpft zu sein. Svenjas Tochter Mia geht in Maximilians Klasse, aber außerhalb der Schule haben wir weniger miteinander zu tun. Unsere Freundeskreise haben sich verändert. Ich mag Wolpi immer noch gern.

»Lass uns mal was zusammen essen gehen, ganz in Ruhe. Ohne Gequengel und Zeitdruck. Was hältst du davon?«, frage ich Svenja.

»Sehr gern, Julia«, antwortet Svenja. »Ich habe sogar noch eine bessere Idee. Hättest du Lust auf ein Revival mit der alten Clique? Ich war am Wochenende im »Waldschrat«, musste mal richtig abrocken und den ganzen Alltagsfrust loswerden. Und siehe da, dort habe ich Tobi getroffen. Und Nina und Chris, aber die gehören quasi zum Inventar.«

Wir lachen, weil sie wirklich zum »Waldschrat« dazugehören wie die Kirsche auf dem Sahnehäubchen.

»Mensch, das hat so einen Spaß gemacht, mit den Jungs rumzualbern, zu tanzen und nicht nur Mama zu sein.«

Gemütlich essen gehen, in Ruhe reden und dann nicht allzu spät nach Hause wäre mir sympathischer. »Mal sehen«, erwidere ich und möchte am liebsten gleich das Thema wechseln.

Svenja kommt in Fahrt »So ein richtiges Revival, erst Pizza essen bei »Mario«, vorglühen mit Batida-Kirsch, Baileys und Corona und dann abhotten im »Waldschrat«. Das wird super. Nina muss sich frei nehmen. Sie soll ja nicht hinter, sondern vor der Theke stehen, mit uns. Wir trinken jede Menge Vodka-O, oder nein Vodka-Redbull und bitten den DJ, alle Klassiker der 90er zu spielen. Und unsere Männer müssen am nächsten Tag den Kinderdienst übernehmen. Bist du dabei?«

Wow, so aufgekratzt habe ich Svenja ewig nicht mehr erlebt. Der Discoabend scheint ihr gutgetan zu haben. Aber ich weiß nicht. Ob das so eine gute Idee ist? Wir sind ja schließlich keine 15 mehr, sondern 35.

»Ach Gott, beinahe hätte ich das Wichtigste vergessen. Rate mal, wer am Samstag in der Disco war? Da kommst du nie drauf ... Jannis war da, unser Jannis! Julia, der ist so heiß! Dicke Muckis, breites Kreuz und seinen arroganten Blick hat er auch noch drauf. Alle Frauen haben sich nach ihm umgedreht und gesabbert und einige hatten bestimmt ein nasses Höschen.«

Jetzt fängt Svenja auch noch an mit Jannis. Ich wollte keine Sekunde mehr an ihn verschwenden. Warum erzählt mir jeder von ihm? Und wie sexy er aussieht. Oh Mann, sofort habe ich seinen Geruch in der Nase und mein Herz wird schwer.

Kapitel 4

Ich muss 12 gewesen sein, als aus mir und meinen Freunden eine coole Clique entstand. Die meisten von uns wohnten im Ort. Wir hatten alles gemeinsam: Kindergarten, haben im Sommer auf der Straße und am Badesee gespielt und sind zusammen eingeschult worden.

Wir, das sind Nina, Svenja, Rebekka, Tobias, Christian und ich. Im 2. Schuljahr kam ein neuer Junge in unsere Klasse, ein komischer Kerl, verschlossen und etwas Trauriges, Geheimnisvolles ging von ihm aus. Er setzte sich an einen Tisch, versteckte sich unter seinen langen Haaren und sprach nicht mit uns. Auch nachmittags sah man ihn nicht.

Später fanden wir heraus, dass er im örtlichen Kinderheim wohnte, weil seine Eltern und seine kleine Schwester bei einem Autounfall ums Leben gekommen waren. Er hatte den Unfall überlebt. Kein Wunder, dass er traurig war. Nach ein paar Monaten schloss er sich Tobi und Chris beim Fußballspielen auf dem Pausenhof an, und seit dem Tag gehörte

Jannis zu uns. Nun war unsere »Hochsitz-Bande«, so nannten wir uns, weil unser Treffpunkt ein Hochsitz am Waldrand war, komplett. Im Wald haben wir Hütten und Staudämme gebaut, im Ort übten wir Inliner fahren, machten Klingelstreiche und hatten Spaß zusammen. Christian hatte meistens seinen Ghettoblaster dabei und spielte die neusten Mixtapes, die er aufgenommen hatte. Wir fühlten uns cool und erwachsen.

Im Winter, wenn wir nicht draußen sein konnten, durften wir mittags im »Waldschrat«, der Christians Eltern gehörte, Disco spielen.

Unsere Freundschaft bekam 1995 einen Dämpfer. Wir Mädels standen total auf die Kelly Family. Die Jungs eher nicht.

Svenja, Bekki und ich waren ab dem Erscheinen des Hit-Albums *Over The Hump* von den Kellys im Jahr 1994 mega Kelly-Fans und ließen uns durch die Jungs unsere Leidenschaft nicht schlecht machen. Wir sammelten Poster, Zeitungsberichte und BRAVO-Starschnitte und investierten unser Taschengeld in CDs, Videos und T-Shirts. Einmal besuchten wir ein Kelly-Konzert. Für uns Mädels aus der Provinz war das die Erfüllung unserer Träume. Wir fieberten Tag x entgegen, planten unsere Outfits, konnten alle Songs auswendig mitsingen und träumten von einem Treffen mit unseren Idolen. Zum Glück schwärmte jede von uns für ein anderes Familienmitglied. Svenja war in Paddy verliebt, Rebekka konnte sich Barbies Faszination nicht entziehen und ich himmelte das Nesthäkchen, Angelo, an.

Tobi, Chris und Jannis machten sich über uns lustig und ärgerten uns mit ihren selbstgedichteten Kelly-Witzen.

Die Leidenschaft für die singende Großfamilie dauerte nicht lange an.

Schon brannten wir für *Take That, *NSYNC, Caught in the Act* und die *Backstreet Boys*. Die heißen Boys, der coole Sound und die choreographischen Meisterleistungen brachten unsere Teenie-Herzen zum Schmelzen.

Wir waren 10 oder 11 Jahre alt und lebten sorgenfrei in unserer heilen Boyband-Welt. Unsere Freunde Christian, Tobias und Jannis hingen meistens bei Tobi ab und zockten *Resident Evil* auf der Playstation.

Bei uns zu Hause ging die Post ab. Drei verrückte Weiber, jeweils 3 Jahre auseinander, blockierten Bad und Fernseher. An den Wochenenden belagerte ich mit meinen älteren Schwestern Anna und Sarah das Fernsehgerät und wir zogen uns VIVA rein. Der Musiksender war angesagt. Sarah schwärmte für den VIVA-Moderator Nils B., mit dem sie einige Jahre später einen One-Night-Stand hatte. Sie stand total auf die *Spice Girls* und war ein richtiges Girlie: Stunden verbrachte sie im Bad, um den perfekten Zick-Zack-Scheitel zu üben, lief nur in bauchfreien Tops rum und stylte sich am liebsten wie *Emma Bunton*, alias Baby Spice. Die britische Girlgroup schlug 1993 mit ihren frechen Hits ein wie eine Bombe und stellte das Pendant zu den allgegenwärtigen Boygroups dar.

Das absolute Gegenteil war Anna. Sie war eine Techno-Braut, total cool, trug bunt gemusterte Leggings, bauchfreie Tops, kurze Jeanswesten und die legendären Buffalo-Boots. Ihre Haare waren zu winzigen Zöpfchen gezwirbelt und leuchteten wöchentlich in anderen Farben. Ihre Augenbrauen schimmerten, wie bei ihrem Idol *Marusha*, grün. Sie machte keinen Schritt ohne ihre liebsten Accessoires, eine pinke Felljacke, die obligatorische Trillerpfeife und eine bunte

Sonnenbrille. So ausgestattet ging sie von Donnerstag bis Sonntag auf die Piste. Keine Technoparty ohne Anna. Wenn sie nicht auf Partys war, wummerten die Bässe mit 120 BPM durch unser Haus. Sarah und ich bewunderten sie. Sie war unglaublich cool, eigentlich immer *Somewhere Over The Rainbow*.

Und ich, das Nesthäkchen in unserem verrückten Mädelshaushalt, profitierte von den harten Gefechten zwischen meinen Schwestern und Eltern. Sarah und Anna ebneten mir den Weg. Ich bin ihnen bis heute dankbar für die Freiheiten, die meine Schwestern sich, und damit auch mir, erkämpft haben. Als die Partyzeit bei Anna begann, waren unsere Eltern noch ängstlich und vorsichtig. Anna musste genau erläutern, wann sie wo mit wem hinging und immer zeitig zu Hause sein. Zum Glück war Anna eine pflichtbewusste Tochter und hielt sich an die Regeln. Das verschaffte Sarah und mir Freiraum.

Unsere Eltern machten was mit. Sie ertrugen die laute Musik, die verschiedenen Musikstile, unsere Streitereien und die Marotten, die jede von uns hatte.

Verträumt öffne ich die Augen und sehe auf die Uhr, die in der Kabine hängt. Ups, beinahe hätte ich überzogen. Beim Massieren kann ich einfach am besten in Erinnerungen schwelgen. Das passiert mir in letzter Zeit oft, stelle ich fest.

Das Schönste an meiner Arbeit ist, dass die meisten Kunden still und schweigsam auf dem Bauch liegen und ihre Massage ohne Gequatsche genießen wollen. Glück für mich. Das ist wertvolle Zeit, die ich für meine Gedankenwelt habe. Komisch, seit Nina und Svenja von ihrem Partyabend im »Waldschrat« erzählt haben, denke ich wieder an meine Jugend und damals. Vielleicht liegt das auch an Jannis?

Kapitel 5

Am nächsten Wochenende überrascht uns Bente mit einem Wochenend-Trip. Die Kinder und ich wissen nichts Näheres. Wir finden am Samstagmorgen einen Zettel auf dem Küchentisch, dass wir Rucksäcke mit Kleidung, Schlafsachen, Hygieneartikel und die unverzichtbaren Kuscheltiere von Maximilian und Franz einpacken und uns ab zehn Uhr bereithalten sollen. Die Kids sind total aus dem Häuschen. Ich bin gespannt, was uns erwartet.

Punkt 10:00 Uhr hören wir ein lautes Scheppern und Rumpeln. Vor unserer Haustür hält ein Traktor mit Anhänger. Der Fahrer hilft uns in das große Gefährt. Max und Franz dürfen neben ihm sitzen. Für mich ist im Anhänger eine gemütliche Ecke eingerichtet. Es gibt Kaffee und einen Zitrone-Buttermilch-Muffin aus meiner Lieblingsbäckerei. Bisher gefällt mir Bentes Überraschung überaus gut, und wenn ich die glücklichen Gesichter meiner Kinder sehe, geht es ihnen nicht anders. Nach einer wirklich schönen Fahrt durch die nahegelegenen Wälder und Wiesen kommen wir an einem Parkplatz an. Unser Fahrer erklärt, dass wir den restlichen Weg zu Fuß zurücklegen müssen. Er drückt Maximilian eine Schatzkarte in die Hand und zuckelt davon. Zum Glück haben die Jungs mit ihrem Opa schon oft Naturerkundungen gemacht und kennen sich aus im Kartenlesen. Ich habe eine ungefähre Ahnung, wo wir sind und wohin unser Weg führen könnte.

Die Jungs lotsen mich fachmännisch durch die Wildnis. Nach einem kurzen Fußmarsch vorbei an großen Farnen und durch dichtes Dickicht sind wir am Ziel angekommen. Sie balancieren mit großem Spaß auf dicken Wurzeln und räumen Steine aus dem Weg. Unser Ziel ist tatsächlich das neueröffnete Survival Camp.

»Herzlich willkommen im Nibelungen Camp«, begrüßt uns Bente. Max und Franz stürmen auf ihn zu und löchern ihn mit Fragen. Wir haben das Camp das Wochenende für uns.

»Cool, Papa! Schlafen wir im Zelt? Dürfen wir ein Lagerfeuer machen?« Franz hüpft vor Aufregung auf und ab und möchte am liebsten sofort auf Spurensuche gehen.

»Hallo erst mal!« Bente lächelt seine Kinder an und gibt ihnen einen Kuss. »Ich zeige euch gleich das Zelt und wenn ihr genügend Feuerholz sammelt, machen wir natürlich ein Lagerfeuer. Wie wäre es mit gegrilltem Fisch? Hier gibt es einen Angelteich.«

Max ist hin und weg, dass er ohne Angelschein Fische fangen darf. Wir beziehen unsere Unterkunft, oder besser gesagt unser Zelt. Das Lager besteht aus einem geräumigen Zelt mit 3 Kammern. Zwei Kammern dienen als Schlafplätze und die 3. ist der Wirtschaftsraum mit einer Kochstelle, Gasflasche und Strom, der aus Solarzellen gewonnen wird.

Wir packen aus.

Ich staune, was Bente schon alles vorbereitet hat. Er hat die Schlafkammern mit Isomatten, Schlafsäcken und Kissen ausgerüstet und für Proviant gesorgt. Alles, was das Herz in der Wildnis begehrt, hat er eingekauft.

Er kann wirklich süß sein. Zwar hat er in den letzten Wochen und Monaten wenig Zeit für mich und die Kinder gehabt, aber er ist ein liebevoller Vater. Ich hoffe, dass wir uns durch diese coole Aktion wieder ein wenig näherkommen und mehr Zeit zusammen verbringen können.

Unsere Habseligkeiten sind schnell verstaut und wir machen uns auf zu einer ersten Erkundungstour.

Im Camp gibt es für alle Altersklassen und Geschmäcker Aktivitäten. Mit Schautafeln wird die Natur, der Wald, das Leben in der Wildnis dargestellt und auch zum Thema des Lagers »Nibelungen« gibt es jede Menge Infos. Zwar bin ich im Odenwald aufgewachsen, wo sich die Sage von Mord, Verrat und ewiger Treue vor ungefähr 800 Jahren abgespielt haben soll und Sigfried, Gunther, Kriemhild und Hagen kenne ich, aber einige Details sind mir neu.

Auf dem Gelände gibt es einen Naturspielplatz mit Spielgeräten aus Holz, einer Schaukel und einer riesigen Sandkiste. Die Älteren können sich an der Kletterwand austoben, da ist für jeden etwas dabei, wenn ich mir die verschiedenen Schwierigkeitsstufen ansehe. Doch das ist nicht alles: Hier gibt es auch eine Slackline, sowie ein im Boden eingelassenes Trampolin. Überall stehen Bänke, um sich auszuruhen. Im hinteren Bereich des Waldes sind ein Barfußpfad, ein Holz-Xylophon und ein Wassertretbecken untergebracht.

Die gesamte Anlage ist sauber und gepflegt und mit Leidenschaft und Hingabe konzipiert.

Die Kinder toben herum und probieren alles aus. Ich setze mich mit Bente auf eine Bank in der Sonne und wir sehen glücklich unseren lärmenden Kindern zu. Bente nimmt mich in den Arm und küsst mich.

»Gefällt es dir?«

»Das hier ist klasse. Ich danke dir und ich liebe dich«.

»Ich dich auch, mein Schatz.«

Nachdem die Kinder sich ausgetobt haben, sammeln wir Brennholz für unser Lagerfeuer.

Meine Männer gehen zum Angelteich, um unser Abendessen zu besorgen. Ich kann mich nicht fürs Angeln begeistern, also bleibe ich zurück und mache es mir in der Hängematte, die zwischen zwei dicken Eichen gespannt ist, bequem. Entspannt blättere ich in meiner mitgebrachten Zeitschrift und genieße die Ruhe.

Mein Herz hämmert vor Begeisterung. Ich kann es immer noch nicht fassen. Außer dem Rauschen des Windes in den Bäumen und dem beruhigenden Hämmern eines Spechtes sind keine Geräusche zu hören. Ich atme die erdige, kühle Luft tief ein und fühle mich angekommen und entspannt. Ein paar Sonnenstrahlen finden ihren Weg durch das dichte Blätterdach des Waldes und steifen mein Gesicht. Wenn ich nicht schon mit Bente verheiratet wäre, würde ich ihn glatt noch mal ehelichen.

Ich schließe die Augen und erinnere mich an unser Kennenlernen.

Es war im Herbst 2010. Ich wartete angespannt in einem muffigen Raum, eine Tasse bitteren Kaffee vor mir und wünschte mir nichts sehnlicher, als dass der Termin schnell vorbei ginge.

Ich hasste alles, was mit Zahlen zu tun hatte, sie schüchterten mich ein, aber ich brauchte den Kredit für mein neues Auto. Ein junger Mann stellte sich mir als mein Bankberater Bente Peters vor. Unter anderen Umständen wäre mir gleich aufgefallen, wie attraktiv der Banktyp war. Groß, dunkle kurze Haare, sportliche Figur und ein nettes Lächeln. Im beengten Beratungszimmer schenkte ich ihm kaum Beachtung und brachte den Termin schnell über die Bühne. Kaum wirbelte ich durch die Drehtür der Bank an die frische Luft hatte ich ihn auch schon wieder vergessen. Glücklich über den positiven Ausgang des Gesprächs, sog ich die frische, kühle Luft ein und genoss die letzten Sonnenstrahlen des Tages auf meiner Haut.

Bente konnte mich nicht so schnell vergessen. Wenige Tage später saß er an meinem Schreibtisch. Er buchte ein Wanderwochenende für zwei Personen. Ich wunderte mich, dass er dafür eine ausführliche Beratung in Anspruch nahm und sehr an meiner persönlichen Meinung interessiert war. Wenig später sollte ich erfahren, warum. Er hatte das Wochenende für uns beide gebucht.

Mir imponierte sein Mut. Mit einer solchen Risikobereitschaft hatte noch kein Mann um mein Herz gebuhlt. Ich konnte nicht anders, als zuzusagen, schließlich hatte ich das romantische Hotel selbst ausgesucht.

Der Rest ist Geschichte. Wir zogen zusammen, heirateten, Maximilian wurde geboren und drei Jahre später machte Franz unser Familienkleeblatt perfekt. Vor einem Jahr verwirklichten wir uns dann noch den Traum vom Haus. Also alles perfekt, wenn da nicht manchmal so eine kleine nagende Unzufriedenheit zu spüren wäre ...

Ich genieße jede Sekunde in der Hängematte und lasse mich

von der Zeitschrift inspirieren. Die *Sternstunde* ist ein esoterisch angehauchtes Heft, aus dem ich Ideen, schöne Sprüche oder Zitate ziehe, die ich in meinem Tagebuch verewige. Ich glaube zwar nicht an Astrologie, aber dass mehr ist zwischen Himmel und Erde, davon bin ich überzeugt.

Schon bald sind Bente, Maximilian und Franz zurück und zeigen mir ihre Ausbeute. Ihr Fang kann sich sehen lassen. Zwei kleine Forellen und ein Karpfen liegen im Eimer. Glücklicherweise schon tot und ausgenommen. Bente weiß, dass ich das nicht kann.

Wir braten die Fische über unserem Feuer und legen noch ein paar Kartoffeln mit in die Glut. Dazu essen wir Baguette und frischen Gurkensalat. Bente holt uns ein kühles Bier. Die Kinder schlürfen Apfelschorle mit einem Strohhalm und wir stoßen auf das Wochenende an. Ich bin stolz auf meine Naturburschen. Etwas später am Lagerfeuer erzähle ich die Nibelungensage. Die Kinder lauschen gespannt der Geschichte von Siegfried, dem tapferen Drachentöter.

Siegfried hatte, der Sage nach, einen bösen Drachen besiegt und badete in dessen Blut, das seine Haut unverletzbar machte. Bei dem Bad fiel ein Lindenblatt auf seine linke Schulter. Diese Stelle, die nicht mit Drachenblut in Berührung gekommen war, war Siegfrieds einzige Schwachstelle.

Der mutige Siegfried besaß den Schatz der Nibelungen und wollte mit seinem kostbaren Hort um seine Angebetete Kriemhild werben. Kriemhilds Bruder Gunther wollte der Ehe erst einwilligen, wenn Siegfried ihm zu seiner Braut verhalf. Gunther wollte Brunhild, die Königin von Island, zur Frau nehmen. Brunhild hatte übersinnliche Kräfte und wollte nur einen Mann heiraten, der sie in drei Kämpfen besiegen konnte. Gunther, Siegfried und Hagen von Tronje, ein Vertrauter von Gunther, segelten nach Island, um Brunhild mit einer List zu täuschen. Mit Siegfrieds Tarnkappe besiegten sie die Isländerin, die in die Ehe mit Gunther einwilligte.

Siegfried, Kriemhild, Gunther und Brunhild feierten eine Doppelhochzeit. Die Damen konnten sich von Anfang an nicht leiden. Brunhild ahnte, dass bei den Kämpfen mit ihr nicht alles mit rechten Dingen zugegangen war. In Hagen von Tronje fand sie einen Verbündeten. Hagen hasste Siegfried und war versessen auf dessen Nibelungenschatz. Als Kriemhild sich eines Tages verplapperte und Hagen erfuhr, dass Siegfried an einer Stelle an der linken Schulter verwundbar war, plante er einen Jagdausflug, auf dem er Siegfried, als dieser an einem Brunnen trank, von hinten seinen Speer in die Schulter bohrte. Siegfried starb auf der Stelle.

Und der Brunnen soll in unserer Heimat stehen. Die Kids sind fasziniert, sie springen auf und wollen sich sofort auf die Suche machen, aber es ist schon spät. Wir bringen die Zwerge ins Zelt und schon bald hören wir keinen Mucks mehr.

Bente und ich teilen uns noch ein Bier und sehen in die Flammen. Dann sichern wir die Feuerstelle und kuscheln uns in die Schlafsäcke. Heute Nacht entkommt mir Bente nicht. Eng aneinander gekuschelt lieben wir uns. Ganz leise, um die Kinder nicht zu wecken, aber dennoch wildromantisch.

Die Zeit ist aufregend und harmonisch. Wir toben, experimentieren, chillen, beobachten, angeln, grillen, erzählen uns Geschichten und singen zusammen am Lagerfeuer. Am Sonntagmittag sammelt der Traktor uns auf dem Parkplatz wieder ein und fährt uns nach Hause.

Kapitel 6

Am Montagmorgen trifft mich die Realität mit voller Breitseite. Die Heizung scheint kaputt zu sein. Wir haben kein heißes Wasser im Haus und im Badezimmer ist es eiskalt.

»So ein Mist, ich muss unbedingt Haare waschen,« brumme ich und springe trotz des kalten Wassers kurz unter die Dusche. Das ist Folter, morgens um sechs Uhr. Bente sieht im Heizungskeller nach dem Rechten, aber er ist Bankkaufmann und kein Handwerker. Unverrichteter Dinge kommt er aus dem Keller, trinkt einen Schluck Kaffee im Stehen und bittet mich, die Heizungsfirma anzurufen. Er drückt mir einen flüchtigen Kuss auf die Stirn und verschwindet.

»Toll! Nur gut, dass ich keine wichtigen Termine habe.« Ich wecke die Jungs. Sofort fangen sie an zu maulen, warum es im Bad so kalt ist. Am Esstisch geht das Gemotze weiter, weil das Lieblingsmüsli leer ist und der Kakao schon eine Haut hat. Tief durchatmen.

Hektisch suche ich die Nummer der Heizungsfirma heraus

und erreiche nur den Anrufbeantworter. Das Büro ist erst in zehn Minuten besetzt. Im Esszimmer zanken Max und Franz wegen irgendeiner Lego-Figur und beim Gerangel um das blöde Plastikteil stößt Max gegen seine Kakaotasse und schüttet sich die Schokomilch über. Ich eile mit einem Lappen herbei, um die Sauerei wegzuwischen, und fahre ihn an, dass er sich sofort umziehen soll.

»Oh Manno, ich habe mich eben erst angezogen. Das ist mein Lieblingshirt. Nur wegen dem blöden Franz!«

Ich schiebe Maximilian die Treppe hinauf. Er soll sich gefälligst beeilen. Die zehn Minuten sind um und ich wähle erneut die Nummer der Heizungsfirma. Am Apparat habe ich eine genervte Dame, die mich darauf hinweist, dass sie gerade zur Tür reingekommen ist und jetzt den PC hochfährt. Bei dem Computer muss es sich um ein besonders langsames Modell handeln. Ich warte ewig am Telefon. Gestresst sehe ich auf die Uhr. Eigentlich müssten wir schon auf dem Weg zu Kindergarten, Schule und Arbeit sein.

Ich brülle Maximilian zu, dass er sofort runterkommen soll. »Wir müssen los, komm jetzt!«

Mit dem Handy am Ohr treibe ich die Kinder an, die Schuhe anzuziehen und sich ins Auto zu setzten. Am Telefon tut sich noch immer nichts. Ich verbinde mein Smartphone per Bluetooth mit dem Auto und fahre los.

»Hallo! Hören Sie mich? Warum dauert das so lange? Was für ein Saftladen ist das denn hier?«

Das hat die Dame gehört und hat endlich Zeit für mich. Ich erkläre, dass unsere Heizung nicht funktioniert und bitte sie, heute Nachmittag einen Installateur vorbeizuschicken. In unfassbarer Langsamkeit sieht die Bürokraft im Terminplaner nach und verkündet, dass sie entweder jetzt oder übermorgen einen Kollegen vorbeischicken könnte.

»Ich muss jetzt arbeiten«, protestiere ich empört.

»Also dann den Termin übermorgen? Passt Ihnen 14:00 Uhr?«, höre ich aus der Freisprechanlage.

Zwei Tage ohne Heizung und warmes Wasser geht gar nicht, also buche ich zähneknirschend den Termin »Jetzt«. Nachdem ich Max in der Schule abgesetzt habe, rufe ich in der Praxis an und bitte Silvia, meinen ersten Kunden abzusagen. Als schließlich auch Franz in der Kita versorgt ist, gebe ich Gas, um die Handwerker nicht warten zu lassen. Auf einmal blitzt es und ein helles Licht erschreckt mich.

»Scheiße, jetzt haben sie mich!« Es ist kurz vor 8:00 Uhr und der Tag ist schon komplett im Eimer. Ich hoffe nur, dass die Herren der Firma »Huber - Wir heizen ihnen ein« schnell fertig sind, damit ich pünktlich zu meinem zweiten Kunden in der Praxis bin.

Als ich zu Hause ankomme, ist weit und breit kein Fahrzeug zu sehen. Fünfzehn Minuten später warte ich immer noch. Wütend wähle ich zum dritten Mal die Nummer der Firma und frage ziemlich unfreundlich, wann ich mit dem Erscheinen der Herrschaften rechnen könne. Gemütlich biegt das erwartete Fahrzeug um die Ecke und ich lege auf. Gemächlich, wie Handwerker eben, untersuchen sie fachsimpelnd unsere Heizung. Ich stehe nervös daneben und trippele von einem auf das andere Bein, die Uhr fest im Blick. Auf Nachfrage erklären sie mir, dass die Reparatur etwas zeitaufwendiger ist und sie im Lager ein paar Ersatzteile besorgen müssen. Ich könne ruhig zur Arbeit fahren.

Das höre ich gern. Ich springe in meinen Wagen und

brause los. Mit einem Blick auf die Uhr trete ich das Gaspedal noch etwas weiter durch und - werde ein zweites Mal geblitzt.

Das darf doch nicht wahr sein.

Wütend, abgehetzt und verschwitzt komme ich gerade rechtzeitig zu meinem Massagekunden. Auf dem Weg in die Kabine knöpfe ich mir das Poloshirt zu und atme tief durch, bevor ich eintrete.

Die Arbeit zieht sich wie Kaugummi und in Gedanken bin ich bei den Handwerkern, meinem Einkaufszettel und ärgere mich immer noch, dass ich zweimal geblitzt wurde. Meine letzte Patientin, eine alte einsame Dame, lässt sich nicht abwimmeln. Nervös sehe ich auf die Uhr. Zeit meine Kids von Schule und Kita abzuholen. Nachdem ich noch weitere 5 Minuten mit Frau Wenigstein über das miserable nachmittägliche TV-Programm geredet habe, finde ich den Absprung und düse los. Max wartet genervt an der Schule, und Franz ist das letzte Kind, das noch in der Kita ist.

Oh Mann, irgendetwas muss sich ändern. Ich bin es so leid, immer nur zu hetzen. Kinder, Job, Einkaufen und nachmittags der Haushalt. Ich hasse saugen, putzen, bügeln und am allermeisten die Spülmaschine auszuräumen. Das wäre alles kein Problem, wenn Bente nicht so furchtbar pingelig und sauberkeitsliebend wäre. Sein miesepetriges Gesicht reicht mir, vor allem, wenn er nach Hause kommt und nicht picobello aufgeräumt ist. Da bekomme ich sofort schlechte Laune. Soll er doch neben der Arbeit die Kinder betreuen und den Haushalt schmeißen.

Ich bin echt überfordert. Keine Ahnung, wie andere Frauen das hinkriegen? Ich könnte den Muttis, die mittags fröhlich beschwingt und top-gestylt ihre Kids aus dem Kindergarten abholen und sich in aller Ruhe die neusten Bastelwerke ihrer Sprösslinge ansehen und diese ausgiebig loben, an die Gurgel gehen.

Ich fühle mich so schlecht. Bei mir geht das Abholen Zackzack. Rein, Kind anziehen, raus. Kaum habe ich Franz angeschnallt, höre ich schon Maximilian, wie er seinem Bruder zuraunt: »Mama ist heute wieder ultra-genervt.« Na toll, die lieben Kleinen merken auch alles.

So ist es auch heute. Als endlich alle eingesammelt sind, machen wir uns auf den Heimweg. Ich will unbedingt die Handwerker noch erwischen, bevor sie sich in ihre Mittagspause verabschieden. Also Vollgas und nix wie heim. Wenn da nicht zum dritten Mal der bescheuerte Blitzer wäre, der mich wieder erwischt.

»Scheiße! Ich muss zum Idiotentest«, brülle ich und breche in Tränen aus, weil ich mit den Nerven völlig fertig bin. Zum Glück parkt der Transporter der Heizungsfirma noch vor unserem Haus. Mit tränennassem Gesicht gehe ich in den Keller, um nachzusehen, wie die Reparatur vorangeschritten ist. Die Männer erklären mir, dass die Umwälzpumpe kaputt ist und sie schon eine neue bestellt haben. Morgen wird die eingebaut. Das heißt, heute und morgen haben wir kein warmes Wasser. Glücklicherweise sind die Temperaturen für Mai ziemlich hoch. Es ist also nicht so schlimm, wenn das Haus nicht geheizt wird. Duschen können wir bei meinen Eltern.

Ich gehe nach oben in die Küche, um zu kochen. Als ich am Flurspiegel vorbeikomme, erschrecke ich. Die salzigen Tränen haben die Wimperntusche aufgelöst und schwarze Spuren auf meinem Gesicht hinterlassen. Ich sehe aus wie ein Panda. Und so habe ich gerade mit den Handwerkern gesprochen. Was für ein beschissener Tag.

Das Essen schmeckt den Herren nicht. Bei den Hausaufgaben gibt es Theater, und als Franz erfährt, dass sein Freund nicht zum Spielen kommen kann, weil er krank ist, verwüstet er in einem Tobsuchtsanfall sein Zimmer. Als er zu verstehen beginnt, dass er seine Chaosbude aufräumen muss, tobt er wieder. Das Rumpelstilzchen würde vor Neid erblassen.

Ich versuche es mit allen pädagogischen Mitteln: Erst zeige ich Verständnis, ich tröste, ich motiviere, aber am Schluss brülle ich wie eine Furie.

Wie oft habe ich mir schon vorgenommen, die Kinder nicht mehr anzuschreien? Unser Bücherregal im Wohnzimmer quillt über vor ungelesenen Erziehungsratgebern. Wenn die Jungs mich so richtig zur Weißglut bringen, kann ich einfach nicht mehr an mir halten und brülle. Ich fühle mich deswegen schlecht. Die Kinder haben was Besseres verdient.

Soll Bente sich um das Chaos in Franz' Zimmer kümmern, es sind schließlich auch seine Kinder.

Um die Situation zu beruhigen, fahren wir mit den Fahrrädern, bepackt mit Duschgel, Shampoo und Handtüchern, zu Oma und Opa. Max und Franz spielen vorher mit Opa Eckhart Fußball im Garten. Ich setze mich mit meiner Mutter und einer Tasse Kaffee unter den Apfelbaum und bin gespannt, was es bei ihr und meinen Schwestern Neues gibt.

»Mama hat geweint, weil sie einen Idiotentest machen muss.« So empfängt Franz Bente, als der zur Tür hereinkommt. Beschämt kläre ich die Situation auf und darf mir prompt anhören, dass es wirklich selten dämlich ist, dreimal an einem Tag vom gleichen Blitzer geblitzt zu werden.

»Vielen Dank auch.«

Nachdem die Kinder endlich friedlich schlummern, recherchiert Bente für mich, ob mein Führerschein wirklich in Gefahr ist.

»Entwarnung, Schatz. Es kann dir, außer einer Geldstrafe, nichts passieren.«

Erleichtert kuschele ich mich an Bente und küsse ihn immer fordernder. Aber mein Versuch ihn zu verführen, geht in die Hose. Er blockt mich ab, gähnt und sagt schläfrig:

»Du, das war ein langer Tag, ich bin müde.«

Verletzt ziehe ich mich zurück, um den Frust des Tages meinem Tagebuch anzuvertrauen. Von dem bekomme ich wenigstens keinen blöden Spruch gedrückt.

Nachdem ich mir die Unzufriedenheit von der Seele geschrieben habe, fühl ich mich besser. Ich verstaue meinen Seelentröster, wie ich das Tagebuch nenne, bei den anderen in der geheimen Kiste in meinem Kleiderschrank. Wie unterschiedlich die Bücher, Heftchen und Blöcke sind. Angefangen mit dem Diddl-Tagebuch. In meinem Geheimversteck befinden sich Notizbücher mit Smileys drauf, mit Katzen- oder Hundebabys, eins ist mit Kelly Family Stickern beklebt, ein anderes ziert das Logo von VIVA. Ich finde Hefte von den Simpsons, GZSZ und Chupa Chups. Ein paar schlichte Exemplare sind dabei, fast alle sind beklebt, verziert oder mit einem selbstgebastelten Verschluss aus Freundschaftsbändchen versehen. Ein Tagebuch zieht mich magisch an. Es ist komplett schwarz und mit einem Totenkopfsticker beklebt. Oje, da ging es mir wohl nicht so gut. Ich öffne neugierig den Buchdeckel.

Das Leben ist scheiße! In Mathe habe ich schon wieder eine 5 geschrieben, also kann ich die Party am Wochenende bei Bekki knicken. Das ist so ätzend, alle aus der Clique kommen. Und sogar Steve aus der Paraklasse ist eingeladen. Der ist sooooo süß! Und so cool! Wie krass der Frau Siefert aus der 6c verarscht hat. Echt cool! Meine ätzenden Eltern werden mich wegen der behinderten Mathearbeit nicht hingehen lassen. Die raffen echt nicht, wie wichtig die Party ist.

16. Februar 1996

Ich habe mit Nina telefoniert und sie hat mir alles von der Fete erzählt. Oh Mann, ich habe die fetteste Party ever verpasst. Die Musik war tierisch gut, sagt sie, und es waren krass viele Leute da. Nina sagt, dass die meisten Weiber rumgeheult haben, weil *Take That* sich getrennt hat. Den Hammer hat sie erst zum Schluss erzählt, bestimmt um es mir schonend beizubringen. Also, Steve war da und hat mit der Steffi zu *I'll Never Break Your Heart* von den *Backstreet Boys* getanzt und rumgemacht. Diese dumme Schlampe!!!!!! Ich hasse sie!!!!! Wie kann sie nur. ICH liebe ihn doch!!

Ich komme nie wieder aus meinem Zimmer raus, ich sehe so übelst bescheuert aus mit den verquollenen Augen. Daran sind nur meine Eltern schuld. Wenn sie mich zu der Fete gelassen hätten, wäre ICH jetzt Steves Girl und nicht diese ätzende Bitch!

Lächelnd klappe ich das Tagebuch zu. Das waren damals Probleme. Lustig. Den coolen und mega-süßen Steve habe ich letzte Woche beim Einkaufen gesehen. Da war von cool und süß nicht mehr viel übrig. Fettige Haare, Bierbauch und drei Rotzgören an der Hand. Das ist aus dem coolen Boy geworden.

Inspiriert von dem Jahr 1996 google ich auf meinem Smartphone, welche Lieder wir damals gehört haben. Ich finde eine Playlist und höre *Gangsta's Paradise* von *Coolio*, *Herz an Herz* von *Blümchen*, *Lemon Tree* von *Fool's Garden*, *Coco Jambo* von *Mr. President* und tanze zu *Macarena* von *Los del Rio* und *Wannabe* von den *Spice Girls*.

Mann, was waren das Zeiten. Coole Mucke! Vielleicht sollte ich auf eine 90er Party gehen ...

Kapitel 7

Das Thema 90er Party lässt mich nicht mehr los. Immer wieder schweifen meine Gedanken ab und erinnern mich an die Zeit. Bilder und Szenen schieben sich wie Dias vor meine Augen.

Ich erinnere mich an die Nachmittage, an denen ich vor der Glotze klebte, weil ich es liebte, mir die verrückten Talk-Shows reinzuziehen. Andreas Türk, Arabella, Olli Geissen, Sonja, Vera und Ricky. Ich, ein Dorfkind, war fasziniert von den derben Themen und kunterbunten Leuten. Heute würde ich mir solchen Schund nicht mehr ansehen, aber der Daily-Talk-Kult war ein Stück Fernsehgeschichte. Und so manche Moderatorin von damals hat es sogar zu RTL in den Dschungel geschafft.

Ein großes Thema war für mich die BRAVO. Donnerstag war BRAVO-Tag. Da kam die aktuelle Ausgabe raus. Auf dem Heimweg von der Schule kaufte ich mir ein Exemplar, zusammen mit einer Milka Lila Pause.

Ich habe diese Zeitschrift von vorn bis hinten verschlungen. Der erste Blick fiel zielstrebig auf die letzte Seite, wo die Charts zu finden waren. Wenn meine Idole auf Platz eins waren, war der Tag gerettet. Die Tipps und Ratschläge vom Dr. Sommer fand ich mehr als interessant. Zwar konnte ich mit meinen Schwestern und Freundinnen über sexuelle Themen sprechen, aber manche Fragen waren mir zu peinlich und da fand ich in der Bravo Rat. Eine super Institution!

Ob es die Bravo noch immer gibt, frage ich mich. Ich sehe beim nächsten Besuch im Kiosk mal nach und vielleicht kaufe ich mir aus Nostalgiegründen eine.

Bei allen Gedankenschweifen in die 90er, kommen mir neue Songs in den Sinn. Es gab total abgefahrene Musik wie *I Wanna Be a Hippie* von *Technohead* oder *Eins Zwei Polizei* von *MO-Do*, *Der Berg ruft* von *K2* und *Max don´t Have Sex With Your Ex* von *E-Rotic*.

Es gab nicht nur Blödelsongs, sondern auch die ganz großen Balladen von *Whitney Houston*, *Celine Dion*, *Elton John* und *Sinead O`Connor*. Meine Hymne war *Unbreak My Heart* von *Toni Braxton*, da bekomme ich immer noch Gänsehaut.

Die 90er waren musiktechnisch offen. Obwohl ich nie das Hip-Hop-Girl war, fand ich *2Pac*, *Dr. Dre*, *Beasty Boys* und wie sie alle hießen, echt lässig.

Wer liebte nicht *Die fantastischen Vier*? Die sympathischen Schwaben mit den originellen Texten waren klasse. Wenn ich die Jungs heute in verschiedenen Castingshows sitzen sehe, denke ich immer, dass wir zusammen alt geworden sind. Ihren Hit *Sie ist weg*, kann ich bis heute auswendig mitrappen:

»Hey heute ist wieder einer der verdammten Tage
Die ich kaum ertrage und mich ständig selber frage
Warum mich all diese Gefühle plagen die ich nicht
Kannte oder nur vom Hörensagen
Denn bisher rannte ich durch meine Welt und war der König
Doch alles was mir gefällt ist mir jetzt zu wenig
Alles was mich kickte von dem ich nie genug kriegte
Lass ich lieber sein denn ich fühl mich allein«

Mega, der Song hat mir immer durch den Liebeskummer geholfen, egal, wem ich hinterher heulte. Ob bei Benny, bei Tim, Lukas, Markus oder Jannis.

Kapitel 8

Es ist Montagmorgen 6:10 Uhr. Ich liege mit geschlossenen Augen im Bett und genieße die Ruhe, bevor der Tag zeigt, was er zu bieten hat.

Bente ist im Badezimmer und duscht, die Kinder schlafen noch. Ich denke über meinen vergangenen Traum nach. Es war ein schöner Traum. Ich war dreizehn Jahre alt und mit meiner Clique unterwegs zur Kirmes im Nachbarort. Der »Wiesenthäler Sommermarkt« ist das regionale Großereignis für jeden in unserer Region. Es gibt Verkaufsstände, an denen man von Reißverschlüssen, über Pfannen, Schmuck und Haushaltshelferlein alles erstehen kann, was man braucht. Außerdem gibt es Fressbuden in Hülle und Fülle. Für jede Menge Spaß sorgen Karussells, rasante Fahrgeschäfte und Losbuden. Am Wochenende ist die Hölle los. Das Sommerfest in Wiesenthal ist der Anziehungspunkt für Alt und Jung, besonders, wenn das Wetter mitspielt. So wie an besagtem Tag.

Nina, Svenja, Bekki und die Jungs sind unterwegs zum

Jugendtreff der Kirmes. Freitags und samstags wird dort für Jugendliche eine Discoparty veranstaltet, mit angesagter Musik und alkoholfreien Cocktails. Wir dürfen unter der Aufsicht des Jugendsozialarbeiters feiern. Wir Mädels haben uns richtig rausgeputzt und dafür den halben Nachmittag das Bad blockiert. Es hat sich gelohnt. Der Zick-Zack Scheitel ist mir heute akkurat gelungen und die rot-blonde Friese sitzt perfekt. Ich durfte sogar Wimperntusche, Kajal und Lipgloss benutzen. Meine Schwester Sarah hat mir ihre silbernen Creolen geliehen, dafür übernehme ich die nächsten zwei Wochen ihren Putzdienst. Ich trage eine enge Jeans mit Schlag und darüber ein bauchfreies weißes Top. Mit einem aufgeklebten Strassstein habe ich mir ein Fake-Bauchnabelpiercing gebastelt. An den Füßen prangen, was sonst, schwarze Buffalo-Boots. Ich bin zufrieden mit mir und den Jungs scheint mein Outfit zu gefallen. Es wird ein ausgelassener Abend, wir tanzen viel.

Der engagierte DJ weiß, was uns Teenies gefällt. Tobi und Jannis schmuggeln sogar Alkohol an unserem Aufpasser vorbei. Wir teilen uns das Bacardi-Mischgetränk. Etwas angeheitert feiern, tanzen und lachen wir bis um 22:00 Uhr die Party zu Ende ist und unsere Eltern uns in Empfang nehmen.

Bente ist fertig im Bad, das Zeichen, jetzt aufzustehen, um mich frisch zumachen. Beim Zähneputzen sehe ich in den Spiegel. Von dem glücklichen, aufgebrezelten 13-jährigen Mädchen ist nicht viel übrig.

Die langen Haare sind zwar noch vorhanden, wenn auch nicht so voll, und die ersten grauen Strähnen durchziehen meine rot-blonde Haarpracht. Um die Augen sind Linien zu erkennen. Auf der Stirn sehe ich Falten. Ebenso um den

Mund, das Kinn hängt und die Gesichtsfarbe ist eher fahl. Weiter unten wird es nicht besser. Das Dekolletee springt einem nicht mehr prall und verlockend entgegen. Die Brüste hängen und dem Bauch sieht man seine Strapazen der zwei Schwangerschaften an. Beine und Hintern sind noch okay. Nicht so prall und super-sexy wie früher, aber für 38 völlig in Ordnung. Die langen, wohlgeformten Beine sind mein Markenzeichen. Alle beneiden mich um sie. Damals habe ich einiges an Zeit und Schweiß investiert. Zweimal in der Woche ging ich zum Schwimmtraining und beim »RC Wormsen«, meinem Radverein, habe ich die Pedale geschwungen.

Heute habe ich keine Zeit mehr für so was neben Job, Kids und Haushalt. Apropos Job, ich muss mich beeilen. Nicht, dass ich schon wieder zu spät komme. »Nachher rufe ich beim Friseur an«, beschließe ich, als ich die Haare föhne. Die grauen Strähnen müssen weg und ein neuer Schnitt würde mir guttun. Vielleicht gehe ich auch zur Kosmetikerin. Es gibt bestimmt Mittelchen, um meine erschlaffte Haut zu optimieren. Ich werde mich jetzt regelmäßig aufs Mountainbike setzten und etwas für mich tun. Ich bin doch noch jemand.

Nachdem ich fertig angezogen und geschminkt bin, entdecke ich eine Gruppenchat-Einladung von Svenja auf meinem Smartphone. Die gute alte Wolpi plant einen Revival-Abend mit der Clique. Alle sind eingeladen und sollen freie Termine nennen. Chris, der den »Waldschrat« von seinen Eltern übernommen hat, will eine coole 90er Party veranstalten. Wir müssen nur einen Tag finden, an dem wir alle Zeit haben.
Okay, dann gibt es wohl kein Zurück mehr. Ich gehe mal wieder so richtig feiern.

Kapitel 9

Zwei Tage später sehe ich auf meiner Radrunde, die ich wieder regelmäßig drehe, im Augenwinkel »90er« und bremse scharf. Chris schmeißt im »Waldschrat« eine riesige 90er Fete, mit allem, was dazu gehört. Mit Eurodance vom Allerfeinsten, Drinks von vor zwanzig Jahren und der Clou ist: Die Gäste sind aufgefordert, in original 90er Outfits zu kommen. Unterstützt wird Chris vom regionalen Radiosender. Das scheint eine große Sache zu werden.

Echt cool, was unser Fuchsi auf die Beine stellt. In zwei Wochen steigt die Fete und bis dahin ist noch viel zu tun. Ich befürchte, dass jede Menge Leute von der Schule da sein werden. Und da MUSS ich gut aussehen.

Als Teenie war ich ein heißes Gerät, wie ich oft hinter vorgehaltener Hand gehört habe. Rot-blonde Locken, Sommersprossen, lange Beine, Knackarsch, flacher Bauch und üppiges Dekolletee. Und bei allen Modetrends vorn dabei.

Nein, über mangelndes Interesse konnte ich mich nicht

beschweren. Nicht nur wegen meines Aussehens war ich beliebt gewesen. Ich war ein lockeres und aufgeschlossenes Teenie-Girl, für jeden Spaß zu haben und bei jeder Fete am Start. Ich sagte fast nie nein, weder zu Alkohol noch zum anderen Geschlecht und oft hatte ich mehrere Verehrer gleichzeitig. Mir gefiel das und ich nutzte es mehr als einmal aus. Es gab Zeiten, da hätte ich jeden Typen haben können. Die Jungs standen Schlange - und ich hatte die Qual der Wahl.

Das gefiel mir und brachte mein Selbstbewusstsein fast zum Platzen. Ich kann nicht sagen, dass ich sexuell irgendetwas nicht ausprobiert hätte. Sex mit Jungs, Mädels und manchmal mit beiden zusammen, aber nur wenige schafften es, mir das Herz zu stehlen.

Benny, meine erste große Liebe, war draufgängerisch und beliebt wie ich. Anfangs war es für mich nur ein Spiel. Ich wollte Benny haben, damit mich die anderen Mädels beneideten. Nach ein paar Dates verliebten wir uns ineinander. Ein halbes Jahr war es die große Liebe, dann bröckelte die Fassade. Zu groß waren die Verlockungen um uns herum.

Nach Benny kam Tim in mein Leben, drei Jahre älter als ich und irre cool. Tim spielte Schlagzeug in einer Rock-Band. Um ihn musste ich kämpfen. Das war neu für mich. Je mehr ich kämpfte, umso toller fand ich ihn. Ich himmelte Tim an. Irgendwann erwiderte er meine Avancen und wir kamen zusammen. Ich tat alles für ihn, kleidete und stylte mich, wie er es mochte und hörte die Musik, die er cool fand. Aber ich hatte nichts zu melden, doch ich verehrte ihn weiter. Ich ahnte, dass er mich betrog, aber ich wollte es nicht wahrhaben. Ich wäre ihm wahrscheinlich noch länger verfallen, wenn er nicht mit mir Schluss gemacht hätte.

Nach der Trennung fiel ich in ein tiefes Loch. Ich fühlte

mich klein, unbedeutend und wertlos, trank viel zu viel Alkohol und wäre sicher abgerutscht, wenn Nina nicht die Reißleine gezogen hätte. Sie nahm mich unter ihre Fittiche, schleppte mich auf Partys, ging mit mir shoppen und brachte wieder Freude in mein Leben.

Nach der düsteren Beziehung mit Tim stand mir lange nicht der Sinn nach einem festen Freund. Ich probierte vieles aus und aus heutiger Sicht war ich in dieser Zeit ein richtiges Flittchen. Aber ich war jung und in den wilden 90ern war das halb so schlimm. Nachdem ich mich ausgetobt hatte, war mein Herz wieder frei.

Lukas bewarb sich auf die Stelle, dieses zu besetzen. Luki war ein lustiger Kerl, zwei Jahre älter als ich, bodenständig mit einem netten Freundeskreis und wirklich lieb zu mir. Genau das brauchte ich. Wir lachten viel, machten Radtouren und planten unser Leben. Lukas wollte Meeresbiologe werden, so fasziniert war er von der Unterwasserwelt. In seinem Zimmer standen drei Aquarien, die wir eineinhalb Jahre zusammen pflegten, bis aus der Liebe zu Lukas Freundschaft geworden war. Nach Luki hatte ich einige flüchtige Bekanntschaften, nichts Ernstes.

Bis Markus kam. Markus war der Fußballstar aus dem Nachbardorf, immer heiß umschwärmt von den Sportplatz-Girls, aber er machte sich nichts aus dem Rummel um ihn, er wollte einfach nur Fußball spielen. Wir tanzten im »Waldschrat« zusammen. Nicht nur auf dem Fußballplatz machte er eine hervorragende Figur, er tanzte auch cool. Mit seiner körperbetonten Art landete er schnell bei mir.

Markus war besessen von Sex. Am liebsten hätte er sich morgens, mittags und abends über mich hergemacht. Sein Begehren schmeichelte mir. Ich war diesem Leistungssport nicht abgeneigt und somit verbrachten wir die meiste Zeit im Bett, im Auto, in der freien Natur oder wo man sonst noch ungestört ist. Wir hatten jede Menge Spaß zusammen, bis auch diese Partnerschaft bitter endete, weil Markus mich betrog und sein bestes Stück überall reinstecken musste. Da war bei mir sofort der Ofen aus.

Danach war ich lange Zeit Single. Zuerst aus Überzeugung, später aus Mangel an den richtigen Männern.

Wenn ich daran denke, wie beliebt, sexy und offen ich war, frage ich mich: Wo ist diese Julia geblieben? Heute bin ich weder beliebt noch sexy, geschweige denn offen. Ich bin eine genervte, mürrische Frau Mitte dreißig, die sich kaum Mühe mit ihrem Äußeren gibt. Ich bin froh, wenn mich alle in Ruhe lassen. Nicht mal bei meinen Kindern bin ich beliebt.

Ich greife nach meinem Handy und mache Nägel mit Köpfen. Übermorgen gehe ich zum Friseur. Und gleich hinterher gönne ich mir einen Abstecher ins Beautystudio mit allem Drum und Dran: Gesichtsbehandlung »Spezial« mit Hyaluron, Mesoporation und einer speziellen Blitzlampe. Zusätzlich Waxing, Augenbrauenfärben, Maniküre und Pediküre. Wahrscheinlich geht da mein gesamtes Monatsgehalt drauf, aber wenigstens sehe ich top aus, wenn ich mich der Vergangenheit stelle.

Fehlt noch das passende Outfit. Was soll ich bloß anziehen? Bauchfrei scheidet definitiv aus. Auf jeden Fall krame ich die alten Buffalo-Boots aus den Kisten, die auf dem Dachboden vor sich hin stauben. Ich habe immer gewusst, warum ich meine kostbaren Treter aufhebe. Irgendwann kommt alles wieder. Aber was kombiniere ich dazu? Vielleicht einen kurzen Faltenrock mit weißer Bluse à la Britney Spears? Nee, zu verspielt.

Ich habe noch eine Jeans mit Schlag, die steht mir super und passt gut zu den Buffalos. Dazu könnte ich ein weißes T-Shirt mit einem Spaghettiträger-Top tragen. Das war mal angesagt. Für die Disco ist es vielleicht ein bisschen zu langweilig.

Ich beschließe, einen Abstecher in die Welt des Online-Shoppings zu machen.

Die Kinder sind im Bett, Bente ist bei einer Sitzung seiner Naturschutzfreunde. Sturmfrei! Ich lasse meine 90er Playlist laufen und shoppe zu den Rhythmen von *ATC* mit *Around the world (la la la la la)* und *Never Forget* von *Take That*.

Eine halbe Stunde später ist mein virtueller Warenkorb prall gefüllt. Outfit und Accessoires stehen.

Kapitel 10

Am nächsten Morgen wache ich auf. Von meiner gestrigen Euphorie ist nicht mehr viel übrig. Ich habe keine Lust, in der Vergangenheit rum zu schnüffeln und auf dieses »Was machst du denn jetzt so?« auch nicht.

Alle werden sich, wie beim Klassentreffen, übertrumpfen wollen. Wer hat den coolsten Job? Die meiste Kohle? Die klügsten Kinder und wer hat sich am besten gehalten? Blabla! Und wenn ich daran denke, dass ich nicht pünktlich um 20:00 Uhr zu den Nachrichten die Füße hochlegen kann, bekomme ich jetzt schon schlechte Laune. Ich werde zu viel trinken, unruhig schlafen und morgens wecken mich die Kids in aller Frühe. Das ist mit dickem Kopf und Kater nicht auszuhalten.

Ich habe keine Lust auf die Party. Wir sind keine 16 mehr und das ist auch gut so. Ich habe in meiner Jugend nichts verpasst, muss nichts nachholen. Ich will einfach nur Ruhe und meine Couch.

Ich kann mich selbst nicht leiden. Warum reagiere ich so empfindlich auf das Thema? Ich habe doch sonst auch keine Fete ausgelassen, war die Erste auf der Tanzfläche und die letzte, die ging.

Ich fühle tief in mich hinein. Was ist es, dass mich abhält? Warum sträube ich mich vor der Party? Vielleicht kann Nina mir helfen, sie kennt mich besser als ich mich selbst. Ich beschließe, heute Nachmittag mit ihr zu telefonieren.

Also einmal tief durchatmen. Auf in den allmorgendlichen Kampf. Frühstück machen, Brote schmieren, Fahrdienst, arbeiten, Mittagessen kochen. Jeden Tag das gleiche.

Wann ist mein Leben nur so öde geworden? Naja, so richtig öde ist es nicht, täglich passieren neue Katastrophen. Als Mutter kann man nichts planen. Wenn der Junior am Morgen verkündet, dass er zu seinem Freund zum Spielen eingeladen ist und man sich auf einen ruhigen Nachmittag freut, steht mit Sicherheit der Plan mittags Kopf und eine Horde Kinder spielen bei uns.

Jedes Vorhaben wird gnadenlos zerschossen und somit stellt man seine Ansprüche hinten an. Für alles und jeden muss man Zeit haben. Die Kinder wollen immer jetzt und sofort ihren Willen. Auf mich nimmt niemand Rücksicht. Das nagt an meinem Nervenkostüm. Bei der Arbeit ... na ja, mir macht das Massieren Spaß, aber mit Haushalt und Kindern ist es mir zu viel.

Wenn Bente einige Gehaltsstufen höher springt, kann ich meinen Job an den Nagel hängen. Das haben wir so besprochen. Momentan brauchen wir das Geld für den Hauskredit.

Warum wollen Frauen nach der Elternzeit so schnell wie möglich wieder zurück in den Job? Ich brauche die Arbeit nicht, um mich bestätigt oder wichtig zu fühlen und wäre froh, wenn ich mehr Zeit für den Haushalt und für mich hätte. Dann wäre ich bestimmt nicht so mies drauf, holte ohne Zeitdruck und entspannt die Kinder ab und wäre eine fröhliche, besonnene Mutti, die im Kindergarten gern noch ein Schwätzchen hält. Solange ich eine berufstätige Mutter bin, bin ich eben mürrisch und gestresst.

»Nini, ich habe keine Lust auf die 90er Party! Nur blöde Leute und alles ist laut und voll. Am Ende bin ich stockbesoffen und der nächste Tag wird der Horror.«

»Sag mal gehts noch?«, fährt Nina mich an. »Das wird die Fete des Jahres. Alle kommen. Die Leute sind unsere alten Freunde und wir werden eine Menge Spaß haben, richtig abrocken, uns betrinken und über die alten Zeiten lachen. Was ist los? Du warst doch unsere Partyqueen. Du musst mitkommen. Ausreden lasse ich nicht gelten.«

»Ach Nina, ich weiß nicht. Erst hatte ich Lust. Aber jetzt ... Wenn ich in den Spiegel sehe, könnte ich kotzen. Ich habe einfach Angst, dass ich nicht mehr die coole und beliebte Julia bin. Sondern die Julia, die langweilig und hässlich geworden ist.«

»So ein Quatsch!« Nina ist entrüstet, das höre ich an ihrer Stimme. »Wir sind alle älter geworden. Das sieht man halt. Das ist doch nicht schlimm. Es geht um einen witzigen Abend. Nicht um irgendwelche doofen Vergleiche. Und selbst wenn ... Du siehst gut aus. Okay, nicht wie mit 16, aber trotzdem super. Du hast einen Job, ein Haus, einen attraktiven Mann und zwei gesunde Kinder. Du musst dich für nichts schämen. Was soll ich da sagen? Ich wohne in der Einliegerwohnung meiner Eltern, habe keine Kinder und bin Single.

Ich sehe nicht mehr aus wie früher und die Kerle stehen nicht gerade Schlange, um bei mir zu landen. Außer der ein oder anderen Nacht mit Chris habe ich keinen Sex.«

»Was? Du schläfst mit Chris? Unserem Christian Fuchs? Warum weiß ich das denn nicht? Nina, ich dachte wir sind beste Freundinnen?«

»Ooops, da habe ich mich wohl verplappert.«

Ich sehe durch das Telefon, dass Nina rot wie eine Tomate wird. »Erzähl schon.«

»Naja, nichts Ernstes. Manchmal, wenn wir betrunken sind, landen wir in der Kiste. Häng es nicht an die große Glocke, Julia, ich hab es Chris versprochen.«

»Keine Sorge. Warum auch nicht? Ihr wärt ein schönes Pärchen. Fuchsi fand dich schon immer cool.«

»So ,nen Blödsinn. Von wegen Pärchen! Themawechsel: Vor was hast du genau Angst? Mit Status und Aussehen hat das nicht wirklich was zu tun, oder?«

»Ach, ich weiß es nicht. Ich bin nicht mehr die Party-Sau, die ich damals war. Und außerdem habe ich Angst Jannis zu begegnen.«

»Aha, Jannis also! Was ist mit ihm?«

»Ich will ihn einfach nicht sehen. Ich hab gar nicht mehr an ihn gedacht, und jetzt kommt ihr mit dieser Revival-Party-Geschichte und reißt die Wunden wieder auf.«

»Was denn für alte Wunden?«

»Jannis hat mich abblitzen lassen. Und jetzt habe ich kein Bock, ihm zu begegnen.«

»Du warst in Jannis verknallt und heulst ihm immer noch hinterher? Was ist mit Bente?«

»Ich liebe Bente! Keine Frage, aber Jannis wollte mich nicht, obwohl ich jeden haben konnte. Das kratzt bis heute an meinem Selbstbewusstsein. Hört sich völlig bescheuert an, stimmts?«

»Mensch, das ist so lange her. Du wirst doch diesen Jungen aus deinem Kopf bekommen, zumal nur dein Selbstwertgefühl angekratzt ist. Sonst nichts. Ignoriere Jannis am Samstag einfach und habe endlich mal wieder Spaß! Und jetzt Schluss mit diesem Gejammer. Ich muss los, aber ich hole dich Samstag ab. Und Julia, ich lasse keine Ausrede gelten!«

»Okay, Nini! Bis Samstag. Ciao!«

Seit Jahren taucht Jannis immer wieder in meinen Gedanken auf. Mal rieche ich irgendwo den Duft von Sandelholz, der mich an ihn erinnert, oder höre ein Lied im Radio. Ich gebe mich diesen Gedanken nie hin. Was weiß ich, was dann passieren würde? Aber jetzt werde ich ihn am Wochenende sehen. Jetzt kann ich gar nicht anders: Ich muss an ihn denken.

Ich war in Jannis verliebt. Mein Herz machte Luftsprünge, wenn wir uns sahen, mein Unterleib pulsierte und in meinen Augen waren bestimmt Herzchen zu sehen.

Jannis gehörte zwar zu unserer Clique, aber wegen seiner Vergangenheit grenzte er sich immer mehr ab. Manchmal blieb er einfach ein paar Tage weg und wir wussten nicht, warum oder wo er war. Er redete nicht über seine Kindheit. Wir wussten vom Unfall, aber wir sprachen nie darüber. Er war der Einzelgänger in unserer Gruppe, cool, unnahbar und geheimnisvoll und kein Sunny Boy, sondern eher der Bad Boy. Keine feste Freundin, nur Affären. Jannis war nicht besonders hübsch, aber ich fand, dass von ihm etwas Außergewöhnliches aus ging. Im Gegensatz zu den anderen Jungs in unserem Alter war er männlich. Herrlich männlich.

Ach Mensch, ich muss nur an ihn denken und schon zieht sich mein Unterleib zusammen. Der Typ hat so eine erotische Ausstrahlung auf mich. Die rauen, blonden Haare auf seinen Armen, die eisblauen Augen, der lässige Gang und sein männlich-herber Geruch ...

Zu ihm zu gehen und meine Gefühle zu offenbaren wäre unmöglich gewesen. Ich wollte, dass er mich ebenso begehrte, wie ich ihn.

Für Jannis war ich nur ein Girl aus der Clique. Ich zog mich noch aufreizender an, setzte mich neben ihn, um ihn um den Finger zu wickeln, wie ich es mit den anderen Jungs machte, aber Jannis widerstand meinen Reizen.

Bis auf das eine Mal. Es war Sommer und wir waren auf dem »Wiesenthäler Sommermarkt«. Die Band spielte die bekannten Hits des Jahres und der Apfelwein, das hessische Nationalgetränk, floss in Strömen.

Es war schon spät und die Band spielte zum Abschluss Schmusesongs. Bei *Supergirl* von *Reamonn* zog Jannis mich nah an sich. Ich sah einen neuen Ausdruck in seinen Augen. Seine eisblauen Augen waren fast schwarz und ich fühlte sein Verlangen. Die anderen beachteten uns nicht. Ich folgte Jannis aus dem Zelt. Den Weg von der Kirmes bis zu seinem Zimmer im betreuten Wohnen redeten wir kein Wort. Ich schrieb Nina schnell eine SMS, dass ich nach Hause gegangen sei.

Noch während die Zimmertüre ins Schloss fiel, hob Jannis mich mit seinen starken Armen hoch und drückte mich gegen die Wand. Ich schlang meine Beine um seine Hüften. Wir küssten uns gierig, als wenn es kein Morgen geben würde. Der Boden war übersät von unseren Klamotten, als Jannis mich auf sein Bett legte. Für ein Vorspiel waren wir zu geil, es ging gleich zur Sache. Nachdem Jan sich ein Kondom übergestreift hatte, drang er in mich ein. Ich zog die Luft tief ein, so füllte er mich aus. Alles an Jannis war groß. Ich hatte eine Menge Jungs vor ihm, aber solch eine Pracht kannte ich in natura noch nicht.

Der Sex war gnadenlos gut, hemmungslos, wild und hart. Doch von Liebe keine Spur. Er bat mich, zu gehen. Wie vor den Kopf gestoßen, noch immer berauscht, schwebte ich nach Hause. Bis heute habe ich das Gefühl, seine Härte in mir zu spüren.

Nach der Nacht sah ich Jannis drei Tage nicht. Er war wie vom Erdboden verschwunden. Auf Anrufe und SMS reagierte er nicht. Das war komisch. Da hatte ich die Nacht meines Lebens erlebt und der Typ meldete sich nicht mehr.

Natürlich habe ich mit Nina darüber gesprochen. Sie tröstete und bestärkte mich, dass sicher alles gut werden würde.

Dann tauchte Jannis auf dem Bolzplatz auf, wo wir uns meistens trafen. Er redete kaum. Mich ignorierte er völlig. Als er anbot, am Kiosk Getränke zu holen, begleitete ich ihn. Er sah mich nicht an, sagte nur tonlos, dass die Nacht ein Ausrutscher gewesen war und ich mir nichts darauf einbilden solle. Wir könnten befreundet sein, wenn ich die Klappe hielt und den Anderen nicht davon erzählen würde.

Den Tränen nahe schleppte ich mich nach Hause. Ich konnte nicht bei meinen Freunden sitzen und so tun, als ob nichts gewesen wäre. Aufgelöst stürmte ich in mein Zimmer, schmiss mich aufs Bett und heulte, bis keine Tränen mehr kamen. Mein Herz fühlte sich rau an und schmerzte. So sehr hatte mich noch kein Typ verletzt. Jannis' Absage fühlte sich furchtbar an. Wie wenn jemand in meine Brust gegriffen hätte und mein Herz zerquetschte. Der Schmerz nahm mir fast die Luft zum Atmen. Ich blöde Kuh, ich hatte mir wirklich Hoffnungen gemacht. Irgendwann, ich hatte das Zeitgefühl völlig verloren, klopfte es an meine Zimmertür. Kurze Hoffnung keimte in mir auf, dass es vielleicht der reumütige Jannis sein könnte, der mich um Verzeihung bitten würde.

Doch es war nur Nina, die sich Sorgen gemacht hatte. Jannis hatte der Clique erzählt, dass mir schlecht war und ich deshalb nach Hause gegangen wäre. Nina durchschaute die Ausrede. Unter Tränen, geschüttelt von Heulkrämpfen, erzählte ich ihr von der Abfuhr und der gemeinsamen Nacht. Sie hörte mir zu, streichelte mir den Rücken und reichte mir neue Taschentücher. Irgendwann waren alle Tränen geweint. Nina musste nach Hause. Ich schnappte mir mein Tagebuch und schrieb meinen Schmerz nieder. Die ersten Zeilen waren weinerlich und voller Leid, dann wurde mein Ton rauer und ich wütender. Ich beschimpfte Jannis, schrieb und schrieb und fluchte und dann ging es mir besser.

Meine Mama, mittlerweile Profi bei Liebeskummer ihrer Mädchen, stellte mir einen Teller mit Käsebroten und einen heißen Kakao vor die Zimmertür und ließ mich in Ruhe. Ich aß mein Brot und spätestens beim Trostkakao war die Welt erstmal wieder okay. Ich ging nach unten zu meiner Mutter, um mich bei ihr zu bedanken.

»Mama, ich will nicht darüber reden, aber danke, dass du da bist.«

»Natürlich mein Spatz, ich bin immer für dich da. Wenn du reden willst und auch einfach so. Tränen reinigen das Herz, das hat deine Oma oft zu mir gesagt.«

Ich küsste sie auf die Wange. »Ich geh schlafen, dann muss ich wenigstens nicht denken. Gute Nacht, Mama.«

»Gute Nacht, Julia. Schlaf gut.«

Die nächsten Tage in der Schule ging ich Jannis aus dem Weg. Ich verstaute meine Gefühle in einer unsichtbaren Kiste in meinem Herzen. Niemals mehr würde ich sie öffnen, und den Schmerz zulassen. Ich verdrängte meinen Schmerz und mein Verlangen nach Jan und lenkte mich ab. Wie es nur ging. Bloß nicht an ihn denken.

Wenig später fiel eh alles auseinander. Nach der Abschlussfeier ging jeder seinen Weg. Rebekka, Svenja und Tobi wechselten zum Gymnasium, um Abitur zu machen. Nina und Chris fingen eine Lehre an. Ich zog für meine Ausbildung ins 550 km entfernte Hamburg und Jannis verschwand. Von ihm hörte niemand mehr was. Nur Nina blieb mir.

Das war auch okay so. Jeder ging seinen Weg und entwickelte sich weiter. Nach einer Eingewöhnungszeit fühlte ich mich in Hamburg, so weit weg von zu Hause, wohl und genoss die Möglichkeiten, die die Hansestadt mir bot. Mit den netten Klassenkameraden verging die Ausbildung wie im Flug. Für mich war nach drei Jahren Großstadt klar, dass ich unbedingt wieder ländlicher leben wollte, gern in der Nähe meiner Familie. Die hatte ich ziemlich vermisst.

Damals, in Hamburg, habe ich keinen Gedanken an Jannis verschwendet. Die Ablenkung und die Auswahl der Stadtjungs war riesig. Als ich wieder zu Hause in Wormsen wohnte, war Jannis nie wieder Thema zwischen Nina und mir.

Ich kam während meiner Hamburger Zeit selten in den Odenwald. Meist in den Ferien, aber sonst war der Weg einfach zu weit. Die letzte richtig große Party mit der Clique war das Millennium-Silvester 1999/2000. Dieses Ereignis wurde bei uns im Ort groß gefeiert und dafür kam ich aus der Großstadt angereist. Ich erinnere mich, wie aufregend die Zeit war. Keiner wusste, ob die Computer im neuen Jahrtausend noch funktionieren würden und es gab Verschwörungstheorien, dass die Welt untergehen würde. Aber außer, dass wir am 1.Januar 2000 einen fetten Kater hatten, passierte nichts.

An Jannis denke ich selten. Etwa wenn *Supergirl* im Radio läuft, oder wenn zufällig jemand das After Shave trägt, dass Jannis immer benutzt hat.

Keine Ahnung, warum ich jetzt so empfindlich reagiere. Nein, falsch! Ich weiß warum, der Grund ist einfach nur peinlich. Bisher habe ich in meinem Leben immer alles und jeden bekommen. Egal, was es war, es hat geklappt wie am Schnürchen. Ob es der Realschulabschluss war, das erste Auto, der Ausbildungsvertrag, Jungs, die Traumwohnung. Alles habe ich bekommen. Nur einen nicht.

Jannis.

Kapitel 11

»Dee dee na na na.« In guter, alter Whigfield-Manier tanze ich mit Rundbürste und Föhn in der Hand vor dem Spiegel. Ich singe lauthals mit und sehe das Musikvideo vor meinem inneren Auge. Heute ist der große Abend. Ich bin aufgeregt, aber ich freue mich.

Ich nehme einen Schluck von meinem Prosecco, den ich mit ins Bad genommen habe.

»Die Vorbereitungen laufen«, schreibe ich Nina per Whats-App zusammen mit einem Sektglas-Emoji.

Nach einer ausgiebigen Dusche und einem teuren Körperpeeling, creme ich mich ein. Vorgestern hat Natalie, meine Friseurin, wirklich gezaubert. Meine Mähne leuchtet wieder. Keine Spur von grauen Strähnen und der neue Schnitt verleiht dem Haar Volumen und Sprungkraft. Jetzt muss ich das nur noch mit dem Föhn so hinbekommen wie Natalie, dann ist alles gut.

Auch mit meinem Gesicht bin ich zufrieden. Nach dem

Friseur hat meine Kosmetikerin alles gegeben, um mich auf Vordermann zu bringen. Mein Teint strahlt und ist straffer. Mit dem richtigen Make-up sollte ich mich sehen lassen können.

Ich habe Bente gebeten, mit den Jungs einen Film zu sehen, damit ich mich in Ruhe fertig machen kann und blockiere schon ewig das Bad, um mich auf den Abend einzustimmen. Nach *Whigfield's Saturday Night* läuft *Be My Lover* von *La Bouche,* gefolgt von *Losing My Religion* von *R.E.M,* *Everybody* von *DJ Bobo* und *Genie In a Bottle* von *Christina Aguilera.*

Für meine Frisur habe ich das Internet befragt und mich für eine Flechtfrisur entschieden, die richtig schön original 90er werden soll. Dafür sehe ich mir ein YouTube-Tutorial an. Die oberen Partien werden mittels kleiner Zöpfchen, die eng an der Kopfhaut anliegen, aus dem Gesicht geflochten. Ab dem Hinterkopf bleiben die Haare dann offen und werden mit dem Kreppeisen bearbeitet. Es klappt auf Anhieb gut, dem Video sei Dank.

Beim Make-up bin ich geübter. Ich schminke mir einen fetten Lidstrich, schwarzen Kajal auf das Unterlid und weißen Kajal auf der unteren Wasserlinie. Das war megaangesagt, das weiß ich noch. Meine Lippen schminke ich à la Pamela Anderson, dunkler Lipliner und hautfarbenes Lipgloss. Sieht gar nicht mal schlecht aus. Jetzt noch silberne Creolen und eine Choker Kette, das sind dünne schwarze Plastikketten, die wie ein Tattoo aussehen, und das Styling ist perfekt.

Ich schlüpfe in mein neu erworbenes Jeanskleid. Das kurze Kleid mit verstellbaren Trägern, wie bei einer Latzhose, kombiniere ich mit einem engen neonorangenen Netzshirt. Zusammen mit meinen schwarzen Buffalos, kommen meine

Beine ziemlich gut zur Geltung. Beim Blick in den Spiegel bin ich zufrieden. Absolut die 90er, aber ich fühle mich nicht verkleidet. Okay, diese komische Kette um meinen Hals wirkt etwas fehl am Platz, aber was sein muss, muss sein.

Bente und die Jungs machen große Augen, als ich aus dem Bad komme. Mein Mann ist etwas irritiert über meinen Look, wünscht mir aber beim Abschied viel Spaß.

Wenig später sitze ich mit Nina, Svenja, Rebekka und Tobi in Marios Pizzeria. Chris muss als Veranstalter noch einiges im »Waldschrat« vorbereiten. Wir werden ihm eine Pizza mitbringen.

Die Mädels sehen toll aus. Nina hat ihre Haare zu vielen kleinen Zöpfen verknotet, wie *Gwen Stefani*. Ihr Outfit ist ziemlich Skater-mäßig und sehr cool. Sie hat eine tiefsitzende Baggypant gewählt und ein enges, ziemlich kurzes, weißes Top. Über dem Top trägt sie ein kariertes Flanellhemd, das am Bauch geknotet ist. Das sieht hammermäßig aus. Unsere Nini hat immer noch eine super Figur.

Svenja, die immer biederer geworden ist, hat sich total aufgebrezelt. Sie war unsere Dancingqueen. Daran scheint sie sich erinnert zu haben und hat sich optisch an *Sporty Spice, Mel C* orientiert; sie trägt eine Jogginghose und ein kurzes enges T-Shirt und dazu Turnschuhe. Ihre blonden Haare hat sie zu einem hohen Pferdeschwanz zusammengebunden. Sie hat sich sogar ein Tattoo auf den Oberarm geklebt. Mit diesem Outfit ist sie auf jeden Fall bereit, den ganzen Abend zu tanzen.

Rebekka habe ich in den letzten Jahren nur als Anwältin in schicken Business Kostümen und mit teuren Handtaschen gesehen. Ihr schwarzer Bob und die knallrot geschminkten

Lippen passen perfekt zu ihrem Stil. Heute überrascht sie uns mit den 20 cm Plateau Buffalo-Stiefeln, einer weiten zerrissenen Jeans, und einer sexy schwarzen Ledercorsage. Die pummelige Bekki ist eine echte Sexbombe in ihrem Outfit. Die Corsage bringt ihre weiblichen Kurven super zur Geltung und die mörderischen Sohlen der Stiefel strecken sie. Ihren sonst so akkuraten Haarschnitt hat sie mit Gel gestylt und mit einem Zickzack-Scheitel auf 90er getrimmt. Das einzige was von der heutigen Bekki geblieben ist, ist der rote Lippenstift.

Auch Tobias hat sich was einfallen lassen. Tobi war immer ein kleiner, schmächtiger Typ. Die letzten zwei Jahrzehnte haben Spuren an ihm hinterlassen. Er ist geschieden und teilt sich mit seiner Exfrau das Sorgerecht für die Kinder. Eine Zeit lang war er arbeitslos und hat sich ziemlich hängen lassen. Er ist immer noch klein, aber von schmächtig ist nicht mehr viel übriggeblieben. Tobi hat stark zugenommen und wirkt oft etwas ungepflegt, aber heute hat er sich ordentlich rasiert, Haare sehe ich nicht. Er hat ein Basecap auf seinem Kopf. Dazu trägt er eine Jeans und ein weites Basketball-Shirt mit dem Bandlogo von *NSYNC.

Wir sitzen bei trockenem Pinot Grigio und knuspriger Pizza beisammen und lachen uns über Tobis Shirt schlapp. *NSYNC hatte ich gar nicht mehr auf dem Schirm. Das war eine der unendlich vielen Boygroups, die in den 90ern wie Pilze aus dem Boden schossen. Alle mit demselben Schema. Jeder Männertyp war dabei, damit jedes Fangirl ihr Idol finden konnte. Ob *Take That*, *Backstreet Boys*, *Caught In The Act*, *Boyzone*, oder eben *NSYNC*. Die Musik war nicht schlecht, und die Choreografien sind heute noch bemerkenswert.

Tobi mit dem Shirt zu sehen ist lustig. Wir lachen viel und so langsam habe ich richtig Lust auf die Party.

Kapitel 12

Kurz bevor wir den »Waldschrat« erreichen, habe ich wieder dieses komische Gefühl. Ein schwerer Stein drückt auf meinem Herzen. Meine Stimmung sinkt. Ich würde am liebsten umdrehen. Nina bemerkt mein Zögern, hakt mich unter und zieht mich weiter. Schon von weitem höre ich das Wummern der Bässe und der altbekannten Melodien. Ich wünsche mir von Herzen, dass Jannis nicht kommt und ich einen tollen Abend mit meinen Freunden habe.

Der Türsteher winkt uns durch. Der erste Song, der uns entgegenschlägt, ist *What's up* von den *4 non Blondes*. Sofort kommt Chris auf uns zugestürmt. Er sieht aus wie früher mit seinen weiten Baggypants, dem weißen Shirt und dem Flanellhemd. Er freut sich, dass wir da sind und zeigt uns stolz, was er auf die Beine gestellt hat. Er hat seine Disco in vier Bereiche unterteilt. Es gibt den Bar-Bereich, wo es Bananen-Weizen, Batida-Kirsch, Bacardi Breezer, Smirnoff Ice,

Wodka-Red-Bull, Jelly Shots, Cola-Korn, Saurer Apfel und Erdbeerlimes gibt.

Im zweiten, etwas kleineren Bereich, ist ein Süßigkeiten-Buffet aufgebaut. Wo Chris den Kram - Chips, Flips, Salzstangen, saure Schnüre, Leckmuscheln, Chupa Chups Lollis, Brausestäbchen, Center Shock, Koalas und Hubba Bubba - besorgt hat, wird sein Geheimnis bleiben. Ich schnappe mir einen Lolli und folge den anderen in den Tanzbereich.

Die Discokugel läuft auf Hochtouren, Chris und seine Crew haben alles mit neonbunten Girlanden, Knicklichtern und Sonnenblumen dekoriert. Weiter hinten gibt es sogar eine Wand mit original Bravo Starschnitten von *Michael Jackson* und *New Kids On The Block*. Dazu jede Menge Poster, von *Blümchen*, über *Spice Girls*, *Bon Jovi*, *Curt Kobain* und der *Kelly Family*.

Der vierte Bereich ist die Fummelecke, flüstert Fuchsi uns zu. Die Nische, in der ein Sofa steht, ist mit einem roten Samtvorhang abgetrennt. Perfekt für ungestörte Momente.

Echt cool, was aus unserem »Waldschrat« geworden ist.

Uns zieht es an die Bar. Wir Mädels bestellen Erdbeerlimes und die Jungs probieren, ob Bananenweizen noch genauso schmeckt. Chris hat Feierabend und Zeit mit uns zu feiern.

Mittlerweile füllt sich die Tanzfläche mit bekannten Gesichtern. Ich sehe Lukas, meinen Ex-Freund, Sabine, Tina und Larissa aus unserer Klasse. Alle stilecht gestylt. Viele tragen bunte Leggings oder weite Hosen mit bauchfreien Tops. Frauen in kurzen Latexröcken und buntgemusterten Shirts. Bei der Schuhmode dominieren eindeutig Plateauschuhe. Ich bewundere coole Frisuren. Man erkennt die Technogirls an den Sonnenblumen und lustigen Röckchen aus Kuhfellstoff.

Wohoo! Sogar meine Schwestern sind da. Ich wusste gar nicht, dass die kommen wollten, und staune nicht schlecht. Meine sonst so biedere Schwester Anna hat sich in ihre alten Raver-Klamotten geschmissen und Sarah trägt ein Fanshirt von den Backstreet Boys. Ich winke den beiden zu und nehme mir vor, nachher was mit ihnen zu trinken. Die Gäste kenne ich und entspanne mich nach und nach. Vielleicht liegt das an der dritten Runde Erdbeerlimes. So langsam sollten wir zu einem anderen Getränk wechseln. Erdbeerlimes kotzt sich so schlecht.

Der DJ ist super, der Radiosender, der Christian bei der Planung und Umsetzung der Party unterstützt hat, hat ihn geschickt. Gerade spielt er die alten Sommerhits: *Sweat (A la la long)* von *Inner Circle*, *The Rhythm Of The Night* von *Corona*, *Macarena* von *Los del Rio*, *Bailando* von *Loona*, *Mambo Nr. 5* von *Lou Bega* und *Samba de Janeiro* von *Bellini*. Es herrscht richtiges Sommerfeeling und wir erinnern uns an die langen Sommerferien, die wir im Schwimmbad verbracht haben, ein-geschmiert mit Melkfett, um noch brauner zu werden. Den Geruch von Sonnenmilch, Fritten und Bum-Bum Eis habe ich immer noch in der Nase.

Einige Gespräche mit alten Bekannten, dann bestelle ich eine Runde Tequila. Stilecht mit Salz und Zitrone. In meinem Bauch wird es warm. Meine Güte hat das Zeug schon immer so reingehauen oder ist das meiner fehlenden Übung zuzuschreiben?

Der DJ spielt *Save Tonight* von *Eagle Eye Cherry* und ich bin nicht mehr zu halten. Den Song finde ich immer noch so genial. Jedes Mal, wenn er im Radio läuft, drehe ich die Lautstärke hoch und singe lauthals mit. So auch heute. Ich stürme die Tanzfläche, zusammen mit Nina und Bekki. Dort tanzt Svenja schon und kommt immer nur für eine kurze Trinkpause zu uns, um sich abzukühlen. Sie ist völlig in ihrem Element. Wir schwingen uns zu den Klassikern wie *Sing Hallelujah* von *Dr. Alban*, *Rhythm Is a Dancer* von *Snap!*, *Mr. Vain* von *Culture Beat*, *It´s My Life* von *Dr. Alban*, *What Is Love* von *Haddaway*, *No Limit* von *2Unlimited*, *Coco Jambo* von *Mr. President* und *Captain Jack* von *Captain Jack* und sind völlig verschwitzt und ausgepowert. Ich brauche erst eine Cola und ein Päuschen. Solchen Leistungssport bin ich nicht mehr gewöhnt, aber er hat riesigen Spaß gemacht. Was die andern von mir denken, ist mir egal. Während die Raver ihre Zeit haben und zu den Techniklängen von *Marusha*, *Mark O*, *Westbam*, *Charly Lownoise & Mental Theo*, *Scooter* und *Sven Väth* abfeiern, nutze ich die Zeit für Smalltalk. Viele wohnen nicht mehr in der Gegend und sind wegen der Fete angereist und schlafen in ihren alten Kinderzimmern bei den Eltern. Wir lachen darüber und schwelgen in Erinnerungen. »Weißt du noch...« ist der Satz des Abends.

Nach der Technosequenz kommen die harten Rocker zum Zug. Jetzt sind Tobi und Chris in ihrem Element. Sie rocken wie in den guten alten Zeiten zu *Metallica*, *Nirvana*, *The Red Hot Chili Peppers* und *Guns´n Roses* ab. Bekki, Svenja, Nina und ich feuern sie an und haben jede Menge Spaß.

Wir sind an der Reihe. Der DJ spielt die größten Hits der Boybands und Girlgroups. Es ist verblüffend, wie textsicher wir bei *Quit Playin' Games (With My Heart)* von den *Backstreet Boys*, *Relight My Fire* von *Take That*, *Wannabe* von den *Spice Girls* und *Love Is Everywhere* von *Caugth In The Act* sind. Wir bleiben auf der Tanzfläche. »DJ Offenbach« legt Platten von *Britney Spears, Christina Aguilera* und *J.Lo* auf.

»Ich brauche eine Pause«, deute ich Rebekka und Svenja an und verschwinde auf die Toilette. Auf dem Weg zum Klo komme ich an der Fummelecke vorbei und werfe einen verstohlenen Blick hinein. Ich bin erstaunt, wie gut das Angebot angenommen wird. In der dunkelsten Ecke erkenne ich zwei Paar Baggypants, zwei Flanellhemden und kleine Zöpfchen auf einem Kopf. Das sind Nina und Chris, die hemmungslos am Knutschen sind. Ich kichere und lasse sie in Ruhe. Auf der Toilette treffe ich Laura, sie ist zwei Jahre älter als ich und hat mir Nachhilfe in Mathe gegeben. Wir beschließen einen Tequila an der Bar zu trinken. Langsam muss ich aufpassen, sonst habe ich morgen den Kater meines Lebens.

Mit Todesverachtung kippe ich den Schnaps hinunter und wische mir mit dem Handrücken über den Mund.

Mir wird schwindelig, aber das kommt nicht vom Alkohol, sondern von einem besonderen Duft. Noch bevor ich ihn sehe, weiß ich, wer da ist. Jannis.

Ich spüre seinen stechenden Blick in meinem Rücken und drehe mich um. Er steht lässig an einen Stehtisch gelehnt und sieht einfach atemberaubend aus.

Jannis trägt eine enge Jeans, ein weißes Unterhemd und dazu eine schwarze Lederjacke. Mein Blick wandert von unten nach oben und mir stockt fast der Atem, als ich in seine immer noch eisblauen Augen blicke. Der Typ ist ja mal so was von heiß! Die blonden Haare sind zu einem unordentlichen Knoten gebunden. An den Schläfen erahne ich graue Strähnen, was ihn mit dem Drei-Tage-Bart männlich wirken lässt. Unter der Lederjacke ist sein durchtrainierter Oberkörper zu erkennen. Seine Hände, und was von seinen Unterarmen zu sehen ist, sind tätowiert.

Jannis strahlt eine solche Männlichkeit aus, dass mir heiß wird, obwohl er nur still an seinem Stehtisch steht und mich dabei ansieht. Ich werfe ihm ein schiefes Lächeln zu, dann flüchte ich auf die Toilette, um mich zu sammeln. So durcheinander, wie ich bin, kann ich ihm unmöglich unter die Augen treten. Aufgeregt betrachte ich vor dem Spiegel mein erhitztes Gesicht. Der Kajal ist etwas verschmiert und vom Puder ist nicht mehr viel übrig geblieben. Ich lege eine Schicht nach und erneuere meinen Lipgloss. Meine Haare sitzen noch tadellos. Was mache ich denn jetzt? Ihn ignorieren? Einfach zu ihm gehen und mit ihm reden? Wenn Nina hier wäre, sie wüsste bestimmt Rat. Aber die macht ja mit Chris rum.

Ich atme tief durch und checke von sicherer Entfernung aus die Lage. Jan steht, mit einem Bier in der Hand, noch immer an seinem Platz und quatscht mit Tobi. Sie haben jede Menge Spaß, Jannis′ raues Lachen ist nicht zu überhören. Um mir Mut anzutrinken, bestelle ich an der Bar ein Wodka-Lemon. Während ich auf mein Getränk warte, stellen sich die Härchen an meinen Armen auf und eine seltsame Hitze überkommt mich. Jannis steht neben mir!

»Na, alles fit bei dir?«

Diese sexy Stimme bringt mich fast um den Verstand.

»Klaro, bei dir auch? Was treibst du so?« Ich nehme einen großen Schluck aus meinem Glas und wünsche mir, der Boden würde sich unter mir auftun. Mein Herz pocht wie wild und meine Hände sind schweißnass. Aus der Nähe sieht Jannis noch besser aus. Klar, um seine Augen sind Fältchen zu erkennen, aber er ist so attraktiv. Sein markanter Geruch nach Sandelholz steigt mir in den Kopf. Am liebsten würde ich mich in seine Arme werfen und diesen herben Duft tief in mich einsaugen. Der Typ hat eine magnetische Anziehungskraft auf mich.

»Na, gefällt dir, was du siehst?« Mit einem selbstgefälligen Grinsen sieht er mich an. Ich habe ihn wohl zu lange angestarrt. Prompt werde ich rot, ignoriere die dämliche Frage und versuche ein bisschen Small-Talk zu halten. Zum Glück lässt sich Jannis darauf ein, sodass keine weiteren Peinlichkeiten entstehen. Siehst du, es geht doch. Kein Grund, gleich auszuflippen.

Wenig später stürmen Bekki, Svenja und Nina herbei und belagern Jannis mit tausend Fragen. Was er macht, wo er wohnt, ob er verheiratet ist und so weiter. Ich halte mich zurück und betrachte stattdessen Nina. Sie strahlt vor Glück, ihr Teint schimmert und ihre kleinen Zöpfe auf dem Kopf sehen etwas ramponiert aus. War wohl eine heiße Nummer. Ich grinse.

Ich entdecke meine Schwestern auf der Tanzfläche und tanze zu ihnen. Gemeinsam hotten wir auf *Cotton Eye Joe* von *Rednex*, *Barbie Girl* von *Aqua* und *Torn* von *Natalie Imbruglia* ab. Ich spüre Jannis Blick auf mir. Es ärgert mich total, dass der Typ mich beobachtet.

Ich kann nicht mehr so frei und locker tanzen und flüchte mit meinen Geschwistern an die Bar, um unsere Lieblingsdrinks von früher zu trinken. Eine Runde jedes Getränks für uns drei. Sarah sucht sich Baileys aus, Anna ordert eine Runde Wodka-Energy und ich bestelle für uns sauren Apfelkorn. Wir stoßen an. Jannis streift mich beim Vorbeigehen zufällig am Rücken. Kleine elektrische Blitze zucken durch mich hindurch und ich rieche Sandelholz.

Mann was will der? Ich widme mich wieder meinen Schwestern, bin glücklich, sie bei mir zu haben und mit ihnen zu feiern. Lange ist es her, dass wir zusammen auf Partys waren.

Annas Musikgeschmack hob sich stark von Sarahs und meinem ab. Sie war Technofan durch und durch und besuchte am Wochenende meistens die Raverdisco in 30 km Entfernung. Sogar auf der Loveparade in Berlin war sie, aber es gab auch Abende, wo wir gemeinsam im »Waldschrat« feierten. Auf Annas Kumpels war ich immer besonders scharf, weil sie älter und ultra-cool waren. Mit dem ein oder anderen Freund von Anna habe ich heimlich rumgemacht, und genau einer von denen stößt gerade zu unserer Schwesternrunde dazu. Anna freut sich riesig, Mark zu sehen. Ihre Augen leuchten und sie unterhalten sich über alte Zeiten. Marks Blick fällt auf mich.

»Ah, und die heiße kleine Schwester ist auch da. Erinnerst du dich noch an unsere Nummer im Auto?«

Wie peinlich. Im Augenwinkel sehe ich, wie Anna die Augen aufreißt und ihr Gesicht rot wird.

»Was?«, schreit sie. »Ihr hattet was miteinander?« Mark lacht dämlich, als Anna Richtung Ausgang stürmt.

Ich verstehe ihre Reaktion nicht, laufe ihr hinterher. »Anna! Bleib stehen. Was ist los?«

»Was los ist?«, keift mich meine Schwester an. »Du hattest was mit Mark? Du hattest wohl an jedem Typen deine Finger. Ich bin so enttäuscht von dir.«

Anna sinkt auf den Boden und weint. Ich verstehe nur Bahnhof.

»Ich war in Mark verliebt ... Der Scheißkerl wollte von mir nichts wissen. Aber meine kleine Schwester hat mit ihm geschlafen. Im Auto! Gott, wie erbärmlich. Ich fand ihn so toll. So viele Jahre habe ich an ihm rumgegraben. Hast du vielleicht eine Ahnung, wie weh mir das tut?«

»Sis, das wusste ich nicht. Sonst hätte ich die Finger von ihm gelassen. Ehrenwort! Bitte … Das ist so lange her. Mark war nur ein Flirt, auf ihn hätte ich verzichten können. Auf den Sex übrigens auch, da hast du nix verpasst.«

Anna muss kichern. Zum Glück. Trotzdem möchte sie lieber nach Hause gehen. Ziemlich wackelig rappelt sie sich auf. Die letzten Drinks waren wohl etwas zu viel. Ich rufe ihr ein Taxi und küsse sie auf die Wange.

Als ich wieder drinnen angekommen bin und Sarah mit den neusten News versorgt habe, sehe ich mich nach meiner alten Clique um. In trauter Eintracht sitzt die Gruppe an der Theke und trinkt Jägermeister. Ich geselle mich dazu und habe, binnen Sekunden, einen Kräuterlikör vor mir stehen.

»Auf die guten alten Zeiten«, ruft Chris und wir stoßen an. Eine Welle von Glück und Zufriedenheit rollt durch meinen Körper. Vielleicht ist das der Alkohol, aber egal. Ich sehe in erheiterte Gesichter. Meine Freunde wirken beseelt, die Augen glasig vom Alkohol, erhitzt und verschwitzt. Wir fühlen uns alle jünger.

Jannis lässt mich nicht aus den Augen. Seine geheimnisvolle Aura ist, seit wir uns das letzte Mal gesehen haben, nicht weniger geworden. So gefährlich, so geheimnisvoll. Er mustert mich von oben bis unten und bleibt mit seinem Blick etwas zu lange an meinem Hintern hängen. Ich sehe es aus dem Augenwinkel ganz genau und mir wird heiß. Ich weiß gar nicht, wo ich hinsehen und wie ich mich verhalten soll. Nach zwei Runden Jägermeister habe ich langsam genug. Ich bin ziemlich betrunken und wenn es am schönsten ist, soll man ja bekanntlich gehen.

Ich ziehe Nina zu mir, gebe ihr einen Kuss und bedanke mich von Herzen, dass sie mich überredet hat auf die Fete zu kommen. Den Kuss unter besten Freundinnen sieht Rebekka und ist sofort parat. Das sieht unsere Bekki gern. Seit ich sie kenne, steht sie auf Frauen. Früher schon, als Svenja, Nina und ich für *Nick Carter*, *Paddy Kelly* oder *Robby Williams* schwärmten, stand Bekki auf *Mel B* von den *Spice Girls* oder *Christina Aguilera*.

Wir wussten, dass Rebekka lesbisch ist. Keiner von uns hatte damit ein Problem. Ihre offene Art, damit umzugehen, machte es uns leicht. Hier auf dem Dorf war das ein kleiner Skandal. Als die Leute merkten, dass ihre Familie und wir zu ihr standen, war alles wieder in Butter.

Rebekkas Problem war, an Gleichgesinnte zu kommen. Im Ort gab es keine lesbischen Frauen und in der näheren Umgebung war die Auswahl für Bekki begrenzt. Manchmal versuchte sie Svenja, Nina und mich umzupolen. Wenn wir betrunken waren, wollte sie uns verführen. Eine Chance hat sie von mir bekommen. Ich habe einmal mit Rebekka geschlafen, habe schnell gemerkt, dass aus uns nichts wird. Ich liebte und respektierte sie als Freundin, mehr nicht. Glücklicherweise belastete diese Situation unsere Freundschaft nie.

Und jetzt steht sie mit funkelnden Augen vor uns. »Bekki, keine Chance! Und außerdem bist du verheiratet, und das mit einer ziemlich attraktiven Frau!«

Sie wirft mir lachend eine Kusshand zu und zieht uns auf die Tanzfläche.

Eigentlich wollte ich nach Hause gehen ...

Der DJ verkündet, dass der gemütliche Teil des Abends beginne und er gleich die alten Kuschelrock-Platten spielt. Alle sollen sich schon einen passenden Partner suchen.

»Davor gibt es noch etwas ganz Besonderes«, schreit er augenzwinkernd in sein Mikrofon.

Und wie früher gibt es zum Abschluss einer guten Party Freestyle für alle. Keine Party ohne *Fantasygirl* von *Stevie B.* oder *Johnny O.*, das weiß man nicht so genau. Jetzt sind alle Frauen auf der Tanzfläche und bewegen sich in rhythmischen Bahnen über die Tanzfläche. *Fantasygirl* ist wie Fahrradfahren - das verlernt man nicht.

Nach dem Tanz aller Tänze in den 90ern, legt der DJ Schmusesongs auf. Die ersten Klänge von *Oli P.'s Flugzeuge im Bauch* erklingen.

Ich verschwinde auf die Toilette. Rotes verschwitztes Gesicht, verschmierte Wimperntusche, zerzauste Haare und einen glasigen Blick. Für mich ist jetzt wirklich die Zeit gekommen, um nach Hause zu gehen. Ein Blick auf die Uhr meines Handys verrät mir, dass es bald schon wieder hell wird. Wenn ich nicht will, dass meine Kinder mich so sehen, muss ich schleunigst heim.

Bente hat sich gnädigerweise bereit erklärt, den Kinder- und Frühstücksdienst zu übernehmen. Somit kann ich zwar ausschlafen, aber ein geruhsamer Schlaf wird es nicht werden, wenn ich mir die Menge und das Durcheinander des Alkohols in Erinnerung rufe. Mein Kopf dröhnt schon jetzt und mein Magen fühlt sich flau an. Ich wanke zurück in den Barbereich, der sich geleert hat. Nun ist nur noch unsere alte Clique da. Der harte Kern, wie damals. Trotz des Alkohols macht sich ein gutes Gefühl in meiner Bauchgegend breit. Ein Gefühl von Glück, Freundschaft, Verwegenheit und Freiheit. Ich umarme alle zum Abschied, wobei ich leider in Jannis Armen etwas zulange verweile.

»Ich hoffe bis bald«, raunt er mir mit rauer Stimme ins Ohr.

Verdammt, der Duft! Und da ist wieder das Verlangen.

Kapitel 13

Hilfe, ich sterbe. Mein Kopf droht zu platzen und in meinem Magen schwappt ein Mix aus Wodka, Tequila und Kräuterlikör. Jetzt bloß nicht zu schnell bewegen, sonst muss ich mich übergeben. Beim Versuch, auf dem Wecker nach der Uhrzeit zu sehen, durchfährt ein scharfer Blitz meinen Kopf. Verdammt ist das hell. Mir geht es fucking beschissen.

Ich muss was trinken, meine Kehle ist staubtrocken. Den Geschmack im Mund ertrage ich auch nicht länger. Vorsichtig taste ich neben dem Bett nach einer Flasche Wasser. Glücklicherweise finde ich eine, zusammen mit einem Eimer und mehreren Handtüchern. Bente hat vorgesorgt. Ich muss heute Nacht ein ziemlich desolates Bild abgegeben haben. Mit letzter Kraft schaffe ich es, die Flasche zu öffnen und halb zu leeren, bevor ich erschöpft in die Kissen sinke. Ob es den anderen auch so geht? Oder sind die das Feiern gewöhnt? Nina bestimmt, die ist jedes Wochenende im »Waldschrat«.

Ich muss sie nachher unbedingt anrufen, aber jetzt erst mal noch weiterschlafen.

Nachdem der Alkoholgehalt sich in meinem Körper etwas abgebaut hat, die Kopfschmerztablette wirkt und das trockene Toastbrot im Magen geblieben ist, greife ich zum Telefon und wähle Ninas Nummer.

»Hallo?«, antwortet eine verschlafene männliche Stimme. Schnell lege ich auf. Was war das denn? Es war auf jeden Fall die richtige Nummer. Die Kontaktdaten meiner besten Freundin habe ich unter Favoriten auf meinem Handy gespeichert. Egal, wenn Nina nicht zu erreichen ist, vertraue ich mich eben meinem Tagebuch an. Fünf Seiten fülle ich mit den Ereignissen der letzten Nacht. Es war komisch, meinen alten Schwarm Jannis wieder zu sehen. Der Liebeskummer war ruckzuck vorüber, und ich dachte echt, ich hätte mit ihm abgeschlossen, aber als ich ihn gestern gesehen habe, kamen wieder Gefühle hoch. Bilder von unserer Nacht schoben sich in meinen Kopf, aber auch die verletzenden Worte, die er mir an den Kopf geknallt hatte.

Warum habe ich immer noch Gefühle für einen Mann, den ich nicht mehr kenne? Ich liebe doch Bente. Klar, er ist beruflich momentan ziemlich eingespannt und wir haben kaum Zeit zusammen, seit die Kinder da sind, aber Bente ist der Traummann, den ich nie gesucht habe, der mir aber geschenkt worden ist. Nach dem zweiten Date mit ihm wusste ich, dass er der Mann meines Lebens ist. Er war nett, gebildet, brachte mich zum Lachen und ließ mich sein, wie ich bin. Bei Bente konnte ich schon immer ich sein, niemals hatte ich das Gefühl mich verstellen zu müssen, um ihm zu gefallen. Wir achten und vertrauen uns.

Ich kenne jeden Millimeter seines drahtigen Körpers. Ich liebe sein dichtes, braunes Haar und sein glatt rasiertes Gesicht mit der Narbe am Kinn. Bente gibt mir das Gefühl, seine Traumfrau zu sein.

Trotzdem sehe ich immer wieder Jannis vor mir. Er wohnt in Erlstadt, circa 40 km von hier entfernt, und ist Chef einer Werbeagentur. Den Job kann ich mir bei ihm zwar nicht vorstellen, aber was weiß ich schon von ihm?

Ich erinnere mich, wie er als Kind und Jugendlicher war, aber in zwei Jahrzehnten können Menschen sich schließlich ändern. Die Agentur scheint gut zu laufen. Die Klamotten, die er anhatte, waren teure Marken und die Uhr hat sicher ein paar Tausender gekostet. Eines hat sich nicht geändert. Von seinem Privatleben hat er nichts erzählt. So wie er aussieht, hat er bestimmt an jeder Hand eine Freundin. Eine Familie sicher nicht, ich kann ihn mir als Vater gar nicht vorstellen. Außerdem verbringt er eindeutig viel Zeit im Fitnessstudio und beim Tätowierer. Seine Muskeln sind beeindruckend und auch wenn ich nicht auf Muskelprotze stehe, macht mich das schon ein bisschen an. Schon wieder schieben sich die Bilder von unserer Nacht in mein Kopfkino. Seine starken Arme, die mich mühelos hochgehoben und dann grob aufs Bett geworfen haben. Die Lust in seinen Augen.

Mir wird heiß und bevor die Gedanken ausarten, stehe ich auf und gehe ins Bad.

Frisch geduscht und mit geputzten Zähnen fühle ich mich besser. Ich tapse nach unten, um nach dem Rest meiner Familie zu sehen. Bente steht in der Küche und kocht »Stamppot«, ein holländisches Rezept seiner Mutter. Wir lieben dieses Gericht aus Kartoffeln und Gemüse. Bente schnippelt als seine persönliche Geheimzutat noch Blutwurst hinein.

»Na Schatz, von den Toten auferstanden?«

Ich küsse ihn zärtlich. Mit einem Kaffee in der Hand setze ich mich auf den Küchentresen und erzähle ihm von meinem Abend. Bente staunt nicht schlecht, als ich ihm das Partyoutfit seiner Schwägerinnen beschreibe. Bente ist erst mit 21 Jahren von Holland hierhin gezogen und hat meine Schwestern als Teenies nicht gekannt. Er schüttelt ungläubig mit dem Kopf, als ich von Annes Vorliebe für harten Techno erzähle. Für ihn ist meine Schwester die biederste Frau der Welt.

»Jeder hat so seine Vergangenheit. Was hast du in den 90er getrieben?«, fordere ich Bente heraus.

»Das willst du gar nicht wissen, Julia! Du kennst ja meine Mutter. Sie hat mich immer mitgeschleppt zu ihren Seminaren, diesen Treffen mit ihrer Hippiekommune. Dort wurden Drogen konsumiert, im Rausch Orgien gefeiert und weltverbessernde Geschichten erzählt. Wir Kinder waren uns selbst überlassen und hatten alle Freiheiten. Wir haben Hütten gebaut, Fische gefangen und jede Menge Drogen ausprobiert. Es war alles frei zugänglich. Wir brachten uns das Gitarre spielen bei und lungerten rum. Auf Lernen, Aufräumen oder sonstige Strukturen wurde kein Wert gelegt. Einerseits war das schon cool, aber ich merkte schnell, dass ich so nie werden wollte. Für meine Mutter war das völlig unvorstellbar. Sie lebte ihren Traum.«

»Krass, das hast du mir nie so genau erzählt. Und du hast echt Drogen ausprobiert?«

»Alles«, gesteht Bente. »Cannabis, Pilze, LSD und irgendwelche selbstgebrauten Elixiere.« Er drosselt die Wärme am Herd und sieht mich an. »Komm, ich erzähle dir mehr darüber.«

Bente und ich machen es uns mit frischem Kaffee im

Wohnzimmer bequem und ich lausche gespannt der ausführlichen Erzählung. Unglaublich, wie unterschiedlich wir aufgewachsen sind. Ich behütet und mit familiären Regeln und Strukturen und er in völliger Freiheit und ohne feste Regeln.

»Aber jetzt Schluss mit den alten Kamellen, das Essen ist fertig.«

Am Nachmittag wähle ich erneut Ninas Nummer. Ich bin neugierig, wer oder was die männliche Stimme heute Morgen zu bedeuten hat, und will wissen, was noch passiert ist, nachdem ich gegangen bin.

»Na, Partyqueen«, empfängt sie mich. »Gehts dir gut? Du hast ziemlich viel getrunken gestern, obwohl du nichts mehr verträgst.«

»Hör mir bloß auf, ich bin froh, dass die Kopfschmerztablette wirkt. So viel trinke ich nie wieder und vor allem nicht so durcheinander«, jammere ich. »Sag mal, ich habe heute schon mal angerufen. Da war ein Mann am Telefon. War Chris bei dir? Hat sich nach ihm angehört?«

»Ein Mann? Kann nicht sein. Hier war niemand. Ich habe bis mittags geschlafen. Du hast dich bestimmt verwählt.«

Ninas ausweichende Antwort wundert mich. So richtig fit war ich heute Morgen natürlich nicht. Sie erzählt, dass sie mit Jannis und Bekki nach der Party noch bei Christian waren, um Eier zu backen und zu frühstücken. Der Klassiker eben.

Wir haben immer im Morgengrauen bei Chris Omelette und Spiegeleier gebrutzelt. Er wohnte schon früh in der Einliegerwohnung seines Elternhauses, sodass wir niemand störten. Außerdem waren sie selbst bis morgens in der Disco. So manches Mal haben sie mit uns zusammen gefrühstückt.

»Wie war der Abend? Du hast dich ziemlich amüsiert,

oder? Obwohl du dich anfangs dagegen gewehrt hast. War doch nicht so schlimm?«

»Ich fand es super. Die Musik war toll und es hat so gutgetan, mal wieder zu tanzen, zu lachen und Spaß zu haben. Für ein paar Stunden war ich nicht nur Mama, sondern die alte Julia.«

Nina jubelt. »Ich wusste, dass es dir gefällt. Du musst jetzt unbedingt öfter mit mir weggehen. In Erlstadt findet einmal im Monat eine 90er Party statt. Da können wir mal hingehen, oder? Erlstadt ist nur eine halbe Stunde von uns entfernt, das geht doch. Vielleicht kommen die anderen mit. Ich glaube, Jannis wäre dabei. Der hat dich intensiv beobachtet. Ist dir das aufgefallen?«

»Mal sehen, muss erst mal wieder richtig nüchtern werden. Nö, du, Jannis darf gern wegbleiben. Der nervt. Ständig hat er mich zufällig berührt und seine großkotzige Art ging mir auf die Nerven.«

»Na na, das sah heute Nacht anders aus. Es hätte nur gefehlt, dass du gesabbert hättest, als du ihn gesehen hast.« Nina lacht.

»Na hör mal! Ja, er sieht echt gut aus, aber er ist und bleibt ein komischer Freak.«

»Heute morgen bei Chris, als Jan ein paar Gläser Whiskey intus hatte, war er super locker. Er hat seine Braut vor dem Altar stehen lassen. Wie im Film. Jetzt sucht er immer noch nach seiner Traumfrau. Du, der steht auf Rothaarige. Du weißt kleine Kinder und Betrunkene sagen die Wahrheit. Außerdem hat er von seinem Loft erzählt und den wahnsinnig tollen Reisen. Er war sogar schon mal auf den Bahamas, mit Haien schwimmen und ist Pate eines Koalabären in Australien. Der heiße Mann und der Bär.« Nina kichert.

Jetzt muss ich lachen.

Wir plaudern oder lästern noch ein bisschen über Partygäste.

»Und überleg dir das mit der 90er Party in Erlstadt«, beendet Nina das Gespräch.

Kapitel 14

Es ist Montag. Ich stehe wieder an meiner Massageliege. Zum Glück sind meine Kunden schweigsam und ich kann mir Gedanken über das zurückliegende Wochenende machen. Der Abend war schön, aber ob ich das jetzt noch mal wiederholen muss? Keine Ahnung, ich bin viel zu alt für den Scheiß. Man sollte meinen, ich hätte schon genug Partys gefeiert und jetzt, mit 38, macht mein Körper die Feierei, das späte ins Bett gehen und den vielen Alkohol nicht mehr mit. Klar war es schön, die Clique wieder zu sehen, aber Jannis hätte ich nicht gebraucht. Ich brauche ihn nicht, ich habe Bente und mit ihm bin ich mehr als glücklich.

Diese sentimentalen Gedanken bringen nix. Meine Jugend ist lange her und ich bin verheiratet und Mutter. Ich habe Verantwortung und bin reifer geworden. Warum also in Erinnerung schwelgen und in alten Wunden bohren? Ich werde einfach diese Party vergessen, Jannis aus meinem Kopf verbannen und die Sache auf sich beruhen lassen.

Die Musik war schon gut. Ich glaube, irgendwo im Keller ist noch eine Kiste mit alten Bravo Hits CDs. Die könnte ich mal rauskramen.

Meine erste Bravo Hits CD war die Nummer 6. Oder war es die Nummer 5? Ich weiß es gar nicht mehr so genau, ich muss wirklich in der Kiste nachsehen. Ob es immer noch Bravo Hits CDs gibt? Bei welcher Nummer die heute wohl sind? Das google ich nachher mal.

Schon verrückt, wie viel Geld man für CDs ausgegeben hat. Da wandern maximal 40 Lieder auf eine CD, und ich glaube, die hat 30 oder 40 DM gekostet. Heute bekommt man kostenlos unbegrenzten Zugang bei allen großen Anbietern. Mein Taschengeld ging für CDs, Zeitschriften und all die verrückten Sachen drauf. Tamagotchi, Gameboy, Jo-Jo´s, Sticker, Polly Pocket und Schnullerketten.

Mein Kunde räuspert sich und ich schrecke aus meinem Tagtraum auf. Ein Blick auf die Uhr verrät mir, dass ich wegen meines Gedankenausflugs gnadenlos überzogen habe. Schnell beende ich die Massage mit großen, sanften Streichungen und verabschiede mich.

Im Wartezimmer rutscht schon die nächste Kundin unruhig auf ihrem Stuhl herum und ist sichtlich erleichtert, als sie mich sieht. Ich entschuldige mich bei ihr für die Verzögerung und schicke sie in die Kabine. So ein Ärger aber auch, dass ich jetzt zehn Minuten im Verzug bin. Ich komme wieder abgehetzt und zu spät zu meinen Kindern. Mürrisch fertige ich die restlichen Patienten ab und düse Richtung Schule und Kindergarten. Im Auto stelle ich das Radio an. Es ist wie verhext, dort läuft gerade *Always* von *Bon Jovi*. Eine Schmusehymne, ich habe dieses Lied geliebt. Und auch heute ist der Song noch mega. Ich drehe das Radio lauter und singe mit. Erstaunt stelle ich fest, dass ich ziemlich entspannt bin, trotz des Gemaules von Max wegen der Verspätung.

Als ich die Jungs eingesammelt habe, läuft *Waterfall* von den Girls von *TLC* im Radio und meine gute Laune scheint ansteckend zu sein, denn Maximilian und Franz wippen fröhlich in ihren Kindersitzen mit.

»Jungs, wir sollten nur noch 90er-Mucke hören, da ist die Mama deutlich entspannter!«, rufe ich nach hinten und lache.

Nach dem Mittagessen stürze ich mich auf mein Tagebuch, um diesen Gedanken festzuhalten.

Was war das Leben einfach! Keine Verantwortung, keinen Stress und den ganzen Tag machen, was man wollte. Klar, die Schule hat genervt und die Hausaufgaben waren blöd. Aber man hatte so unglaublich viel Zeit für sich selbst.

Heute sind die Tage straff durchgetaktet, das finde ich anstrengend. Langeweile gibt es gar nicht mehr.

Damals habe ich meine Freunde jeden Tag gesehen. Morgens in der Schule und mittags nach den Hausaufgaben gleich wieder. Wir hingen zusammen ab, hörten Musik, lasen uns gegenseitig aus der Bravo vor und lachten viel.

Wann lache ich heute denn? Wenn etwas Lustiges im Fernseher läuft, oder mein vierjähriger Franz was Knuffiges sagt, aber die Fröhlichkeit von früher ist weg. Sie ist einer geschäftigen Ernsthaftigkeit gewichen. Wann ist das denn passiert? Geht das nur mir so, oder ist das bei anderen auch so?

Mein Herz zieht sich schmerzhaft zusammen und etwas liegt mir schwer auf der Seele, wenn ich an die wunderschöne Zeit denke. Eine kleine Träne läuft über meine Wange. Diese Zeiten werden nie wiederkommen. Ich werde immer älter und unglücklicher werden. Und ich kann nichts dagegen tun.

Im Keller bin ich fündig geworden, alle CDs sind noch da. Ich nehme die Plastikhüllen vorsichtig in die Hand und lese die Titel auf der Rückseite. An wie viele Lieder ich in den letzten Jahren nicht mehr gedacht habe. Ich habe solche Lust, die Songs zu hören und suche sie bei meinem Streaming Anbieter auf dem Handy. Welch unterschiedliche Emotionen die hervorrufen. Bei *Be My Lover* von *La Bouche* fühle ich mich cool, bei *Happy People* von *Prince Ital Joe feat Marky Mark* glücklich und leicht und bei *Shaggy's Angel* habe ich wieder Tränen in den Augen. Dieses Lied erinnert mich an einen besonderen Jungen. Ich hatte immer wieder kurze Affären mit ihm, naja eigentlich waren es Nächte, betrunken nach Partys. Es hatte sich so eingeschlichen, dass wir, als wir Single waren und betrunken auf der gleichen Party tanzten, die Nacht zusammen verbrachten. Mal bei ihm zu Hause, mal bei mir, meistens irgendwo im Freien. Auf Bänken, in Hinterhöfen oder im Wald. Wir hatten eine Menge Spaß dabei und der Sex war gut. Der Typ wollte immer mehr von mir, wie ich von ihm, aber es war völlig okay für uns.

Eines Nachts lief *Angel* von *Shaggy* und ich bildete mir plötzlich ein, mehr von ihm zu wollen. Ich schrieb ihm eine SMS mit den Textzeilen des Liedes und wartete hoffnungsvoll auf eine Antwort. Die habe ich nie bekommen. Es war nicht weiter schlimm. War wohl mehr der Alkohol, der aus mir sprach, als mein Herz.

Wenn ich jetzt daran denke, treibt es mir die Tränen in die Augen. Die Zeiten waren so wunderschön. Ich will nicht, dass das alles vorbei ist. Ich schreibe Nina eine Nachricht, dass ich

auf jeden Fall bei der nächsten 90er Party in Erlstadt dabei
bin.

Kapitel 15

Die zwei Wochen bis zur »Das Beste aus den 90er«-Party in Erlstadt ziehen sich wie Hubba Bubba. Unerträglich lange Tage, die mit Fahrdiensten, füllen von Brotdosen, schlichten von Streitigkeiten und Diskussionen mit Bente ausgestopft sind. Bente ist mehr in seiner Volksbank wie zu Hause.

Ich fühle mich, als wäre ich alleinerziehend. Sauer bin ich und enttäuscht. Ja, er muss viel für sein jetziges Projekt machen und dieses Projekt entscheidet, ob er befördert wird oder nicht. Es ist so unsagbar schwer für mich, den Haushalt und die Kinder neben meinem Job zu bewältigen. Ich bin sauer, dass er sich rausnimmt, einfach seine Prioritäten zu verschieben und uns hintenanzustellen.

Ich sehne mich nach dem Wochenende. Nina hat sich freigenommen und freut sich riesig auf die Partynacht mit mir. Svenja und Tobi können leider nicht dabei sein, sie haben keinen Babysitter und Chris muss in seiner Disco arbeiten, aber Bekki hat zugesagt. Sie kommt zusammen mit ihrer Frau

Marion. Über Jannis hat Nina kein Wort verloren, also hoffe ich, dass er nicht auftauchen wird.

Endlich ist Samstag! Ich stehe im Bad und mache mich sorgfältig fertig. Auf der Internetseite des Clubs stand nichts davon, dass man in 90er Klamotten kommen soll. Also übertreibe ich mein Styling nicht. Es wäre mir unangenehm, als Einzige in den ollen Klamotten zu erscheinen. Ich schlüpfe in meine Schlagjeans, dazu die obligatorischen Buffalos und ein weißes, enges Levis Shirt. Mit dem Lockenstab forme ich meine Haare zu einer voluminösen Pracht und stecke diese hinter den Ohren mit einer Spange zurück. Das Make-up wird dank YouTube Tutorial richtig 90er mit dunklem Lippenstift, viel Rouge, dunkel umrandeten Augen und einem Strass-Bindi auf der Stirn. Mein prüfender Blick in den Spiegel akzeptiert das Outfit. Nicht zu viel, dass ich mich verkleidet fühle, aber gerade so viel, damit ich in die richtige Stimmung komme. Aufgeregt tanze ich vor dem Spiegel zu *Blümchens Boomerang* und warte auf Nina. Ihr Bruder hat sich netterweise bereit erklärt, uns mitzunehmen, er trifft sich in der Disco mit alten Bekannten.

Die Wartezeit verkürze ich mir mit einem Gläschen Sekt. Ich schwöre mir hoch und heilig, dem Alkohol dieses Mal nicht wieder so sehr zuzusprechen.

Schon die dreißigminütige Fahrt zur Party ist witzig. Fabian, Ninas Bruder, hat eine beachtliche Auswahl an Eurodance CDs im Auto und wir hören einen Trash-Hit nach dem anderen und grölen mit.

In der Partylokation steppt schon der Bär. Den Türsteher konnten wir, so wie in »Waldschrat«, nicht einfach umgehen, sondern wir mussten uns in die beträchtliche Schlange einreihen. Nina und ich haben viel zu bequatschen und so vergeht die Zeit wie im Flug. Im Inneren der Großraumdisco drängt sich das Partyvolk auf der riesigen Tanzfläche. Ich sehe bunte Blumenmädchen, unzählige Britney Spears Doubles, und coole Hip Hopper.

Die Gäste sind zwar dem Motto entsprechend gekleidet und die Musik ist original 90er, aber die Deko und das Getränkeangebot sind es nicht. Da hatte Chris in seiner Dorfdisco echt mehr zu bieten.

Solange die Musik gut und tanzbar ist und ich nette Leute um mich habe, soll es mir egal sein.

Von der Bar aus winkt uns schon aufgeregt Rebekka entgegen. Sie hat sich mit ihrer Frau einen Platz an der Theke ergattert und vier Wodka-Lemon geordert. Wir umarmen uns und begutachten unsere Outfits. Bekki hat wieder die scharfe schwarze Ledercorsage an und Marion, ihre Frau, hat sich von *Baby Spice* inspirieren lassen und trägt zu weißen Plateaustiefeln ein silbermetallisches Minikleid. Perfektioniert wird ihr Look mit der Palmenfrisur von *Emma Bunton*.

Wir stoßen mit unseren Longdrinks an und das Strahlen in unseren Gesichtern zeigt deutlich die Vorfreude auf diesen Partyabend.

Der DJ spielt *U Can't Touch It* von *MC Hammer, Narcotic* von *Liquido, Two Princes* von *Spin Doctors* und *Jump* von Kris Kross. Das ist ein guter Anfang und wir tanzen an unserem Platz ein wenig.

Ein paar Drinks weiter trauen wir uns auf die Tanzfläche. Mittlerweile laufen die guten alten Eurodanceklassiker. *Mr. Vain* von *Dr. Alban, Pray* von *DJ Bobo, Rhythm Is a Dancer* von *Snap!, What Is Love* von *Haddaway, No Limit* von *2Unlimited,*

The Sign von *Ace Of Base, Be My Lover* von *La Bouche, Feel The Heat Of The Night* von *Masterboy und Everytime You Touch* von *Cascada*. Wir sind absolut in unserem Element und tanzen, bis wir völlig verschwitzt sind.

Lachend und voller Glücksgefühle holen wir uns eine weitere Runde Getränke. Das tut so gut. Ich fühle mich frei und jung und lebendig! Meinen Freundinnen geht es auch so. Marion ist Psychologin und erklärt uns, dass Musik einen großen Einfluss auf die körperliche und seelische Befindlichkeit hat. Sie wirkt auf die Körperrhythmen, also auf die Herzfrequenz und die Intensität des Pulsschlags. Musik beeinflusst den Hormonhaushalt, sie schüttet Glückshormone aus. Musik löst Emotionen aus und kann beim Zuhörer Gänsehaut, Freude oder Trauer verursachen. Oft verbindet man ein Lied mit persönlichen Ereignissen. Hört man den Song dann irgendwann wieder, kommen die Erinnerungen an die erlebte Situation hoch, genauso wie die dabei empfundene Gefühle.

Kein Wunder, dass wir glücklich sind, wenn die Musik uns an glückliche Zeiten erinnert.

Die gesamte Disco strotzt nur so von Mittdreißigern, die einfach noch mal die Gefühle von früher erleben wollen. Dabei ist völlig egal, dass das Bauchnabelpiercing einen nicht mehr ganz so straffen Bauch ziert und das Arschgeweih ein kleines Stückchen tiefer gewandert ist. Im Geiste sind wir noch jung. Ich trinke einen Schluck aus meinem Glas und ein lautes »Juhuuuuu!« entfährt mir. Nach einer kalten Cola geht es auf die Tanzfläche. Der DJ spielt Techno und wir zappeln zu *Blümchen, Dune, Westbam, Marusha, Faithless* und *Scooter*. *Hyper Hyper* ist immer noch ein Brett.

Nina kommt näher und brüllt mir ins Ohr, das ich mich unauffällig umdrehen soll. Gesagt, getan, ich tanze einen kleinen Kreis, sodass ich in die Richtung sehe, die Nina meint.

Und erstarre. Keine fünf Meter von mir entfernt steht Jannis. Er hält eine Flasche Bier in der Hand und sieht mich mit einem Gesichtsausdruck an, der mich erschaudern lässt.

»Was will der hier?«, rufe ich meiner Freundin zu. Nina zuckt mit den Schultern. Bekki hat Jannis eingeladen, nachdem sie sich letzte Woche zufällig in der Stadt getroffen haben.

Na toll! Jetzt fühle ich mich wieder unwohl. Ich hatte mich so sehr auf einen schönen Mädelsabend gefreut und nun beobachtet dieser selbstgefällige Typ mich. Ich verschwinde Richtung Toilette. Jannis fängt mich ab.

»Hi Julia, schön dich zu sehen. Du amüsierst dich ja prächtig. Immer noch den gleichen sexy Hüftschwung, wie ich sehen kann. Hast dich kaum verändert, hübsch wie eh und je.«

»Was willst du? Ich möchte einfach nur einen schönen Abend mit meinen Mädels haben.«

»Rebekka hat mich eingeladen. Freust du dich nicht, mich zu sehen? Wir sollten uns heute Abend mal unterhalten. Findest du nicht? Ich erinnere mich an eine bestimmte Nacht, da warst du nicht so kratzbürstig.«

»Deine anzüglichen Sprüche kannst du dir sparen, Jannis! Ich bin verheiratet und ziemlich glücklich ohne dich!« Ich lasse ihn stehen und rausche zur Toilette.

Im Spiegel sehe ich mein entrüstetes Gesicht. Was bildet der sich ein? Kommt und meint, ich würde noch was von ihm wollen! Vielleicht wollte er sich nur mit mir unterhalten. Er hat ja Recht, wir haben uns viele Jahre nicht gesehen. Oh mein Gott wie peinlich, ich habe total überreagiert!

Verschämt trete ich aus dem Waschbereich und suche nach meinen Freundinnen. Leider muss ich an Jannis vorbei, der noch genau da steht, wo ich ihn habe stehen lassen.

»Komm Julia, trink einen Drink mit mir! Ich hole uns was, okay?«

Wenig später kommt er mit vier Tequila zurück. Ich hebe eine Augenbraue und sehe ihn fragend an.

»Einen Drink?«

»Es war Double Time, was soll ich machen?«, erwidert er mit schiefem Grinsen.

Nach den Schnäpsen wird mir schwindelig. Ich wanke. Jannis fängt mich auf. Als ich an seiner Brust liege, sauge ich seinen Duft ein. Für einen Moment gebe ich nach und genieße die Situation. Dann reiße ich mich los und laufe zu Nina, Bekki und Marion. Zum Glück haben die Mädels nichts mitbekommen. Wir tanzen den Las *Ketchup Tanz* und die Choreo von *Macarena* von *Los del Rio*. Ich versuche, mich abzulenken, mich fallen zu lassen, Spaß zu haben, aber Jannis Geruch geht mir nicht aus der Nase. Wie hart und männlich seine Brust sich angefühlt hat und wie die vielen blonden Brusthaare mich gekitzelt haben.

Ich sehe Jannis aus dem Augenwinkel, wie er in kurzer Zeit ziemlich viel Schnaps trinkt. Irgendwann kommt er zu uns auf die Tanzfläche und zieht eine heiße Show ab. So mancher Erotiktänzer könnte da neidisch werden. Innerhalb kürzester Zeit steht die Hälfte des weiblichen Partyvolkes um ihn herum und feuert ihn an.

Jan scheint es zu genießen, im Mittelpunkt zu stehen und ist sich seiner Wirkung auf die Frauen sehr bewusst. Er kreist mit den Hüften, die in knallengen Jeans stecken und spielt mit seinen Muskeln. Der DJ beobachtet das Geschehen und spielt spontan *Mysterious Girl* von *Peter Andre*. Ich muss lachen. Das Lied passt perfekt zu Jans Show. Vom Schmachten der Frauen angespornt, zieht Jannis sein Shirt aus und präsentiert der kreischenden Meute sein Sixpack.

Meine Güte, sein Body ist wirklich der Hammer. Genau richtig, nicht zu viel und nicht zu wenig. Zusammen mit den Tattoos, die den Oberkörper und die Arme zieren, ist das ziemlich ansehnlich. Ich finde die Show peinlich und nutze die fast leere Bar, um mir etwas zu trinken zu holen. Dort stürze ich erst eine Cola hinunter und genieße dann einen Caipirinha. Ich muss wirklich aufpassen, dass ich nicht wieder so viel und vor allem nicht so ein Durcheinander trinke.

Mit dem Drink in der Hand betrete ich den Tanzbereich und sehe mich nach Nina, Bekki und ihrer Frau um. Um zu ihnen zu gelangen, überquere ich die Tanzfläche, was Jannis als Aufforderung nimmt, mich anzutanzen und mir den Caipi aus der Hand zu nehmen. Er fischt einen Eiswürfel heraus, den er über seine erhitze, muskulöse Brust gleiten lässt. Dann trinkt er einen tiefen Schluck aus meinem Glas. Seine Hüften reiben an meinem Hintern. Mir ist das unglaublich peinlich, am liebsten würde ich mich in Luft auflösen. Ich versuche zu flüchten, aber ich entkomme seinem festen Griff nicht. Um mich nicht völlig lächerlich zu machen, mache ich gute Miene zum Spiel und tanze mit ihm. Ich versuche, ihn nicht anzufassen und weiche seinem Blick aus. Flehend sehe ich Nina an und sie scheint mich zu verstehen. Sie kommt näher und löst mich ab. Ihr macht es nichts aus, im Mittelpunkt zu stehen und sie kann mit der Situation viel besser umgehen. Ich flüchte zu Bekki und Marion.

»Der geht aber ran«, entfährt es Rebekka.

»Julia! Der steht voll auf dich. Ich habe es in seinen Augen gesehen«, stellt Marion fest.

Ich bin total sauer auf Jannis. Wie kann er mich so bloßstellen? Und sich selbst zum Affen macht? So war er früher nicht. Wahrscheinlich hat er sich vorhin ordentlich Mut angetrunken, um sich dann so in Szene zu setzten. Aber warum? Vielleicht hat Marion Recht? Ich habe auch das Verlangen in seinen Augen gesehen. Die sonst eisblauen Augen waren schwarz, wie damals in unserer Nacht.

Ein Schauer läuft mir über den Rücken. Mir wird heiß, wenn ich an diese Nacht denke. Ich erinnere mich noch an jedes Detail. Was ich anhatte, wie seine Bettwäsche aussah, wie er geschmeckt hat, welche Töne aus seiner Kehle drangen und wie sich seine rauen Hände auf meiner Haut angefühlt haben. Und … an seine Augen, in denen ein Ausdruck lag, den ich bis heute nicht deuten kann.

Ich dachte damals, jetzt bin ich endlich am Ziel meiner Träume, Jannis gehört mir und wir werden glücklich zusammen. Die herbe Enttäuschung seiner Zurückweisung spüre ich immer noch in meiner Brust.

Und jetzt zieht er so ein Ding ab. Vielleicht sollte ich mit ihm in Ruhe reden. Nicht heute Abend. Wir haben eindeutig zu viel Alkohol getrunken.

Wie der triumphierende Sieger verlässt Jan seine Arena und kommt auf mich zu.

»Hat es dir gefallen, Süße? Warum warst du so schnell wieder weg? Damals warst du nicht so prüde.« Er sieht mich herausfordernd an.

Ich habe auf seine Spielchen keine Lust. »Da war ich nicht glücklich verheiratet.«

»Ach stimmt, du bist mit »Mister Volksbank« zusammen. Euer Leben ist bestimmt wie er, wunderbar korrekt und geordnet. So richtig schön langweilig, mit Haus, Kindern und Garten. Stimmts? Ich hoffe nur für dich, dass er im Bett nicht so spießig ist.«

»Was bildest du dir ein, du Arschloch? Du hast kein Recht, dich über mein Leben lustig zu machen. Ich habe alles, was ich immer wollte. Mein Mann ist überhaupt nicht spießig. Woher weißt du, mit wem ich verheiratet bin? Lass mich einfach in Ruhe und werde erst mal wieder nüchtern.«

Ich renne Richtung Ausgang. Jetzt brauche ich frische Luft und ein paar Minuten für mich. Was für ein Idiot! Wenn er mich so blöd findet, soll er mich doch in Ruhe lassen. Ich atme tief durch und gehe ein paar Schritte auf dem Parkplatz der Diskothek. So hatte ich mir den Abend nicht vorgestellt. Ich wollte Spaß haben, tanzen, singen und mich amüsieren. Und mich nicht dumm anmachen und bloßstellen lassen.

Ich schreibe Nina eine Nachricht, dass ich gern nach Hause gehen würde, und frage, ob sie mitkommt. Geplant war, dass wir entweder mit ihrem Bruder zurückfahren oder uns ein Taxi teilen.

Kurze Zeit später höre ich Schritte hinter mir.

»Das ging schnell«, rufe ich und drehe mich zu Nina um. Jannis steht vor mir. Erschrocken weiche ich einen Schritt zurück. Ich finde es unheimlich, so allein mit ihm auf diesem dunklen Parkplatz. So wie er heute drauf ist, macht er mir ein bisschen Angst.

Er hebt beschwichtigend die Hände und sieht zerknirscht aus.

»Julia, sorry, ich bin ein Idiot … Ich habe zu viel getrunken. Weiß echt nicht, wie ich mit dir umgehen soll. Oder warum ich dir diese Dinge an den Kopf geworfen habe, aber ich möchte es wiedergutmachen. Geh mit mir essen!«

»Spinnst du? Wo du so scheiße zu mir warst? Nie im Leben!« Ich drehe mich um und schmolle.

Jannis steckt mir seine Visitenkarte in die Handtasche und bittet mich um Verzeihung. Wenn ich es mir anders überlege, könnte ich ihn jederzeit anrufen.

Pah, da kann er lange drauf warten!

Kapitel 16

Die Party hinterlässt noch immer einen üblen Beigeschmack. So schön die Fete und das Wiedersehen mit meinen Freundinnen war, so beschissen hat der Abend geendet. Ich bin sauer auf Jannis, weil er mir alles kaputt gemacht hat.

Partys, Discos und die olle Vergangenheit können mich mal. Es hat alles seine Zeit. Diese ist definitiv vorbei.

Ich werde mich jetzt auf die Gegenwart konzentrieren, mich um die Kinder kümmern, den Garten auf Vordermann bringen und meinen Gatten unterstützen. Damit habe ich genug zu tun.

Ich packe Bananen, Fruchtgummi und Wasser in einen Rucksack und rufe nach den Kindern. Ich hatte ihnen aufgetragen, die Reifen ihrer Fahrräder zu kontrollieren. Wir möchten eine Radtour machen. Franz kann mit seinen vier Jahren noch keine große Tour fahren, aber eine kleine Runde schafft er auf jeden Fall. Nachdem ich die Fahrradhelme kontrolliert habe, geht es los. Das Wetter ist herrlich. Die Natur explodiert in allen Farben und Düften, sie steht so richtig in vollem Saft. Der Flieder duftet, der Raps blüht und um uns herum ist alles grün.

Ich liebe es, auf dem Land zu leben. Wir treten kräftig in die Pedale und als Franz müde wird, picknicken wir. Die Kinder toben am Waldrand, suchen Holz und sammeln ungewöhnliche Steine. Ich lehne mich auf der Decke zurück und genieße die Ruhe. Was braucht man wilde Partys, wenn man eine solche Idylle hat?

Und da ist er wieder! Ein Gedanke an die Party. Ich lenke mich ab, indem ich auf Facebook surfe und mir die neusten Beiträge meiner Freunde ansehe. Dann kommentiere ich das ein oder andere Foto, setzte mich auf, mache ein Boomerang Foto von meinem Rastplatz und der Natur und poste es. Kurz danach ist es Zeit, sich wieder auf den Heimweg zu machen.

Zuhause angekommen, koche ich mir einen Kaffee, setze mich mit meinem Tagebuch auf die Terrasse und schreibe die Erlebnisse auf.

Ich blättere im Notizbuch und bleibe an meinem Eintrag von Samstagnacht hängen. Wie entrüstet und enttäuscht war ich, stocksauer auf Jannis, aber auch erstaunt über seine Wandlung. Er war immer ruhig und zurückhaltend. Wie im »Waldschrat« vor ein paar Wochen, und jetzt diese Tanzperformance, mit der er sich in den Mittelpunkt gespielt hat. Das sieht ihm gar nicht ähnlich. Ebenso die höhnische, leicht aggressive Art, die er in unserem Gespräch gezeigt hat. Das passte gar nicht zu seiner zerknirschten Entschuldigung auf dem Parkplatz. Der Mann ist mir ein Rätsel! Vielleicht hat er Probleme? Mit Drogen oder Alkohol? Hatte er nicht ziemlich viel Schnaps getrunken, bevor er die Tanzfläche erobert hat?

Oder ist er krank? Vielleicht schizophren? Grübelnd trinke ich meinen Kaffee aus. Ist es nicht egal? Der Typ kann machen, was er will. Er ist Ende dreißig und für sich selbst verantwortlich. Außerdem ist er es gar nicht wert, dass ich mir ständig Gedanken über ihn mache. Ich schließe die Augen und sehe seinen blonden Dreitagebart vor mir und seine eisblauen Augen. Ich rieche förmlich seinen Geruch ... Erschrocken reiße ich die Augen auf. Was soll das? Habe ich nicht mal meine Ruhe vor ihm, wenn ich meine Augen zumache?

Aus lauter Verzweiflung stehe ich auf und räume die Spülmaschine aus. Das lenkt mich ab. Ich putze die Küche und weil ich schon mal dabei bin, sauge und wische ich gleich noch den Flur. Im Gäste-WC sieht es alles andere als frisch geputzt aus. Also schrubbe ich noch das WC und säubere das Badezimmer im Obergeschoß. Haarsträhnen kleben in meinem verschwitzten Gesicht. Mein Rücken schmerzt von der gebückten Haltung, aber mein Kopf ist frei. Das ist gut. Ich fülle ein Glas mit kaltem Leitungswasser und trinke es in einem Zug aus. Das hat gutgetan.

Stolz betrachte ich mein Werk und denke, dass so ein bisschen putzen gar nicht so schlimm ist, vor allem nicht, wenn der Kopf dabei frei wird. Bente wird sich freuen, wenn hier alles blitz-blank sauber ist.

Voller Vorfreude warte ich auf ihn. Vielleicht können wir uns einen schönen Abend machen, wenn die Jungs im Bett sind. Wir könnten bei einem Glas Wein quatschen oder einen Spieleabend machen. Nur nicht schweigend nebeneinander auf der Couch liegen und sich vom Fernseher berieseln lassen. Heute möchte ich einen richtig schönen Abend mit ihm haben. Wer weiß, vielleicht wird es romantisch. Ich sollte noch schnell unter die Dusche springen und mir was Nettes anziehen. Nichts Besonderes, aber es muss nicht das Putz-outfit sein.

Nach einer erfrischenden Dusche bereite ich, noch mit nassen Haaren, Bentes Lieblingssalat zum Abendessen vor. Er liebt Tomaten-Avocado-Salat, dazu gibt es frisches Baguette. Die Kinder müssen sich mit Käsebrot begnügen, denn sie hassen Avocado.

Dann gehe ich nach oben ins Bad, föhne meine Haare und lege ein dezentes Make-up auf. Ich bin aufgeregt, fast wie vor einem Date. Ist doch schön, wenn man seinen Mann nach zehn Jahren immer noch liebt und sich auf einen Abend mit ihm freut. Ich sehe auf die Uhr. Langsam müsste er kommen. Die Bank schließt dienstags um 17:00 Uhr und Bente kommt meistens gegen 17:45 Uhr nach Hause.

Ich decke den Tisch und wasche mit den Jungs ihre Hände, als das Telefon klingelt.

»Schatz, ich habe vergessen, dir zu sagen, dass es bei mir heute später wird. Ich gehe mit dem Vorstand und dem Auf-sichtsrat essen, das ist wichtig. Sag den Kindern gute Nacht von mir. Ciao!«

Das ist jetzt nicht sein Ernst! Ich stehe wie versteinert im Badezimmer. Da dusche ich extra und schminke mich sogar, hoffe auf einen schönen Abend mit Bente und der kommt einfach nicht. Mir ist der Appetit vergangen, ich setze Max und Franz ihre Käsebrote vor, stelle den Salat lieblos in den Kühlschrank und hoffe, dass der Tag schnell zu Ende geht. Die Jungs merken, dass meine Laune nicht die Beste ist und gehen, ohne zu murren, ins Bett. Vielleicht sind sie müde von der Radtour. Mir soll es recht sein. Ich schenke mir ein Glas Weißwein ein und schalte den Fernseher an.

So hatte ich mir den Abend nicht vorgestellt.

Kapitel 17

Vor lauter Frust habe ich mir gestern mein Tagebuch ge-schnappt und darin mein Elend verewigt. Dann wollte ich Nina angerufen, um mich bei ihr auszuheulen, aber sie war nicht erreichbar. Toll, niemand da, wenn man jemanden braucht. Also habe ich wieder den Fernseher angeschmissen und mir eine dämliche Reality-Show angesehen. Dabei leerte sich die Flasche Wein fast von allein.

Jetzt liege ich im Bett und habe schlimme Kopfschmerzen. Bente ist schon wieder auf den Beinen, ich höre das Plät-schern der Dusche. Gestern habe ich gar nicht gehört, wann er nach Hause gekommen ist. Nach meinem kleinen, privaten Besäufnis war ich in einen tiefen Schlaf gefallen. Ich brauche dringend eine Kopfschmerztablette und eine kalte Dusche, sonst überstehe ich den Tag nicht.

Bente kommt fröhlich pfeifend aus dem Bad und will mir einen Kuss geben, aber ich drehe mich weg. Ich bin stocksauer auf ihn. Es kotzt mich an, dass die Arbeit immer vorgeht. Wichtiger als die Familie, die Kinder und wichtiger als ich. Da muss schon eine ordentliche Gehaltserhöhung rausspringen, wenn er so viel Freizeit opfert.

»Schlechte Laune?«

Ich lasse ihn kommentarlos stehen und verschwinde ins Bad. Dass, was mich erwartet, als ich den Spiegel sehe, verbessert meine Laune nicht. Wirre Haare, dunkle Schatten unter den Augen und ein müder Blick. Ich fülle den Zahnputzbecher mit Wasser und spüle eine Schmerztablette runter. Bereits als ich aus der Dusche steige, merke ich, dass das Pochen etwas nachlässt, und mein Kopf freier wird. Ich benötige viel Concealer, um die Augenringe zu kaschieren. Es muss nicht jeder auf den ersten Blick sehen, dass ich eine kurze Nacht hatte. Die Haare bändige ich mit einem grünen Haarreif mit einer kleinen Schleife. Dank des Schleifchens wird hoffentlich jeder auf meine Haare und nicht in mein Gesicht sehen.

So, jetzt noch schnell in Jeans und T-Shirt schlüpfen, dann bin ich bereit für einen Kaffee. Obwohl, ich habe gar keine Lust, Bente in der Küche zu begegnen. Er will bestimmt wissen, warum ich sauer bin. Ich habe heute Morgen keine Kraft zu diskutieren.

Also trödele ich rum, sammle die verstreute Wäsche zusammen, stopfe sie in die Waschmaschine und stelle sie an. Dann wecke ich Maximilian und Franz, es schadet nicht, sie zehn Minuten früher aus den Federn zu schmeißen. Dann kommen wir vielleicht nicht zu spät. Die Laune ist suboptimal. Sie sind nicht begeistert, früher als sonst aufzustehen. Als Entschuldigung dürfen sie sich aussuchen, was sie anziehen möchten. Ich muss zwar tief durchatmen, als Franz mir mitteilt, dass er mit seinem Feuerwehrmann Sam Schlafanzug in den Kindergarten geht. Versprochen ist versprochen.

Bei Max ist es nicht so schlimm. Außer den zwei verschiedenfarbigen Socken, die er trägt, kann er sich sehen lassen. Erstaunlich, wie viel Zeit und Nerven man spart, wenn man nicht wegen Klamotten mit den Kindern diskutieren muss. Vielleicht sollten wir das so beibehalten. Ich hoffe, dass Franz wegen seines Schlafanzugs, ein paar negative Kommentare erhält und damit das Thema dann vom Tisch ist. Nach einem schweigsamen Frühstück geht es pünktlich in Richtung Schule. Im Kindergarten erkläre ich Marie, der Erzieherin, warum Franz im Schlafanzug auftaucht. Sie kann sich ein Grinsen nicht verkneifen, versichert mir aber, dass das öfter vorkommt. Ich winke meinem kleinen Feuerwehrmann Sam noch einmal zu und fahre in die Praxis.

Dort wartet mein erster Patient auf seine Massage. Glücklicherweise steht er nicht auf Smalltalk und genießt still meine festen Griffe und Streichungen auf seinem Rücken. Bei der nächsten Kundin sieht es anders aus. Sie ist die berühmt, berüchtigte Dorfzeitung und bekannt dafür, alles und jeden auszuquetschen, um an die interessanten Informationen ranzukommen. So auch heute.

Sie erzählt mir, dass unser Nachbar seinen Müll nicht richtig trennt, und will wissen, ob ich das auch schon beobachtet hätte. Über die Familie Schill beschwert sie sich, die ein Gartenfest gefeiert und bis nach 22:00 Uhr Krach gemacht hätte. Dann will sie wissen, ob ich gehört hätte, dass unser ehemaliger Bürgermeister Prostatakrebs habe. Er wäre Patient in der Praxis, da wisse ich das bestimmt.

Ich höre nur mit einem Ohr zu. Das meiste interessiert mich nicht. Selbst wenn ich Antworten auf ihre Fragen hätte, würde ich dieser Krähe keine Infos vor die Nase werfen. Sie plappert ohne Unterlass. Ich brumme nur hin und wieder zustimmend.

»Oder?«

Ich zucke zusammen, jetzt hat sie mich erwischt. »Entschuldigen Sie Frau Fleck, ich habe nicht zugehört. Was haben Sie gesagt?«

»Ich sagte, dass Frau Baumann ihre Freundin ist und Sie bestimmt wissen, warum Herr Fuchs manchmal morgens früh aus Frau Baumanns Haus kommt.«

Moment mal, was hat Frau Fleck da gerade gesagt? Christian kommt morgens aus Ninas Haus? Was soll das denn? Die Blöße, dass ich nicht weiß, was bei meiner besten Freundin los ist, will ich mir vor der Klatschbase nicht geben. Darum antworte ich ausweichend.

»Christian hilft Nina oft am PC und installiert ihr Programme. Möglich, dass das bis spät in die Nacht geht und er deshalb bei ihr übernachtet.«

Ich wechsle schnell das Thema und frage Frau Fleck nach der Planung ihrer goldenen Hochzeit, die demnächst ansteht. So ist sie erst mal abgelenkt.

Ich muss Nina unbedingt anrufen und fragen, was Chris nachts bei ihr zu suchen hat. Die Frage brennt mir unter den Nägeln und ich kann es kaum abwarten, bis ich Feierabend habe und die Jungs satt und friedlich vor dem Fernseher sitzen. Dann muss Nina mir diese Frage beantworten. Vielleicht sollten wir uns bei ihr treffen oder im Biergarten. Dann kann ich Bente noch einen Abend aus dem Weg gehen.

Ich schreibe Nina eine Nachricht. »Hast du heute Abend Zeit? 19:00 Uhr im Biergarten? LG Julia«

Pünktlich um 19:00 Uhr sitze ich vor einem Glas Apfelwein. Ich habe gleich einen Bembel bestellt und dazu eine Flasche Wasser. Nina trinkt, wie ich, den Apfelwein sauer gespritzt. Stilecht im Gerippten, so der korrekte hessische Name für das Apfelweinglas.

Ich muss nicht lange auf Nina warten. Mit beschwingten Schritten kommt sie auf mich zu und lacht, als sie den Bembel mit Apfelwein sieht.

»Na, du hast es ja gut vor ... Bist du auf den Geschmack gekommen?« Sie drückt mir einen Kuss auf die Wange. Wir umarmen uns und ich mische Nina einen »Sauren«.

»Was ist los? Warum wolltest du dich mit mir treffen?«

»Ich habe da heute so was gehört. Von Frau Fleck. Sie meinte, du hättest öfters Männerbesuch, der über Nacht bleibt.«

Nina errötet leicht. »Ach die Alte, die soll vor ihrer Haustür kehren. Ja, vielleicht übernachtet die ein oder andere Eroberung bei mir. Nix wildes!«

»Frau Fleck hat aber nicht von wechselnden Männerbekanntschaften gesprochen, sondern von einer bestimmten. Christian!«

Jetzt wird Nina feuerrot im Gesicht.

»Was ist los, Nina? Raus mit der Sprache. Bei der Party habe ich euch rumknutschen sehen. Seid ihr zusammen, oder was?«

»Nein! Nicht so richtig zumindest. Du weißt ja, dass wir manchmal nach der Arbeit, wenn wir betrunken sind, zusammen schlafen. Und ja, auf der 90er Party haben wir rumgeknutscht. Und danach habe ich bei ihm übernachtet. Dann wollte er auch mal meine Wohnung sehen. Wir haben uns getroffen, zusammen gekocht und gegessen. Wein getrunken und sind in der Kiste gelandet. Es kann sein, dass das in letzter Zeit öfter vorgekommen ist.«

Nina vermeidet es, mich anzusehen. Irgendwas ist anders an ihr? Sonst ist sie auch nicht auf den Mund gefallen und mit solchen roten Wangen und leuchtenden Augen habe ich sie noch nicht gesehen. Auf einmal trifft mich fast der Schlag.

»Süße, du bist verliebt in Chris! Stimmts?«

Nina vergräbt ihr Gesicht in den Händen und nickt. Sie ist verknallt wie ein Teenie. In unseren alten Kumpel Christian Fuchs. Ich kann es kaum glauben und rutsche nervös auf meinen Stuhl herum, dabei klatsche ich in die Hände.

»Ich freue mich so für dich,« jubele ich. »Darauf müssen wir anstoßen!«

Nina sieht traurig aus, als sie die Hände vom Gesicht nimmt. Sie sagt leise, dass es stimmt. Nina hat sich in Chris verliebt. Sie haben eine Abmachung, dass die Geschichte nur Freundschaft plus ist. Christian weiß nichts von Ninas Gefühlen. Sie hat Angst, dass dann alles kaputt geht. Die Freundschaft und das gute Arbeitsverhältnis.

Ich nehme meine Freundin in den Arm. Sie kann nur schwer die Tränen zurückhalten.

»Ach Mensch, Liebes! Jetzt hast du dich endlich mal verliebt und dann soll daraus nichts werden? Bist du dir sicher, dass Christian nicht mehr will?«

Nina zuckt mit den Schultern. »Ich glaube schon.«

Sie tut mir leid. Richtig verliebt war sie, glaube ich, noch nie. Klar, da waren ein paar kurze Affären, aber die große Liebe war noch nicht dabei. Ich würde ihr so sehr einen tollen Mann gönnen. Und wenn es Fuchsi ist, warum nicht?

Wir quatschen noch ein bisschen und leeren unsere

Getränke, bevor wir uns, mit einer festen Umarmung, voneinander verabschieden.

Kapitel 18

Ich kann lange nicht einschlafen. Das Gespräch im Biergarten geht mir nicht aus dem Kopf. Nina und Christians Geschichte ist der meinen so ähnlich.

Auch ich war in einen, bis dahin, guten Freund verliebt, wollte mehr von ihm, wie er von mir. Ich will nicht, dass Nina so leiden muss. Ich glaube, Chris empfindet mehr für Nina als nur Freundschaft und Sex. Das habe ich bei der Party vor zwei Wochen deutlich gemerkt. Wie er sie ansah und sie liebevoll mit Getränken versorgt hat. Dann ihr Verschwinden in der Fummelecke und die wilde Knutscherei. Warum sollte er bei Nina übernachten, wo er nur wenige Straßen entfernt wohnt? Nur wenn man mehr für jemanden empfindet, möchte man mit ihm einschlafen und am nächsten Tag aufwachen.

Vielleicht sollte ich ihm eine Nachricht schreiben und ihn fragen? Mein Gott wie romantisch! Sind sie verliebt, wissen aber nichts von den Gefühlen des Anderen? Ich würde es

Nina wirklich von ganzem Herzen wünschen, endlich die Liebe ihres Lebens zu finden und glücklich zu sein.

Das hätte ich mir damals auch gewünscht. Ich kann mich noch genau an den Moment erinnern, wo aus Freundschaft Liebe wurde. Ich konnte das Gefühl erst gar nicht einordnen. Jannis war seit der zweiten Klasse mein Kumpel. Ein Kumpel wie Tobias und Christian.

Der eine Moment veränderte alles. Meine Gefühle fuhren Achterbahn.

Ich war gerade 16 Jahre alt geworden, es war Sommer und wir waren mit der Clique am Badesee, nicht weit von unserem Dorf entfernt. An diesem See verbrachten wir den Großteil des Sommers. Es war einfach ideal, das Ufer des Gewässers war flachabfallend und mit Sand aufgeschüttet, der See nicht allzu tief und die Wassertemperatur meist sehr angenehm. Die Liegewiese um den See war mit Hecken und Sträuchern in kleine Separees aufgeteilt, weil der Badesee in den 60er und 70er Jahren ein FKK-Badesee war.

Wir Teenies konnten ungestört chillen, heimlich rauchen und auch mal die ein oder andere Dose Bier trinken.

So auch in diesem Sommer. Bekki, Nina, Svenja und ich wollten mega braun zu werden. Wir hatten in der Bravo den Tipp gelesen, sich mit Melkfett einzuschmieren. Die fettige, glänzende Haut würde die Sonnenstrahlen anziehen und schneller und dunkler bräunen. So brutzelten wir wie eingeölte Grillhähnchen in unserem Abteil der Liegewiese. Der Trick funktionierte und überzeugte schließlich auch die Jungs. Die hatten uns bis dahin nur ausgelacht. Nachdem wir Mädchen viel mehr Farbe hatten, taten sie es uns nach und schmierten sich ebenfalls mit Melkfett ein. Wir hatten einen riesen Spaß. Chris hatte seinen Ghettoblaster mit den aktuellen Hits dabei und wir lauschten den Klängen der späten 90er Musik. Ich erinnere mich, dass in diesem Sommer *No Scrubs* von *TLC*, *Baby One More Time* von *Britney Spears* und *Miami* von *Will Smith* angesagt war. Wir standen total auf alles vom *Buona Vista Social Club*. So teilten wir uns Dosenbier oder Sangria aus dem Discounter und rauchten heimlich.

Um uns abzukühlen, tobten wir im Wasser, spritzten uns nass oder paddelten mit Luftmatratzen umher.

Ein Tag war anders. Ich radelte allein zum See. Nina musste zum Geburtstag ihrer Oma und Svenja hatte einen Sonnenstich und hütete das Bett. Am See würde ich Bekki und die Jungs treffen. Als ich dort ankam, war nur Jannis da. Er erzählte, dass Chris seinen Eltern im »Waldschrat« helfen musste, sie planten ein großes Sommerfest. Tobi hatte Nachhilfe, er würde später nachkommen.

Naja, Bekki würde gleich kommen. Ein »Bling«, das den Eingang einer SMS ankündigte, zerschlug meine Hoffnung. Bekki hatte Hausarrest, weil sie von ihren Eltern beim Rauchen erwischt worden war. Also waren Jannis und ich allein. Auch okay! Wir quatschten ein bisschen über die Schule und unsere Pläne in den Sommerferien. Ich cremte mich ein und bat Jan mir den Rücken einzuölen.

Die Berührung seiner Hände auf den Schultern löste bei mir einen wohligen Schauer aus. Ich bekam Gänsehaut und in meinem Kopf drehte sich alles. Jannis cremte mich gründlicher als nötig ein und ich genoss jede Sekunde davon. Was war denn da los? Verlegen drehte ich mich um, als er fertig war. Er schien ein bisschen verwirrt zu sein.

Wir flüchteten ins Wasser, trieben auf unseren Luftmatratzen nebeneinander her und redeten nicht. Ich fühlte eine starke Anziehungskraft. Am liebsten hätte ich seine Hand gehalten, aber ich traute mich nicht. Pitschnass und mit tropfenden Haaren legten wir uns zum Trocknen auf unsere Handtücher. Wir lagen uns auf dem Bauch gegenüber, die Köpfe auf die Unterarme gelegt und unterhielten uns. Die Stimmung zwischen uns war wieder vertraut.

Jannis erzählte von dem Heim, in dem er seit sieben Jahren lebte und dass er bald in eine betreute Jugendgruppe ziehen dürfte. Er erwähnte sogar den Unfall, bei dem seine Eltern und seine kleine Schwester ums Leben kamen. Leise sprach er über die Vorwürfe, die er sich machte, dass er überlebt hat. Der Schmerz in seinen Augen war überwältigend. Er tat mir so leid und eine Welle von zärtlichen Gefühlen überrollte mich. Es war nicht nur Mitleid, das merkte ich schnell. Ich war glücklich, dass er sich mir geöffnet hatte. Sonst brachte er nie einen Ton zum Tod seiner Familie über seine Lippen. Die Zweisamkeit am See schien ihn geöffnet zu haben. Ich hörte zu, stellte keine Fragen und sah ihn nur an.

Wie wunderschön seine eisblauen Augen mit den dichten blonden Wimpern harmonierten. Das Rot seiner Lippen weckte in mir das Verlangen, ihn zu küssen. Seine Unterarme waren übersät von Härchen und auf seiner Brust waren ebenfalls blonde Haare zu sehen. Alle anderen Jungs rasierten sich die Brusthaare ab. Behaart sein galt als out. Jannis war das egal, er stand zu seinen Haaren und ich fand ihn sehr männlich.

Mein Blick glitt nach unten. Sein Po war knackig und die Beine muskulös und kräftig. Das Fußballtraining machte sich bezahlt. Das Außergewöhnlichste an Jan waren seine Augen. Der Blick, der darin lag, war nicht zu beschreiben. Und nicht zu vergessen das wunderschöne Blau, das mich an einen klaren

Bergsee erinnerte. Ich hatte am ganzen Körper Gänsehaut, sogar meine Kopfhaut prickelte. Mein Herz hämmerte in meiner Brust. Ich fühlte mich als würde ich schweben.

An diesem Nachmittag am See verliebte ich mich in Jannis, der bisher einfach nur ein Kumpel gewesen war.

Ich war verwirrt und konnte diese Gefühle nicht in Worte fassen, geschweige denn mir eingestehen. Solche Gefühle, wie ich sie für Jannis spürte, waren mir neu. Wir waren seit sieben Jahren befreundet, wie konnte daraus auf einmal mehr werden? Und warum waren diese Gefühle so stark?

Ich konnte mir das nicht erklären. Ich weiß noch, wie ich an diesem Abend Seite für Seite in meinem Tagebuch füllte. Tausend Fragen aufwarf, immer wieder verwundert war, ich aber gleichzeitig das Lächeln nicht aus meinem Gesicht brachte. In meinem Bauch tanzten die Schmetterlinge, als ich an Jans Hände auf meinem Rücken dachte, und mein Herz schäumte über. Diese Augen!

Ich war unsicher, wie es weitergehen würde. Ich hatte das Gefühl, ihm nahegekommen zu sein und den Eindruck, dass es Jan genauso ging. Warum sonst sollte er sich mir anvertrauen? Niemandem außer mir hat er von seiner Vergangenheit, vom tödlichen Unfall seiner Familie erzählt.

Am besten, ich wartete ab, wie Jannis reagierte, wenn wir uns sahen. Vielleicht kam er auf mich zu.

Meine Gefühle verwirrten mich so sehr, dass ich Nina nichts davon erzählte. Ich verstand es selbst nicht. Mit solch einer Intensität hatte ich noch nie geliebt und ich ahnte, wie unfassbar schmerzvoll es sein würde, wenn diese Gefühle enttäuscht werden würden.

Wenig später sollte ich genau das erfahren.

Kapitel 19

Irgendwann bin ich wohl doch eingeschlafen. Die Vergangenheit und das Grübeln hat Spuren hinterlassen. Ich fühle mich todmüde und wie erschlagen. Mein Kopf dröhnt, ich bin ohne Antrieb und spiele mit dem Gedanken, mich krank zu melden, um einfach wieder ins Bett zu kriechen, nachdem ich die Kinder abgeliefert habe. Das hört sich verlockend an, aber meine Chefin würde alles andere als begeistert sein.

Egal, der Plan steht. Ich quäle mich aus dem Bett, lasse die morgendlichen Routinen über mich ergehen. Immer das Ziel, Bett, im Visier.

Eine gute Stunde später, bin ich wieder zu Hause. Ich schalte die Kaffeemaschine an, um mir in aller Ruhe noch einen Milchkaffee zu gönnen, bevor ich es mir auf der Couch bequem mache, um den versäumten Schlaf nachzuholen. Ich krame in meiner Handtasche nach einem Lippenpflegestift und dabei fällt die Visitenkarte, die mir Jannis am Samstag zugesteckt hat, aus der Tasche.

Das gibts doch nicht. Der Typ verfolgt mich! Ich sehe mir die Karte genauer an. Bevor ich darüber nachdenke, tippe ich die Internetseite seiner Firma in den Browser meines Smartphones.

»Ihre Werbung - Kurz und gut«, lese ich auf der Startseite. Ich schmunzele. Kurz ist Jannis´ Nachname. Da hat er sich ja ein tolles Wortspiel ausgedacht. Ich klicke weiter, schon bald kenne ich das Portfolio seiner Agentur und weiß, dass er einige große Aufträge an Land gezogen hat. Hauptsächlich Werbung für Dessous Marken, Kosmetikfirmen und Fitnessketten. Da ist er selbst die richtige Zielgruppe. Laut Impressum ist er der alleinige Geschäftsführer. Ich fühle mich wie ein Stalker und lege schnell mein Handy weg. Ich wollte schlafen, stattdessen surfe ich auf Jannis´ Internetseite. Ob er bei Facebook ist?

Automatisch gleiten meine Finger über das Display meines Telefons und öffnen die App. In das Feld mit der Lupe gebe ich Jannis Kurz ein. Es werden mir einige Personen mit dem Namen angezeigt. Die Richtige ist nicht dabei. Enttäuscht lege ich das Handy weg und schließe die Augen.

Zwei Minuten später öffne ich sie wieder. Das wird nichts mit schlafen. Das Gedankenkarussell dreht sich unentwegt und an Schlaf ist nicht zu denken.

Dann kann ich die freie Zeit genauso gut für den Haushalt nutzen und bügeln. Ich stelle das Radio an, um mir die ungeliebte Hausarbeit zu verschönern. Es könnte jeder Song von diesem Planeten laufen, aber es läuft ausgerechnet *Reamonn* mit *Supergirl*, unser Lied! Ich mache das Radio aus und raufe mir die Haare.

Wie soll ich mich ablenken, wenn sich die Welt gegen mich verschworen hat? Yoga, schießt es mir durch den Kopf.

Während meiner Ausbildung in Hamburg habe ich regelmäßig Yoga gemacht. Erst in der Gruppe und später dann allein, in Ruhe zu Hause. Jeden Morgen bevor ich ins Büro gefahren bin. Das war der perfekte Start in den Tag. Als ich wieder zurück im Odenwald war, absolvierte ich täglich mein Programm. Erst als Maximilian geboren wurde, habe ich Yoga aus den Augen verloren.

Vielleicht sollte ich gleich damit anfangen. Beim Yoga fokussiere ich mich auf die Bewegungsabläufe und die Atmung, da ist kein Platz für andere Gedanken.

Ich nehme meine Matte mit nach draußen auf die Terrasse und beginne mit dem Sonnengruß. Etwas eingerostet bin ich, aber im Großen und Ganzen klappt es gut. Die tiefen Atemzüge beleben meinen Körper und meinen Geist. Nach einer halben Stunde fühle ich mich wie neu geboren. Das mache ich jetzt wieder jeden Tag, nehme ich mir fest vor.

Am Abend kommt Bente mit einem wunderschönen Strauß Tulpen nach Hause. Er hat noch eine andere Überraschung für mich. Meine Eltern passen auf die Jungs auf und wir gehen Essen. Er hat für 18:30 Uhr einen Tisch bei meinem Lieblingschinesen reserviert.

Ich bin sprachlos. Damit habe ich nicht gerechnet. Ich freue mich total und renne gleich nach oben, um mich hübsch zu machen.

Es ist ein schöner Abend. Das Essen ist ausgezeichnet und Bente und ich haben endlich wieder Zeit, uns in Ruhe zu unterhalten. Wir reden über uns, nicht über die Arbeit oder die Kinder. Nur wir zwei sind heute wichtig. Er freut sich, dass ich wieder zum Yoga gefunden habe und wir planen einen

Ausflug für den Feiertag in zwei Wochen. Nach zwei Gläsern Wein und vertrauten Gesprächen beschließen wir, meine Eltern schnell nach Hause zu schicken, und unseren Abend im Schlafzimmer ausklingen zulassen. Ich habe Schmetterlinge im Bauch vor lauter Vorfreude.

Von diesem schönen Abend und der aufregenden Nacht mit Bente bin ich die restliche Woche beschwingt und gut gelaunt. Bente kommt jeden Abend zum Essen nach Hause und spielt viel mit den Jungs. Danach sitzen wir jetzt fast immer bei einem Gläschen Wein auf der Terrasse und quatschen.

Mein Yogaprogramm mache ich morgens. Jeden Tag klappt es ein bisschen besser.

Ich bin glücklich, dass mein Leben wieder in normalen Bahnen läuft. Keine Flashbacks in die Vergangenheit, keine fremden Männer in meinem Kopf, dafür viel mehr eigener Mann im Leben.

Kapitel 20

Der Frieden hält nicht lange. Bente muss zwei Tage auf eine Schulung nach Stuttgart. Ich fühle mich angegriffen und habe das Gefühl, dass alles, was wir uns an Vertrautheit aufgebaut haben, zunichte gemacht wird.

So langsam habe ich kein Verständnis mehr, Beförderung hin oder her. Ich möchte einen Partner, der für mich und die Kinder da ist. Andererseits würde mir ein Mann, der viel Geld verdient und der uns mehr bieten kann, auch gefallen. So wie Jannis zum Beispiel.

Und schon hat sich der kleine Dämon wieder in meinen Kopf geschlichen. Ich muss mich dringend ablenken, damit er nicht Besitz von meiner Gedankenwelt nimmt.

Ich merke, dass das Gefühl etwas verpasst zu haben, immer stärker wird. Bin wütend, dass ich nie die Chance hatte auszuprobieren, ob Jannis wirklich der perfekte Freund und eine Beziehung mit ihm so toll gewesen wäre, wie es in meiner Fantasie.

Wie oft habe ich mir damals ausgemalt, wie schön es wäre, von ihm geliebt zu werden, mit ihm, als Paar, die Jugendzeit zu verbringen. Zu tanzen, zu feiern, schwimmen zu gehen oder einfach nur neben ihm einzuschlafen. Das alles passierte nur in meiner Fantasie und ich werde nie erfahren, wie die Realität ausgesehen hätte. Das nagt an mir. Nach zwanzig Jahren noch.

Kein Wunder, ich war wirklich Hals über Kopf in ihn verliebt. So groß war die Angst vor einer Enttäuschung, dass ich niemandem von meinen Gefühlen erzählt habe.

Nina hat sicher geahnt, dass ich in Jan verknallt war, aber es kam nie zur Sprache. Und es ging alles so schnell. Zwischen dem Nachmittag am See und unserer Nacht lagen nur wenige Wochen. Wochen, in denen ich rasende Gefühle hatte, Kribbeln im Bauch, Schmetterlinge, die flatterten, mein Herzschlag erhöhte sich, wenn ich ihn sah, und Unmengen an Glückshormonen fluteten meinen Körper. Mir war schwindelig, warm und kalt zugleich, und ich hatte feuchte Hände. Mein sexuelles Verlangen war unbändig. Ich wollte ihn, wollte von ihm geküsst, gestreichelt und geliebt werden. Mit ihm lachen, weinen und glücklich sein.

Im Hinterkopf lauerte die Furcht des grausamen Schmerzes, der bei Zurückweisung drohte.

Jannis ging mir seit dem Tag am See aus dem Weg. Die Vertrautheit, die zwischen uns herrschte, war wie weggeblasen. Er sah mich nicht mal mehr an. Wir sprachen nicht über das Geschehene und seine Körpersprache zeigte mir deutlich, dass das auch so bleiben sollte. Ich suchte trotzdem seine Nähe. Setzte mich auf dem Pausenhof neben ihn und bot an, ihm die Hausaufgaben zu bringen, als er zwei Tage wegen Krankheit nicht in die Schule gehen konnte. All meine

Bemühungen schmetterte er ab, sein Gesichtsausdruck war mürrisch. Ich bemerkte seine Blicke, wenn er sich unbeobachtet fühlte, und verstand ihn nicht.

Dann kam besagter Abend auf dem »Wiesenthäler Sommermarkt«, an dem wir im Bett landeten. So abstoßend und doof konnte er mich doch nicht finden, wenn er mit mir schlief. Was mich am meisten verwirrte, war der Ausdruck in seinen Augen. So voller Begierde, Angst, Liebe und Hass!

Nach der Nacht dachte ich, ich sei am Ziel meiner Träume, aber Jannis ignorierte mich schon wieder und ging mir aus dem Weg. Zwei Tage ließ er sich nicht blicken. Dann kam der Schulabschluss und mein Umzug nach Hamburg.

Zuerst war ich durch die Eingewöhnung und das Kennenlernen neuer Leute abgelenkt. Jannis war nach wie vor in meinem Kopf und meinem Herzen. Es kam mir vor, wie wenn mein Körper meine Seele vor diesem unbändigen Schmerz schützen wollte. Der Liebeskummer hatte keine Chance durchzukommen. Ich blockte alle Gefühle ab und funktionierte nur. Ein Selbstschutzmechanismus des Körpers, ähnlich wie bei einem Schock. Menschen, die etwas Schreckliches erlebt haben, können nicht auf ihre Gefühle zurückgreifen.

Durch die Ablenkung, die mir die Weltstadt Hamburg bot, wurde es besser. Ich lernte nette Leute kennen und fühlte mich wohl. Ich ging aus, hatte Spaß, auch mit Männern.

Meine Gefühle für Jan, die Enttäuschung, der Schmerz, nie eine Chance gehabt zu haben, waren fein säuberlich in der hintersten Ecke meiner Seele verborgen.

Bis jetzt! Seit Nina vor ein paar Wochen zum ersten Mal von ihm gesprochen hatte und ich ihn bei der 90er Party gesehen habe, kommen immer wieder kleine Bläschen an die Oberfläche.

Es ist wie ein Vulkan, der jahrelang geschlafen hat, und wieder zum Leben erweckt und ausbrechen will.

Das ist doch verrückt! Ich will das alles nicht. Ich will, dass das Chaos in seiner Ecke bleibt, und mich in Ruhe lässt.

Ich habe in all den Jahren nie eine Antwort oder eine Erklärung von ihm erhalten. Sicher ist das mein Problem. Vielleicht sollte ich mich wirklich mit ihm treffen, damit wir uns aussprechen können. Mir fehlen einfach nur Antworten. Darauf, was das zwischen uns war. Warum er mit mir geschlafen hat. Warum er mich fallen gelassen hat? Und wo zur Hölle sein Problem ist?

Ich suche seine Visitenkarte und tippe die Nummer in mein Handy. Nur noch ein Klick auf den grünen Knopf und ich habe ihn an der Strippe. Ich traue mich nicht. Etwas hält mich zurück. Was soll ich ihm sagen? Ich habe keine Ahnung, wie er reagieren wird. Zwar hat er mir seine Nummer zugesteckt und mich um ein Treffen gebeten, aber vielleicht war das nur so daher gesagt. Ich will auf keinen Fall, dass er denkt, ich laufe ihm hinterher.

Ich brauche Antworten.

Ich atme tief durch und drücke auf »wählen«. Mein Herz schlägt mir bis zum Hals und meine Kehle ist wie zugeschnürt. Fast bin ich erleichtert, als die Mailbox rangeht. Puh, gut, dass das Gespräch aufgeschoben ist, aber scheiße, weil ich den Mut noch mal aufbringen muss. Heute Abend versuche ich es wieder, bestimmt ist er beruflich unterwegs.

Vielleicht sollte ich mir ein paar Fragen aufschreiben, damit ich nichts vergesse. Ich schüttle vor mir selbst den Kopf. Mach dich locker, Julia. Du willst nur ein Treffen ausmachen.

Und dann siehst du weiter. Nichts Aufregendes.

Trotzdem bin ich total hibbelig und aufgeregt. Beim Abendessen mit den Kindern bin ich nicht bei der Sache. Max und Franz lachen sich kaputt, weil sie jede Frage doppelt stellen müssen oder ich falsche Antworten gebe. Als Entschuldigung für meine geistige Abwesenheit lese ich eine extralange Gutenachtgeschichte vor. Franz schläft dabei schon fast ein. Der kleine Mann ist so süß, wie er an mich gekuschelt da liegt, die Augen auf halbmast und seinen Stoffhund im Arm. Ich gebe ihm einen dicken Kuss und trage ihn in sein Bett. Mit Maximilian spiele ich noch ein paar Runden UNO, und dann ist für ihn Schlafenszeit.

Nun ist der Moment gekommen, um ein zweites Mal Jannis´ Nummer zu wählen. Ich bin aufgeregt und habe ein bisschen Angst davor. Um das Telefonat noch etwas raus zu zögern, räume ich noch schnell die Küche auf. Dann schenke ich mir ein Glas Wein ein und trinke einen großen Schluck daraus. Dann noch einen. Schließlich gebe ich mir einen Ruck. Ich tippe die Zahlen ein und drücke schnell auf den grünen Hörer, damit ich es mir nicht noch anders überlege.

»Kurz?«

Oh mein Gott, er ist tatsächlich dran. Ich unterdrücke den Impuls, sofort wieder aufzulegen und räuspere mich, bevor ich ihm antworte.

»Hi Jannis, Julia hier.«

»Julia! Welch eine Überraschung! Schön von dir zu hören. Wie geht es dir?«

»Mir geht es gut. Hör mal, können wir uns treffen? Nix Dolles, einfach irgendwo einen Kaffee trinken und kurz quatschen. Ich habe ein paar Fragen an dich.«

»Okay, ich sehe mal nach. Freitag um 16:00 Uhr im Café Seeberger in Erlstadt?«

»16:00 Uhr im Café Seeberger kann ich einrichten.«

»Ich freue mich wirklich, dass du angerufen hast. Bis Freitag. Schönen Abend noch.«

Erleichtert beende ich das Telefonat. Das war halb so schlimm. Jetzt brauche ich nur noch jemanden, der auf die Kinder aufpasst. Ich wähle die Nummer meiner Eltern. Glücklicherweise haben sie am Freitag noch nichts vor und freuen sich auf die Kinder. Als Grund, warum ich am Freitag kinderfrei brauche, habe ich eine Shoppingtour in Erlstadt angegeben. Ich habe gesagt, dass ich Zeit für mich brauche und meine Sommergarderobe aufstocken möchte. Meine Mama hat dafür volles Verständnis und gleich geplant, was sie mit ihren Enkeln unternehmen könnte. Ich bin wirklich froh, solche Eltern als Unterstützung zu haben. Wobei es mir ein bisschen leidtut, sie anzulügen.

Ich könnte vor dem Treffen mit Jannis in Erlstadt wirklich shoppen. Dann wäre es nicht gelogen und shoppen macht, wie man weiß, glücklich. Ein paar neue Teile würden meinen Kleiderschrank nicht schaden. Von der Idee beschwingt, google ich, was in diesem Sommer so angesagt ist. Ich surfe auf verschiedenen Seiten von Frauenzeitschriften und Modeketten und vergesse dabei völlig die Zeit. Nach meiner Recherche weiß ich, was modisch auf mich zu kommt.

Kapitel 21

Bevor ich mich um meine Vergangenheit kümmere, bekomme ich erst mal für die Zukunft meiner besten Freundin etwas zu tun. Ich treffe Christian zufällig im Supermarkt. Sofort kralle ich ihn mir und packe die Gelegenheit am Schopfe. Nina soll nicht unglücklich sein. Ich kann nicht glauben, dass bei Chris nicht mehr Gefühle im Spiel sind. Zwischen Wildreis und Haferflocken passe ich ihn ab und konfrontiere ihn mit der Tatsache, dass ich über die Affäre Bescheid weiß, und dass er öfter bei Nina übernachtet.

Zuerst rückt er mit der Sprache nicht heraus, aber dass er von Frau Fleck beobachtet wurde, ist das schlagende Argument. Chris gesteht, dass er öfters bei Nini zu Besuch ist, mit ihr schläft und über Nacht bleibt. Mir entgeht nicht, wie seine Augen zu leuchten beginnen und ein Lächeln über sein Gesicht huscht. Ich bin mir jetzt sicher, dass er in Nina verliebt ist. Ungeduldig lausche ich seiner Erklärung. Gut, das weiß ich alles.

Ich möchte wissen, ob da mehr ist. Vorsichtig, und ohne Ninas Gefühle zu offenbaren, quetsche ich ihn weiter aus. Er windet sich wie ein Aal. Dann also auf die direkte Tour!

»Chris! Ich weiß, dass ihr euch auf Freundschaft plus geeinigt habt, aber liebst du Nina?«

Chris wird knallrot und starrt verlegen auf seine Schuhe. Seine Finger fummeln an der Jacke rum. Dann nickt er. Er erzählt, dass er Nina schon immer toll findet und das sich seine Gefühle in den letzten Monaten von Freundschaft in Liebe gewandelt haben. Einerseits ist er happy, wenn er Zeit mit ihr verbringt, andererseits ist es bedrückend. Nina scheint die liebevollen Gefühle nicht zu erwidern.

Ich hüpfe auf und ab wie ein Flummi und lache, was mir einen irritierten Blick von Christian einspielt.

»Mensch Chris! Nina liebt dich. Das hat sie mir vor ein paar Tagen gestanden. Sie war unglücklich, weil du ihre Gefühle nicht erwiderst. Ihr seid so blöd! Anstatt miteinander zu reden, quält ihr euch.«

Chris sieht mich ungläubig an. »Julia, bist du dir da sicher?«

»Natürlich, Mann! Nina ist meine beste Freundin. Ich kenne sie!« Ich klatsche in die Hände und umarme Chris. »Wehe du machst sie nicht glücklich!«

Chris strahlt wie die Sonne, die über dem Odenwald aufgeht, und weiß gar nicht, was er machen soll.

»Und jetzt los! Schnapp sie dir! Arrangiere einen schönen Abend und gestehe ihr deine Liebe. Du hast doch sonst so eine große Klappe.«

Er steht völlig neben sich, also ergreife ich die Initiative und lade seinen Einkaufswagen mit Dingen für einen romantischen Abend voll. Lachs, Baguette, Erdbeeren, Trauben, Käse und Pralinen.

»Die Flasche Schampus spendiere ich!«, erkläre ich, als ich eine Flasche des teuren Prickelwassers einlade.

»So und jetzt husch-husch an die Kasse. Und dann rufst du sie an und lädst sie ein. Ich drücke dir die Daumen und wünsche euch einen wunderschönen Abend.«

Glücklich mache ich mich auf den Weg, um meine Kids abzuholen. In ein paar Minuten ist die Schule zu Ende und ich könnte es rechtzeitig schaffen. Ich grinse vor mich hin und freue mich schon auf Ninas Anruf morgen.

Im Autoradio läuft gerade *It Must Have Been Love* von *Roxette*. Hach, wie passend, seufze ich.

Nach dem Mittagessen versuche ich zu lesen, aber mir geht die Frage, was ich bei dem Treffen mit Jannis anziehe, nicht aus dem Kopf. Das Wetter ist schön und die Temperaturen für Mai sehr warm. Ein Rock ist zu übertrieben, er soll sich nicht einbilden, dass ich mich für ihn aufbrezele.

Vielleicht eine luftige Leinenhose und ein Blusentop? Oder eine kurze Jeans mit T-Shirt? Ich habe noch ein schönes langes Sommerkleid im Schrank hängen. Das steht mir super und das kräftige Grün bringt meine Haare zum Leuchten. Aber das ist zu overdressed.

Ich lege das Buch weg und durchforste meinen Schrank. Am Freitag muss ich wirklich shoppen gehen, meine Garderobe ist nicht gerade der neuste Schrei. Das hat mich in den letzten Jahren nicht gestört. Als die Kinder noch kleiner waren, habe ich mich nicht für Mode interessiert. Hauptsache sauber und einigermaßen passend. Außer mit dem Kinderwagen durch den Park, zum Spielplatz oder beim Kinderturnen war ich nirgendwo.

Ich beschließe, am Freitag zu entscheiden, in welcher Stimmung ich bin und welches Outfit dazu passt.

Beim Blick in den Spiegel stechen mir meine Haare ins Auge. Sie schreien förmlich nach einer Haarkur. Da ich nichts vorhabe und mich nicht auf das Buch konzentrieren kann, gebe ich dem lauten Hilfeschrei meiner Haarpracht nach und massiere eine großzügige Portion der Kur ein. Während das Zaubermittelchen einwirkt, gönne ich mir eine Feuchtigkeitsmaske fürs Gesicht. Um mir die Wartezeit zu verkürzen, mache ich ein paar Yogaübungen und merke gleich, wie sich mein Körper entspannt und durch das tiefe Atmen frischer wirkt.

Nachdem ich die Haarkur ausgespült und die Gesichtsmaske abgewaschen habe, fühle ich mich ruhiger. Trotzdem kreisen meine Gedanken um Jannis. Wie er wohl auf meine Fragen reagieren wird? Ob er Antworten für mich hat? Und wie gehe ich damit um?

Ich fühle mich klein und verletzlich. Ich habe Angst vor der Wahrheit.

Im Radio läuft *Hundert Leben* von *Johannes Oerding*. Und schon bei den ersten Zeilen steigen mir Tränen in die Augen. Der Text spiegelt genau meine Gefühle wider.

»*Der erste Zigarettenrauch, dicht gefolgt vom Whiskey-Rausch und die große Liebe die man nie vergisst.*
Am Anfang wollte keiner weg,
doch dann haben auch wir entdeckt,
das Leben hinterm Ortsschild ist.
Die Lehrer waren stehts bemüht,

freitags wurde Vorgeglüht,
nein damals gab es keine Einsamkeit.
Nie auf Nummer sicher gehn,
Tag für Tag Geschwister sehn.
Jedes Alter hat auch seine Zeit.

Wir haben viel erlebt.
Ne Geschichte die uns ewig bleibt.
Und haben viel gesehen,
dass es gut für Hundert Leben reicht.
Ohne unser Gestern würd ich mich heut nicht so auf morgen
freuen.
Ist es nicht das, was zählt, eine Zeit
die gut für Hundert Leben reicht
die gut für Hundert Leben reicht.«

Ich weiß nicht warum. Tränen laufen über mein Gesicht und tropfen vom Kinn. Mein Herz ist schwer und fühlt sich eingequetscht an. Dabei ist mein Leben doch völlig in Ordnung. Wenn nur dieses Gefühl nicht wäre, etwas Großes verpasst zu haben. Zu dem dumpfen Gefühl kommt jetzt noch das der Undankbarkeit dazu. Ich fühle mich schlecht, weil ich so ein Theater mache, obwohl ich alles habe und es mir gutgeht.

Ich schluchze hemmungslos und mein Körper wird geschüttelt von einem nicht enden wollenden Weinkrampf. Die Enge in meiner Brust wird immer schlimmer. Ich lege mich aufs Bett und lasse den Tränen freien Lauf. Zusammengekauert wie ein Embryo liege ich da und warte, bis es vorbei ist. Dabei gehen mir 1000 Gedanken durch den Kopf. Alle sind eng mit der Vergangenheit verknüpft. Immer wieder taucht Jannis auf. Ich schmecke seine Küsse. Sehe seine Augen. Spüre das Gefühl, als wir miteinander geschlafen haben. Spüre die Enttäuschung, als er mich aus seinem Zimmer geschmissen hat. Und ich spüre den Schmerz, als er mir eine klare Abfuhr erteilt hat. Es fühlt sich an, als ob die fest verschlossene Kiste in meiner Seele gewaltsam geöffnet wird. Mit Brecheisen, Hammer und Meißel und anderem brutalen Werkzeug. Sie klemmt, denn sie ist zu und wurde seit Jahrzehnten nicht geöffnet. Die Scharniere sind verrostet. Die Kiste wehrt sich gegen das gewaltsame Öffnen.

Dieses Ziehen und Zerren, das Bohren und Hämmern spüre ich deutlich in meinem Körper. Der Kasten ist fast geöffnet, aber der Kampf ist noch nicht zu Ende. Der wertvolle Schatz ist noch nicht bereit, an die Oberfläche zu gelangen. Mein Körper, mein Herz und meine Seele kämpfen. Es ist ein Ringen zwischen Gut und Böse. Zwischen *alles soll so bleiben, wie es ist* und *die Wahrheit muss endlich ans Licht.*

Irgendwann scheinen alle Tränen geweint zu sein und ich bin völlig erschöpft. Ich versuche, die vergangenen Minuten in meinem Tagebuch in Worte zu fassen. Es gelingt mir nicht. Ich bin völlig verwirrt.

Kapitel 22

Je näher der Freitag rückt, umso nervöser und hibbeliger werde ich. Ich hoffe nur, dass Bente meine Nervosität nicht bemerkt.

Bei der Arbeit versuche ich, nicht in Tagträume abzurutschen, was mir nicht gut gelingt. Immer wieder tauche ich gedanklich in die Vergangenheit ein.

Erinnerungsfetzen zeigen sich auf meiner inneren Leinwand. Zum Beispiel, als wir in der 9. Klasse in der Eifel waren. Die Jungs hatten sich ein cleveres Konzept zum Alkoholschmuggeln überlegt. Logischerweise herrschte striktes Alkverbot, aber das versuchten die jungen Männer zu umgehen, indem sie schon zu Hause den Inhalt der Sprite Flaschen gegen Wodka tauschten. Die vier Sprite Flaschen fielen erst auf, als Tobi sich ein Glas aus »Sprite«/Orangensaft machte. Das kam unserer Lehrerin, Frau Zimmerer, doch komisch vor und sie wollte die merkwürdige Mischung probieren. Nach einem Schluck war klar, dass sich in den Flaschen keine Zitronenlimo befand, sondern Schnaps. Diesen mussten die Herren sofort auskippen. Die Enttäuschung war groß.

Ich massiere gerade einen älteren, schweigsamen Herrn, der zum Glück nicht bemerkt, dass ich schmunzele.

Eine andere Geschichte trug sich im Kino zu. Wir waren mit der Clique dort. Es lief *American Beauty*. Den wollten wir nicht verpassen. Die Jungs und Bekki waren total scharf auf die Hauptdarstellerin Mena Suvari. Nina, Svenja und ich wollten mitreden können, deshalb sahen wir uns den Film an. Ich fand den Film nicht so richtig toll, aber Kino war immer ein Highlight. Allein für das Popcorn lohnte sich der Besuch. Es lief also *American Beauty* und die Jungs starrten wie gebannt auf die Leinwand. Bei jeder Nahaufnahme der hübschen, blonden Hauptdarstellerin ging ein Johlen und Raunen durch den Saal. Mena Suvari war definitiv die heißeste Braut des Kinojahres 1999. Bei einer ziemlich brisanten Stelle kippte sich Tobi seine Cola über die Hose. Dabei schreckte er auf, schoss von seinem Sitz hoch und verschüttete sein Popcorn. Peinlich berührt und mit nasser Hose stürzte er aus dem Kino. Der Saal brüllte.

Der Gedanke daran erheitert mich immer noch. Tobi war so ein Schussel. Er hat es beim Küssen geschafft, seine Zahnspange mit der eines Mädchens zu verknoten. Wir hatten auf einer Party Flaschendrehen gespielt. Die Flasche zeigte auf Tobi. Er musste sich ein Mädchen aussuchen, um es zu küssen. Obwohl er sich jede hätte aussuchen können, entschied Tobias sich für Laura, die, wie er, eine Zahnspange trug. Es kam, wie es kommen musste, und die Metallspangen verhakten sich. Laura und Tobi kamen nicht mehr voneinander los. Nachdem wir alle, außer den Pechvögeln, Tränen gelacht hatten, mussten wir die Eltern des Geburtstagskindes um Hilfe bitten. Glücklicherweise war der Vater Zahnarzt und konnte fachmännisch helfen.

Einmal wurde Tobi am Badesee von einer Wespe in den Mund gestochen. Sein Gesicht schwoll innerhalb von Minuten an. Der Bademeister rief einen Rettungswagen. Es sah schlimmer aus, als es war.

Mit Tobi wurde es nie langweilig. Wenn man ihn heute sieht, kann man sich das gar nicht mehr vorstellen. Er ist der gemütliche oder besser lethargische Typ. Okay, er hat nicht den gesündesten und sozialsten Job. Er hat vor einigen Jahren die Bäckerei seiner Eltern übernommen, und ich finde, es gibt keinen Job, der grausamere Arbeitszeiten hat, wie der des Bäckers. Wahrscheinlich ist seine Ehe deswegen in die Brüche gegangen. Mit einem Partner, der nachts arbeitet und tagsüber schläft, lebt es sich nicht einfach. Auf mich macht Tobi den Eindruck, als wenn sein Leben ohne ihn passiert.

Hach, was habe ich schöne Sachen erlebt. Meine Gedanken wandern zu Bente und zu seiner Teeniezeit. Bentes Eltern haben sich nach seiner Geburt getrennt. Verheiratet waren sie nie. Viel zu spießig für Serenity, so nennt sich meine Schwiegermutter seit über 40 Jahren. Eigentlich heißt sie Adrianne. Mit 17 hat sie sich in ihrer holländischen Heimat einer kleinen Hippie-Kommune angeschlossen. Ihr Eltern waren Bauern, die keine Zeit hatten, ihre jüngste Tochter zu überreden, auf dem Hof zu bleiben.

So wurde aus Adrianne Serenity. Schon als kleines Mädchen hatte sie eine Gabe, bestimmte Ereignisse herauszufühlen. Unter ihren Geschwistern war sie nur der Freak, arbeitsscheu und schwächlich. Erst in der Kommune blühte Serenity auf. Hier fühlte sie sich verstanden, ihre Fähigkeiten gewürdigt und ernst genommen. Die Gemeinschaft, die Musik und die sicherlich, beachtliche Menge an bewusstseinserweiternden Mitteln gefielen ihr. Ihre Kleidung stellten sie selbst her und für das leibliche Wohl wurde autark gesorgt. Im Wald gab es genügend Beeren, Pilze, Wurzeln und Eier. Für Kartoffeln und Gemüse bewirtschaftete die Kommune ein kleines Feld. Alles war frei, leicht und rosarot.

Irgendwann stieß Bentes Vater Jürgen dazu. Ein Junge aus dem Odenwald, der ausflog, um die Welt kennenzulernen. Er wuchs in einem konservativen Elternhaus auf und nach seiner Lehre als KFZ-Geselle packte er das Nötigste ein und bereiste die Welt. Er entfloh der Strenge der Eltern, wollte was und vor allem die Freiheit erleben. Nach einigem Herumreisen machte er in Holland die Bekanntschaft mit einer Hippiekommune. So lernten sich Serenity und Jürgen kennen und lieben.

Das Produkt ihrer Liebe, Bente, ließ nicht lange auf sich warten und so wurde aus zwei einsamen Seelen eine Familie. Jürgen hatte sich durch die Geburt seines Sohnes verändert und wollte raus aus der Kommune. Er wollte seine Frau und sein Kind für sich, für sie sorgen und mit ihnen ein bürgerliches Leben führen. Für Serenity kam das nicht in Frage. Sie liebte die Freiheit in der Kommune.

So trennte sich das Paar und Jürgen ging zurück in die Heimat. Bente wuchs bei seiner Mutter und ihren Freunden auf. Als er schulpflichtig wurde, zog Serenity mit ihm in eine Wohnung in der Nähe der Kommune und hielt das Mutter-Sohn-Gespann mit Näharbeiten und Schneidereiaufträgen über Wasser. Bente erfuhr in der Zeit zum ersten Mal, was es heißt, ein geregeltes Leben zu führen. Die Wochenenden verbrachten sie immer im Wald.

Dort spielte er mit den Kindern der anderen Kommunen-bewohner, sie musizierten, tranken, probierten Drogen und lebten wie die Wilden im Wald.

Das war die Kindheit und Jugend meines Mannes. Sie unterscheidet sich zu 100 % von der meinen.

Wenn ich nicht wüsste, dass die Geschichte stimmt, würde ich sie im Leben nicht glauben. Bente ist ein sehr häuslicher, ordentlicher und geordneter Typ. Von Hippie keine Spur. Er ist das genaue Gegenteil. So hat er sich entwickelt, seit er auf eigenen Beinen steht.

Jeder ist durch seine Kindheit und das Elternhaus geprägt. Ich seufze.

»Stimmt was nicht, Frau Peters?«

Ach Gott, meinen Patienten habe ich total vergessen. »Nein, nein, Herr Schmitt, alles in Ordnung. Wir sind fertig. Sie dürfen sich langsam aufsetzen und nach dem Anziehen dann nach vorn kommen. Ich warte dort auf Sie.«

Nachdem Herr Schmitt bezahlt hat, habe ich Feierabend. Morgen noch mal arbeiten und dann gehts los nach Erlstadt.

Kapitel 23

Der Tag der Wahrheit ist gekommen und ich bin auf dem Weg nach Erlstadt.

Ich habe heute früher aufgehört zu arbeiten, um in Ruhe zu duschen, mich umzuziehen und sorgfältig zu schminken. Mein Styling soll nicht übertrieben und aufgebrezelt wirken, sondern natürlich und dezent. Die Haare habe ich zu einem unordentlichen Knoten geschlungen, das sieht lässig und wild aus und außerdem sieht man so die kleinen grünen Ohrringe besonders gut. Ich bin nur leicht geschminkt, lediglich die Augen habe ich betont und einen leichten Gloss auf die Lippen aufgetragen.

Mit der Kleidung habe ich mich schwergetan, letztendlich habe ich mich für ein grün-weiß gestreiftes Blusentop entschieden, dazu trage ich eine kurze Jeans und grüne Sandalen. Für ein Kaffeetrinken in der Stadt genau das Richtige. Die Kids wurden heute von meinen Eltern von Kita und Schule abgeholt und in Oma Reginas Küche verwöhnt.

Apropos Essen, so nervös wie ich bin, bekomme ich garantiert keinen Bissen hinunter. Schon heute Morgen habe ich nur einen Kaffee zu mir nehmen können. Mein Magen ist wie zugeschnürt. Ich packe mir einen Müsliriegel und einen Apfel ein. Vielleicht kann ich mir bei der Fahrt eine kleine Stärkung genehmigen. Ich stopfe noch schnell den Geldbeutel in meine Handtasche, schnappe mir die Sonnenbrille und dann fahre ich die dreißigminütige Fahrt. Mit jedem Kilometer, den ich zurücklege, werde ich hibbeliger. Meine Gedanken drehen sich um das Gespräch, das mir bevorsteht.

Ich habe Angst, schiele zu meinem Handy, das auf dem Beifahrersitz liegt. Eine Nachricht an Jannis und ich könnte die Unterhaltung absagen. Ich könnte sagen, dass eines der Kinder krank ist, oder dass ich Kopfschmerzen habe, oder keinen Babysitter, oder noch arbeiten muss. Ausreden fallen mir viele ein, aber ich habe ja um das Treffen gebeten. Es wäre unfair, so kurzfristig abzusagen. Er hat sich den Nachmittag freigehalten. Da muss ich jetzt durch.

Ich finde einen Parkplatz in der Nähe des Cafés, in dem wir uns verabredet haben. Von dort aus sind es nur einige Meter bis in die Fußgängerzone mit den Geschäften.

Ich habe noch Zeit. Genug, um in Ruhe die Auswahl der Boutiquen zu inspizieren. Ich schlendere durch die Geschäfte, Lust etwas anzuprobieren habe ich nicht. Mein Blick bleibt bei einem T-Shirt mit einer grünen Palme aus Pailletten hängen. Es gefällt mir, das darf mit nach Hause. Zusammen mit einer neuen Yogahose verlasse den Laden.

Ich setze mich in die Sonne, schiebe die Sonnenbrille vor meine Augen und atme tief durch. Während ich das Treiben um mich herum beobachte, esse ich meinen Apfel. Nicht, dass nachher mein Kreislauf schlapp macht, nur weil ich noch nichts gegessen habe.

Es ist 15:50 Uhr. In zehn Minuten treffen wir uns. Wie er wohl aussieht? Ob er aufgeregt ist? Es ist das erste Mal seit vielen Jahren, dass wir uns allein sehen.

Ich laufe Richtung Café Seeberger. Meine Schritte werden immer langsamer, je näher ich meinem Ziel komme.

Schon von weitem sehe ich Jannis sitzen. Er sieht toll aus, trägt dunkelblaue Shorts, dazu weiße Sneaker und ein weißes, enges Shirt mit blauem Aufdruck. Unter dem Shirt zeichnen sich seine Muskeln ab. Fast die gesamte Haut seiner Arme ist mit schwarzen Tattoos verziert. Seine schulterlangen Haare sind offen und hinter die Ohren geklemmt. An den Schläfen ist seine blonde Beachboy-Frisur von grauen Strähnen durchzogen, was ihn nur noch interessanter macht. Die eisblauen Augen sind noch genauso eindrucksvoll, wie ich sie in Erinnerung habe. Sie lachen mich freundlich an. Sein Bart sieht so weich und flauschig aus, dass ich ihn am Liebsten berühren möchte. Er hat sich einen Tisch am Rand der Terrasse ausgesucht. Vor ihm stehen ein Glas Latte Macchiato und eine Cola.

Als ich den Tisch erreiche, steht er auf, um mich zu begrüßen. Jannis zieht mich an sich und drückt mich herzlich. Vielleicht ein bisschen zu lang. Es fühlt sich gut an. Sein Duft ist immer noch der gleiche. Nur mit ein bisschen teurem Parfüm gemischt.

»Hallo schöne Frau! Du siehst toll aus. Du bist noch genau so wunderschön wie früher. Was möchtest du trinken?«

Ich setze mich. »Ich nehme eine Apfelschorle bitte.«

Jannis bestellt mein Getränk und nachdem es serviert wurde, fragt er mich ohne Umschweife, was der Grund des

Treffens ist. Mit dieser Direktheit hatte ich nicht gerechnet und schlucke. Auf einmal komme ich mir blöd vor. Ist es nicht etwas kindisch wie ein beleidigtes Mädchen zu fragen, warum der edle Ritter sie damals nicht wollte?

Ich hole tief Luft und erzähle mit dünner Stimme. Ich erkläre Jannis meine Sicht der Dinge, wie ich mich damals gefühlt habe, welche Hoffnung ich hatte und wie sehr ich gelitten habe.

Die Worte sprudeln nur so aus mir heraus und ich merke, wie gut das tut. Meine Stimme wird mit jedem Satz fester, aber meine Stimmung schwankt. Mal fühle ich mich wütend und meine Hände ballen sich zu Fäusten und mal kämpfe ich mit den Tränen.

Es reißt mich emotional sehr mit. Nachdem ich meinen Monolog beendet habe, sehe ich Jannis ins Gesicht. Sein Ausdruck ist schwer zu deuten. Ich sehe eine Spur Erstaunen und Mitgefühl in seinen Augen.

»Jetzt bist du dran. Ich muss wissen, warum du damals so gehandelt hast.«

Jannis sieht mich lange an, trinkt einen Schluck von seinem Latte Macchiato.

»Julia, ich wollte dir niemals weh tun. Ich bin nicht der beste Redner. Ich habe dir einen Brief geschrieben, wie es mir früher ging und warum ich gehandelt habe, wie ich es getan habe. Ich dachte mir schon, dass du Fragen zu damals stellst. Bitte lies den Brief in Ruhe. Dann wirst du alles verstehen.«

Er schiebt mir den Brief über den Tisch, holt tief Luft. »Julia, ich will dich immer noch. Du bist mir in all den Jahren nie aus dem Kopf gegangen. Lass es uns zusammen versuchen!«

Jannis sieht mich erwartungsvoll an. Was heißt das jetzt für mich? Ich schlucke, habe das Gefühl, dass sich alles ganz falsch entwickelt.

»Ich muss erst mal deinen Brief lesen. Das überrumpelt mich jetzt ganz schön.« Ich rätsele, was wohl in dem Brief steht.

»Was hältst du davon?«, fragt er. Ich hatte gar nicht zugehört.

»Was? Sorry, ich war in Gedanken.«

»Ich habe gefragt, ob wir die verlorene Zeit nachholen wollen. Seit ich dich im »Waldschrat« gesehen habe, steht meine Welt Kopf. Ich mag dich noch immer sehr.«

Ich schweige. Was soll ich auch sagen.

»Ich möchte mit dir um die Welt reisen. Dir all die schönen Plätze zeigen, Wandern auf dem Himalaya, baden in der Südsee und die Geysire bestaunen. Verrate mir deinen geheimen Sehnsuchtsort und wir reisen zusammen dahin.« Jannis grinst schief.

Mein Herz hämmert wie ein Schlagbolzen. Das kann er nicht ernst meinen. Wir kennen uns gar nicht mehr, wir haben uns etliche Jahre nicht gesehen und außerdem bin ich verheiratet.

Aber der Kerl ist der Wahnsinn, flüstert eine andere Stimme in mir. Ich fand ihn auch ohne Sixpack, Tattoos und Bart megasexy, aber wie er vor mir sitzt, ist er Männlichkeit pur. Ich stand immer auf die Surfer Boys, schwärmte für *Jon Bon Jovi* und schmachtete in *Gegen den Wind Hardy Krüger junior* an. Lange blonde Haare, Bart, Brusthaar und ein bisschen Bad Boy sind schon immer mein Ding gewesen. Dieses Beuteschema habe ich verfolgt, bis ich Bente getroffen habe. Optisch ist er genau das Gegenteil von dem, was ich wollte.

Bente ist, ohne Frage, ein attraktiver Mann, groß, drahtig und gut trainiert, dunkles Haar und tolle braune Augen. Er ist ein Frauenmagnet. Ich liebe sein Aussehen. Noch mehr liebe ich ihn. Seine Art, sein Wesen. Er passt perfekt zu mir. Noch nie hat ein Mann mich so geliebt, wie ich bin. Mit allen Ecken und Kanten. Mit alles Fehlern und Marotten. Bei ihm kann ich einfach Julia sein. Das kannte ich vorher gar nicht. Ich liebe die Sicherheit, die Geborgenheit und die Liebe, die er ausstrahlt.

Wenn ich auf meinen inneren Urinstinkt höre, dann schlägt mein Herz für blonde Bad Boys. Das Exemplar, das gerade vor mir sitzt, ist der fleischgewordene Traum meiner Träume. Ich kann einfach nichts dafür, dass ich auf diesem Typ Mann stehe. Mir läuft ein Schauer über den Rücken.

Du bist am Ziel deiner Träume. Endlich hast du die Chance, die du immer wolltest. Greif zu!, lockt eine kleine Stimme in meinem Kopf.

Plötzlich stelle ich mir vor, wie seine weichen Lippen, die meinen berühren, wie der Bart mich leicht kitzelt. Wie mich seine Arme halten und sich seine austrainierten Muskeln anfühlen. Wie weich seine Haut unter den Tattoos ist.

Zum Glück kann er meine Gedanken nicht sehen. Sonst würde er sich noch sonst was einbilden.

Verlegen antworte ich: »Haben deine Tattoos eine Bedeutung?«

Die meisten seiner Verzierungen bedeuten tatsächlich etwas. Er deutet auf Buchstaben und Zahlen auf seinem Unterarm. Das sind die Namen und das Todesdatum seiner Familie. Ein Totenkopf mit Flügeln ist für ihn ein Symbol, dass er mit dem Tod Frieden geschlossen hat. Auf seinem gesamten Rücken befindet sich ein Schutzengel mit seinem Lebensmotto: *Ich kann es, weil ich es will.*

Die Ratte auf seiner Wade ist sein chinesisches Sternzeichen. Auf der großen Weltkarte, die seine Brust ziert, sind alle Länder markiert, in denen er schon gewesen ist. Die Weltkarte wird laufend aktualisiert.

Vorsichtig berühre ich die feinen schwarzen Linien auf Jannis Unterarm.

Mein Herz schlägt schnell in meiner Brust, ich schwitze und fühle mich in die Enge gedrängt. »Ich muss in Ruhe nachdenken und deinen Brief lesen. Weißt du, ich habe dich geliebt, aber das ist lange her. Wir haben uns beide verändert. Wir sind keine 16 mehr. Ich gebe zu, mein Herz schlägt höher, wenn ich dich sehe. Aber ich bin verheiratet, ich habe mein Leben und damit bin ich glücklich. Ich möchte die Vergangenheit abschließen, darum bin ich gekommen und nicht, um eine Zukunft zu planen. Es war wirklich schön, dich mal wieder zu sehen.«

Die Kellnerin kommt an unseren Tisch, und ich bezahle meine Apfelschorle. Moment, hat Jannis ihr eben wirklich schamlos auf den Hintern gegafft? Das irritiert mich nach seinen liebevollen Worten.

Jannis sieht mir beim Abschied lange in die Augen, ich merke, dass er noch etwas sagen will, aber er schweigt.

»Lies meinen Brief. Ruf mich an, wenn du deine Meinung änderst.«

Ich drücke ihm einen Kuss auf die Wange, der aber, weil Jan der Kopf zur Seite dreht, auf seinem Mund landet. 1000 Blitze durchzucken mich, als unsere Lippen sich berühren.

Wie von der Tarantel gestochen stürme ich aus dem Café,

renne zu meinem Auto. Sofort entfalte ich den Brief und beginne zu lesen.

Liebe Julia,

ich wollte dir niemals weh tun. Das musst du mir glauben. Du hast keine Ahnung, wie schwer es mir gefallen ist, dich abzuweisen. Ich war auch in dich verliebt, sehr sogar.

Seit ich dich zum ersten Mal gesehen habe, fand ich deine blauen Augen, mit den hellblonden Wimpern wunderschön. Deine Sommersprossen, die so perfekt zu deinen roten Haaren passen. Du warst von Anfang an nett zu mir, als ich in eure Klasse kam. Eigentlich wollte ich mit niemandem etwas zu tun haben, wollte keine Kontakte knüpfen und vor allem wollte ich kein Mädchen treffen, dass meiner verstorbenen Schwester so sehr ähnelt. Das hat mich extrem verwirrt.

Ich hatte, wie du ja weißt, bei dem Autounfall meine Eltern und meine kleine Schwester verloren. Ich war der einzige, der überlebt hat und habe mich gehasst dafür.

Ich weiß, dass ich nichts dafür kann, aber es war so schwer zu ertragen, dass ich noch lebte und alle, die ich liebte, gestorben waren.

Ich war ein Kind, 6 Jahre alt. Meine Eltern und meine Schwester Stina waren alles für mich. Ich war allein und bekam einfach die grausamen Bilder meiner toten Schwester nicht aus dem Kopf. Wie sie tot neben mir im Auto lag. Sie sah aus ... wie ein Engel. Rotblondes Haar, blaue Augen und noch so klein. Sie war erst 4 Jahre alt und mein ein und alles.

Ich weiß noch, wie sie auf die Welt kam und ich sie im Krankenhaus zum ersten Mal sah. Sie war mein Engel. Ich war zwar noch so klein, als sie geboren wurde, aber wir hatten sofort eine besondere Verbindung zueinander. Wenn sie geweint hat, habe ich ihr etwas vorgesungen und sie wurde sofort ruhiger.

Dann kam ich in das Kinderheim und zu euch in die Klasse. Du warst die Erste, die mir aufgefallen ist. Ich dachte, ich träume. Ich dachte, Stina wäre wieder auferstanden, so ähnlich saht ihr euch.

Mit Hilfe meines Kinderpsychologen habe ich mich recht schnell gefangen und die Betreuer und Betreuerinnen im Heim waren echt toll zu mir. Tja, dann wurden wir immer älter ... und irgendwann ... Dann kam der Tag am See, den ich als magisch empfunden habe. Ich spürte, dass ich dir vertrauen kann. Ich hatte vorher noch niemandem von dem Unfall erzählt. Ich war verliebt und wollte dich so sehr, aber die Angst wieder jemanden, den ich liebe, zu verlieren war stärker. Ich merkte, wie die Panik in mir hochkroch, sich um meinen Hals legte und meine Kehle immer enger wurde. Ich hätte es nicht ertragen. Zwar merkte ich, dass du mich auch magst. Vielleicht sogar ein bisschen mehr als das, aber ich hatte keine Chance gegen meine innere Stimme. Die Stimme, die mir zuraunte, dass du mich verlassen würdest, dass der Schmerz des Verlustes mich auffressen würde und dass ich fliehen muss.

Ich hatte mich zuvor auch noch nie auf ein Mädchen eingelassen. Zwar hatte ich ein paar flüchtige Bekanntschaften, aber eine feste Beziehung war mir immer zu viel. Und bei dir war es anders. In dich war ich verliebt und du sahst Stina so ähnlich.

Bei diesem inneren Konflikt hätte mir mein Psychologe vielleicht helfen können, aber ich brachte es nicht über mich, mit ihm darüber zu reden. Zu tief saß der Schmerz. Wenn ich dich ansah, zerbrach fast mein Herz, das musst du mir glauben. Ich beherrschte mich jeden einzelnen Tag, an dem ich dich sah. Bis auf die eine Nacht hat es auch immer geklappt. Aber am Abend des

Sommerfestes, im Zelt, konnte ich nicht mehr. Mein Verlangen war stärker als die Angst. Du sahst besonders hübsch aus.

Ich weiß noch, du hattest ein kurzes, enges Top mit einer großen Sonnenblume auf der Brust an. Dein Tanz war so verführerisch. Diese Nacht werde ich nie vergessen. Als ich dich danach verschwitzt und glücklich in meinem Bett liegen sah, brannten bei mir alle Sicherungen durch. Alles war wieder da. Der Aufprall, die Schreie, das Blut, die Beerdigung. Ich wusste nur noch eins, du musst aus meinem Bett verschwinden. Ich muss den Sex und dich vergessen.

Die Tage danach verbrachte ich mit Laufen, Boxen und Krafttraining. Ich lenkte mich mit körperlichen Dingen ab, um nicht an uns zu denken. Ja, und dann war die Schulzeit zu Ende. Du warst weg und ich bin in eine betreute Wohngruppe gezogen und habe Abi gemacht.

Während des Studiums in Frankfurt habe ich einen super Psychologen gefunden, der mit mir alles aufgearbeitet hat. Deshalb kann ich jetzt auch darüber sprechen.

Der Schmerz des Verlustes ist immer noch da, so wird es auch immer bleiben. Er ist ein Teil von mir, aber ich kann damit umgehen. Julia, es tut mir leid. Es ist ganz allein meine Schuld, dass wir nie eine Chance hatten. Ich möchte nicht, dass du dich immer noch mit diesen Fragen quälst. Damals hatten wir keine Chance, aber vielleicht ist ja jetzt unsere Zeit gekommen?!

Ich freue mich von dir zu hören und bin für dich jederzeit zu erreichen.

In Liebe Jannis

Kapitel 24

Wie ich nach Hause gekommen bin, weiß ich nicht mehr. Mit meinen Gedanken war ich jedenfalls nicht beim Straßenverkehr. Wie in Trance hole ich Max und Franz bei meinen Eltern ab und verschwinde, um mich zu sammeln, ins Bad. Ich sehe aus, als hätte ich ein Gespenst gesehen. Mir schwirren so viele Gedanken im Kopf herum. Ich weiß nicht, was ich denken soll.

Nachdem ich mich abgeschminkt und umgezogen habe, mache ich das, was mich immer beruhigt. Ich schreibe Tagebuch. Seite um Seite füllt es sich mit meinen wirren Gedanken. Ich bin ruhiger, nachdem ich den Tag in Worte gefasst habe, aber nicht schlauer.

Wie Jannis da saß, so klein und verletzlich. Und welche Größe er mit seinem ehrlichen Brief bewiesen hat! Er hat mir sein Herz ausgeschüttet.

Ich habe nicht ahnen können, dass ich Jans Schwester so ähnlich sehe und dass ihn das völlig aus der Bahn wirft.

Der Arme, was er alles durchmachen musste. Wenn ich mir vorstelle, ich hätte meine Eltern und Schwestern als Kind verloren, schrecklich. Mit 6 Jahren Waise zu sein und in ein Kinderheim zu müssen ist grausam. Hatte Jannis denn keine Verwandten mehr? Oder Paten? Sind die nicht genau für so einen Fall da? Komisch, darüber hat er nichts gesagt. Er wäre sicher nicht in eine staatliche Einrichtung gekommen, wenn es eine andere Lösung gegeben hätte. Andererseits hat Jan erzählt, dass die Betreuer nett waren. Die konnten bestimmt professioneller mit einem traumatisierten Kind umgehen als Verwandte, die auch geliebte Menschen verloren haben.

Es muss ein hartes Stück Arbeit gewesen sein, die Bilder des Unfalls zu verarbeiten. Wenn man im gleichen Auto sitzt, als einziger überlebt und mitansehen muss, wie alle, die man liebt, sterben, ist das unerträglich. Kein Wunder, dass Jannis niemanden an sich herangelassen hat.

Er hätte mit mir sprechen können, auch weil er geahnt hat, dass ich in ihn verliebt bin. Ich glaube ihm, dass er mich nie verletzen wollte, aber seine Art damit umzugehen hat die Situation für mich verschlimmert.

Ich bin traurig, als mir bewusst wird, wie nah ich damals am Ziel war. Meinem Ziel, Jannis zu lieben und von ihm geliebt zu werden. Idiot! Warum hat er sich nicht helfen lassen? Wir könnten jetzt glücklich zusammen sein.

Wären wir das wirklich geworden? Ist es nicht wahnsinnig schwer, mit einem Menschen zusammen zu sein, der eine riesige Tragödie hinter sich hat? Vielleicht hätten ihn diese Gedanken, die Schuldgefühle und die Trauer weiter begleitet und es mir schwer gemacht, richtig nah an ihn heranzukommen? Inwieweit haben ihn die Geschehnisse geprägt? Wer hält es schon mit einem Psycho aus?

Ich hätte ihm eine Stütze sein können, ihm Liebe und Geborgenheit gegeben, ihm gezeigt, dass er nicht alle, die er liebt, verliert.

Hätte hätte Fahrradkette ...

Auf einmal habe ich ein schlechtes Gewissen. Was will ich? Wäre ich mit Jannis zusammen, hätte ich niemals meinen Bente kennen- und lieben gelernt. Meine Jungs hätte ich auch nicht.

Ich fühle mich mies. Für nichts in der Welt möchte ich meine Kinder hergeben. Sie sind die Liebe meines Lebens. Mein ein und alles. Sie sind die perfekte Symbiose aus Bente und mir. Die Frucht unserer Liebe. Und ich dumme Kuh träume von einem anderen Mann? Ich muss Jannis aus meinem Kopf bekommen. Ich bin nicht Mutter Teresa, er muss sich jemand anderen suchen. Ich habe schon eine Familie.

Wütend auf mich selbst und immer noch geschockt über meine Gedanken, suche ich die Kids. Sie spielen Lego in Maximilians Zimmer. Ich streiche ihnen über den Kopf und drücke jedem einen Kuss auf die Stirn. Dann mache ich es mir auf Maxs Bett bequem und beobachte sie beim Spielen. Mein Herz weitet sich vor lauter Liebe, als ich sehe, wie glücklich und unbeschwert sie sind, wie ähnlich Maxi Bente ist. Nicht nur äußerlich, nein, sein ganzes Wesen gleicht dem seines Vaters sehr.

Während Franz wild und impulsiv mit den Plastikfiguren spielt und sich fantasievolle Geschichten ausdenkt, ist Max strukturierter. Er spielt Szenen aus Büchern oder Serien nach. In Max Zimmer herrscht nicht so ein Chaos wie bei Franz. Der Große liebt es, wenn alles an seinem Platz ist. Ich betrachte sie noch eine Weile, dann klingelt mein Handy. Ich sehe Ninas Namen auf dem Display.

»Hi Nina, wie geht es dir? Ich habe schon lange nicht von dir gehört. Alles klar?«

Ich hatte wirklich einige Tage nichts von ihr gehört, genauer gesagt, seit ich Chris beim Einkaufen getroffen habe. Ich wollte das junge Glück nicht stören. Sie sind bestimmt nur zum Essen und Arbeiten aus dem Bett gekommen.

»Hi Julia. Ich weiß, ich bin eine treulose Tomate. Wie du dir denken kannst, bin ich so glücklich! Wir hätten ohne dich bestimmt noch Jahre rumgeeiert.«

»Erzähl mal, wie war der Abend?«

»So romantisch. Chris hat mich mittags angerufen und zum Abendessen eingeladen. Als ich in seiner Wohnung ankam, hatte er schon den Tisch mit Leckereien gedeckt, es lief schöne Musik und sogar eine Rose hatte er gekauft. Ich wusste nicht, was passiert. Er hat eine Art Diashow auf einer Leinwand im Wohnzimmer ablaufen lassen. Mit Fotos von uns. Angefangen von Kinderbildern, dann unsere Teeniezeit, Fotos von Partys, Badesee, Schule, Ausflügen und von heute. Wir beide bei der Arbeit im »Waldschrat«, bei der Mai Tour letztes Jahr und am Schluss stand da: »Wir kennen uns schon unser ganzes Leben. Möchtest du den Rest davon mit mir gemeinsam verbringen?«

Das war so süß! Er hat sich so eine Mühe gemacht. Natürlich will ich den Rest meines Lebens mit ihm verbringen. Wir haben dann deinen Champagner getrunken. Das Essen blieb unangetastet, wie du dir vorstellen kannst.«

Kichernd beendet Nina ihre Erzählung. Wie schön, ich freue mich wirklich für sie.

Wir quatschen noch ein bisschen, bis Nina fragt, was es bei mir Neues gibt.

»Ich habe mich heute mit Jannis getroffen.«

»Was?«

Ich erzähle ihr die Geschichte. Und beende die Erzählung, dass ich jetzt nicht schlauer bin. Ich erkläre, in welchem Gefühlschaos ich mich befinde. Immer wieder werden wir von den Kindern unterbrochen, die wissen wollen, wann es Abendbrot gibt und wann Papa nach Hause kommt, und dann zanken sie sich.

So beschließen Nina und ich, dass wir uns in den nächsten Tagen in Ruhe treffen, um zu reden.

Während des Abendessens versuche ich mich auf die Gespräche zu konzentrieren. Bente darf meinen verwirrten Zustand nicht bemerken.

Heute freue ich mich zum ersten Mal, dass Bente zum Stammtisch des Naturschutzbundes geht. Sonst motze ich immer, wenn er mich abends allein lässt, und versuche ihm einen Abend auf der Couch schmackhaft zu machen.

Was nie funktioniert. Bente würde ohne einen wichtigen Grund den Stammtisch nicht absagen. Ihm ist der Naturschutz wichtig. Ich finde das super, aber meistens hätte ich meinen Mann gern bei mir zu Hause. Heute kommt mir seine abendliche Abwesenheit sehr gelegen. So kann ich meine Gedanken ordnen und mir vielleicht einen Rat bei Nina holen.

Als die Kinder im Bett sind, mixe ich mir einen sauren Apfelwein und mache es mir auf der Terrasse gemütlich. Ich zünde die Kerzen in den Windlichtern, die auf der Terrasse verstreut stehen, an. Ebenso entzünde ich ein paar Räucherstäbchen, die die Stechmücken vertreiben sollen und einen wunderbaren Duft verströmen. Ich liebe den Duft von Zitrone und Sandelholz, lege eine Wolldecke über meine Beine, atme tief durch und nippe an meinem Getränk. Der üppig blühende Apfelbaum hat fast alle Blüten verloren. Bald werden die ersten Fruchtansätze zu sehen sein. Der Flieder steht in voller Pracht und in der Brombeerhecke herrscht reges Treiben. Eine Vogelfamilie hat sich dort häuslich eingerichtet.

Mein Blick schweift über die Felder und den Wald. Im Alltag bemerkt man die Schönheit der heimischen Natur gar nicht. Wir leben hier im Paradies, es ist ruhig, anders als in der hektischen Großstadt.

Heute in Erlstadt habe ich mich viel gehetzter und unruhiger gefühlt. Das könnte auch an Jannis gelegen haben. Den Gedanken an ihn schiebe ich schnell beiseite und konzentriere mich auf meinen Garten. Die Birnbäume müssten demnächst mal wieder geschnitten werden und dem Sandkasten der Jungs fehlt Sand, den müssen wir auffüllen.

Am Wochenende kann ich mein Gemüsebeet bestücken. Die Eisheiligen sind rum und meine vorgezogenen Tomaten, Gurken- und Zucchinipflanzen können ins Freiland gesetzt werden. Zusätzlich säe ich Zwiebeln, Möhren und Salat. Ich liebe meinen kleinen Gemüsegarten. Es ist praktisch, sich selbst zu versorgen und bei einem spontanen Grillfest, hat man immer was da, um einen Salat zuzubereiten. Gemüse aus eigenem Anbau schmeckt einfach lecker. Gerade die Tomaten haben ein viel kräftigeres Aroma wie die Gekauften.

Der Garten macht zwar Arbeit, aber das mache ich gern. Anders als im Haushalt bin ich beim Garten Feuer und Flamme. Bente kennt sich aus in Sachen Obst und Gemüse, in seiner Kindheit bei den Hippies hat er viel über Selbstversorger gelernt. Aus dem Naturschutzverein weiß er, wie man Wildbienen und andere nützliche Insekten schützt. Der

Garten verbindet uns. Ich liebe es, mit Bente Seite an Seite zu arbeiten und dann später, bei einem kühlen Getränk, das fertige Werk zu bewundern.

Mein Glas ist inzwischen leer. Ich gehe in die Küche, um es aufzufüllen. Auf dem Weg nach draußen nehme ich mein Tagebuch und einen Kugelschreiber mit. Jetzt, wo ich mich ein bisschen beruhigt habe, kann ich vielleicht meinen wirren Eintrag von vorhin ergänzen.

Ich lese mein Geschriebenes durch und plötzlich bin ich wieder mittendrin im Geschehen. Ich sehe Jannis eisblauen Augen, das kleine bisschen Milchschaum auf den Barthaaren seiner Oberlippe und das Spiel seiner Muskeln, als er mir den Brief gegeben hat. Der Schmerz in den Augen, das geht mir immer noch durch Mark und Bein.

Ich spüre das Verlangen, ihn zu trösten und in den Arm zu nehmen. Ja, ich will ihn berühren, seine Tattoos anfassen, die Linien des Tribals am Oberarm nachfahren. Ich würde gern wissen, ob sein Bart genauso weich ist, wie er aussieht. Seine Lippen zumindest waren es. Ob Jannis mit Absicht seinen Kopf gedreht hat, damit mein Kuss auf seinem Mund landet?

Die Blicke, die er mir zugeworfen hat, und seine Komplimente haben mir geschmeichelt. Ich muss zugeben, ich habe es sehr genossen.

Wann bekommt man schon mal gesagt, dass man verdammt schöne Augen hat und eine tolle Figur? Da freut sich jede Frau. Und dann noch von so einem attraktiven Kerl. Im Café waren mir die Blicke der anderen Frauen nicht entgangen. Jannis hatte nur Augen für mich. Das tut meinem angeknackstem Ego gut. Vielleicht sollte ich noch mal mit ihm ausgehen.

Mein Glas ist schon wieder leer und ich fülle es ein drittes Mal. Dann ist aber Schluss!

Was spricht dagegen, mich mit ihm zu treffen?

Kapitel 25

Der nächste Tag ist zum Glück ein Samstag. Mir ist etwas flau im Magen. Drei Apfelweine waren zu viel. Max zeigt mir einen Zettel von der Schule. Er soll mit Mama oder Papa ein Interview führen zum Thema »TV früher und heute«. Komisch, was die Kids heute in der Schule lernen. Gut, gebe ich meinem Sohn eben ein Interview.

Zuerst will er meine Lieblingsserie von früher wissen. Das ist gar nicht so einfach. Erstens ist das schon eine Weile her und zweitens gab es da so viele. Ich habe gern *Gegen den Wind*, *Löwenzahn*, *Kommissar Rex* und *Kinder vom Süderhof* gesehen. Aber auch *Hinter Gittern – der Frauenknast* war toll und *Aus heiterem Himmel*. Für was soll ich mich da entscheiden? Da Max schon drängelt, nenne ich ihm *Aus heiterem Himmel*.

Die zweite Frage ist die nach dem Lieblingsfilm. *Pearl Habour* schießt es mir sofort durch den Kopf.

»Och Mama, das kann ich nicht schreiben, hast du nicht einen anderen Film?«, beschwert sich Maximilian.

Na toll, *From Dusk till Dawn* und *Gilbert Grape* sind für einen 7-jährigen auch nicht einfacher zu schreiben. »Dann schreibe *kids* auf, da hat nur vier Buchstaben. k i d s.«

Der Film ist echt krass. Er gehört zu den Top 90er Filmen. Ich frage mich, was die Kinder mit dem Interview machen. Vielleicht ist der Lehrer neugierig?

In der dritten Frage geht es um die Lieblingsschauspieler. Da muss ich kurz überlegen, mir fällt *Leonardo DiCaprio* ein und damit auch *Titanic*. Das war ein mega Film in den 90ern, wenn nicht DER Film. Mein Sohn hasst mich, wenn ich ihn bitte, die Antwort nach dem Lieblingsfilm zu ändern. Also gut, Lieblingsschauspieler. Das ist für mich *Leo DiCaprio*. Die letzte Frage lautet: »Was war dein TV-Kracher am Samstagabend?«

Oh, da gab es viele, *Die 100.000 Mark Show, Traumhochzeit, Geld oder Liebe, Geh aufs Ganze* und *Wetten, dass?* Am besten war *RTL-Samstagnacht*.

Das Interview ist geschafft und mein Sohn zieht zufrieden von dannen. *RTL-Samstagnacht* war damals echt gut. Sprüche wie *Das haben Sie aber gefickt eingeschädelt, Kentucky schreit Ficken* und *Neues vom Spocht* kennt man heute noch. Es gab auch noch *Die Wochenshow* mit Bastian Pastewka, Anke Engelke, Ingolf (zurück zu) Lück und Markus Maria Profitlich. Ich weiß gar nicht, wer da noch dabei war. Meine Favoriten waren Pastewka als Brisko Schneider »Hallo liebe Liebenden« und Anke Engelke als Ricky.

Dafür würde ich heute noch bis tief in die Nacht wachbleiben.

Das Wetter ist schön und wir beschließen, am Vormittag im Garten zu arbeiten und später eine kleine Radtour zu machen.

Ich setzte meine Gemüsepflanzen ins Beet, Bente mäht den Rasen und die Jungs sind beschäftigt. Ich habe ihnen ein Päckchen Radieschensamen in die Hand gedrückt und diese können sie jetzt in einen Kübel pflanzen. Sie planen schon, was man mit Radieschen machen kann. Mit ihrer kindlichen Fantasie entstehen neue Rezeptideen.

Das Mittagessen fällt aus, ich packe Picknick in einen Korb und wir essen unterwegs. Bente kümmert sich um die Decke und Getränke und dann geht es los. Franz' Fahrkünste werden immer besser, sodass unsere Runde heute ein bisschen größer ausfällt. Auf einer schönen Lichtung machen wir Rast und essen. Nach der Anstrengung, im Odenwald ist es hügelig und man muss immer wieder Steigungen überwinden, haben meine drei Männer einen Bärenhunger. Gut, dass ich für ausreichend Proviant gesorgt habe. Die Käsewürfel mit Trauben, die belegten Brote und die Gurkensticks sind schnell verputzt und im Magen ist sogar noch Platz für eine Schale Erdbeeren. Die Kinder toben auf der Wiese und haben mit den Pusteblumen einen riesen Spaß.

Bente und ich machen es uns auf der Decke gemütlich. Herrlich! Außer dem Vogelgezwitscher und dem Lachen der Kinder ist kein Geräusch zu hören. Es riecht nach frisch gemähtem Gras und süßen Blumen. Natur pur. Ich seufze wohlig auf und sehe in den Himmel. Außer ein paar Wölkchen ist nichts zu sehen. Auf einmal klingelt Bentes Handy. Mit einem Blick auf das Display raunt er mir zu, dass es sein Chef ist und er rangehen muss.

»Es ist Wochenende«, maule ich.

Bente geht ein paar Schritte. Als er zurückkommt, beichtet er mir zerknirscht, dass er kurz ins Büro muss. Irgendein großer Deal ist geplatzt und die Chefetage hat eine außerordentliche Sitzung einberaumt. Fassungslos starre ich ihn an, das kann nur ein Scherz sein. Es ist Samstag, Familienzeit. Da ist es mir egal, ob ein Deal platzt. Bente packt unsere Picknickutensilien zusammen.

»Lass das«, zische ich ihn an. »Wenn dir die Bank wichtiger ist als wir, dann geh, aber wir bleiben noch hier.«

»Julia, ich muss dahin. Denk an meine Beförderung. Bitte sei nicht sauer.« Er gibt mir einen flüchtigen Kuss. Dann verabschiedet er sich von den Kindern und bittet sie brav zu sein.

Bente hat gut reden. Ich bin sauer. Stinksauer.

Kapitel 26

Heute, am Sonntag, versucht Bente sein schlechtes Gewissen zu beruhigen und deckt den Frühstückstisch. Mit frisch gepresstem Orangensaft, Spiegelei mit Speck und holländischen Poffertjes, kleinen Pfannkuchen. Dazu hat er sogar Obst aufgeschnitten. Er hat Blumen aus dem Garten gepflückt und hat sich wirklich Mühe gegeben, aber so leicht bin ich nicht zu beeindrucken. Nicht nach der Nummer gestern. Bente hat mich nicht nur allein mit den Jungs zurückradeln lassen, nein, ich musste den ganzen Tag die Kinder allein bespaßen, wir haben allein gegrillt und ich habe sie allein ins Bett gebracht. Allein, allein, allein – dieses Wort wummert durch meinen Kopf wie die Bässe meiner 90er Jahre Musik.

Mein Göttergatte kam erst um halb elf nach Hause. Ich war im Bett und habe gelesen. Als Bente ins Schlafzimmer gesehen hat, habe ich mich schlafend gestellt. Ich wollte auf keinen Fall mit ihm sprechen.

Immer noch bin ich enttäuscht. Wir haben nur die Wochenenden für uns als Familie und die Zeit möchte ich gemeinsam nutzen. Ich bin traurig, dass Ben das nicht so sieht und sauer, dass ich auch da die Kinder habe. Wie wenn es nicht reichen würde, dass ich mich schon unter der Woche krumm mache, um den Kindern gerecht zu werden. Fahrdienste, Diskussionen, Spiele, Vorlesen, ich finde, das alles kann der Papa am Wochenende mal machen. Damit er sieht, wie es ist, wenn man Kinder hat.

Heute mache ich nichts. Überhaupt nichts. Ich koche nicht, ich räume nicht auf und ich schreite nicht ein, wenn Max und Franz sich streiten. Heute ist Papa-Tag. Ich verkrümele mich mit einem guten Buch, meinem Handy und Knabbereien ins Schlafzimmer und mache mir einen gemütlichen Tag. Vielleicht quatsche ich ein bisschen mit Nina oder ich sehe mir eine Serie an oder ich lese einfach. Auf jeden Fall werde ich ausgiebig auf Social Media Plattformen surfen, um up to date zu sein.

Bei der Gelegenheit könnte ich mich um meine Schönheit kümmern und eine Haarpackung auftragen und vielleicht auch eine Gesichtsmaske. Ich habe noch das Zeug von der Kosmetikerin im Bad rumstehen und vom Ansehen allein wird meine Haut nicht straffer und jugendlicher. Meine Beine könnten wieder rasiert werden. Ja, mach ich. Einen Beautytag nur für mich.

Meinen Entschluss verkünde ich beim Frühstück. Bente ist ekelhaft verständnisvoll und schmiedet mit seinen Söhnen einen Plan, was sie heute anstellen. Ich höre gar nicht zu. Es ist mir egal, Hauptsache ich habe meine Ruhe. Ich küsse meine zwei Süßen, fülle meine Tasse mit frischem Kaffee und gehe ins Schlafzimmer. Während ich meinen geliebten Kaffee trinke, tippe ich auf meinem Handy rum, bis ich die richtige App gefunden habe. Als sie sich öffnet, offenbart sich mir die Welt der sozialen Medien. Ich lese wer, laut skurrilem Test, welche Disney Figur ist, wer was auf dem Flohmarkt loswerden möchte, welche Bands auf dem »Wiesenthäler Sommermarkt« nächsten Monat auftreten und welche Make-up Produkte man, beziehungsweise frau, unbedingt braucht. So richtig spannende Dinge habe ich seit meinem letzten Besuch auf der Seite nicht verpasst.

Ich gehe ins Bad, um mein Schönheitsprogramm zu starten. Während das Shampoo einwirkt, rasiere ich meine Beine in der Dusche und benutze das Bodypeeling, das mir Sarah zu Weihnachten geschenkt hat. Dann kommt die Haarpackung dran. Ich schmiere mir die grüne Pampe in die Haare und wickele sie in ein Handtuch. Jetzt kümmere ich mich um mein Gesicht. Erst ein Peeling und dann die Hyaluronmaske. Meine Kosmetikerin wäre stolz auf mich.

Ich schlüpfe in den alten hellgrauen Bademantel und bin bereit für mein Buch. Mit einem dicken Kissen im Rücken kuschele ich mich ins Bett und lese. Gerade als es spannend wird, klingelt mein Handy. Ich sehe aufs Display und lese erstaunt den Namen meiner Schwester. Was will die denn? Anna ruft mich so gut wie nie an.

»Hi Anna, ist was passiert?«

»Guten Morgen Julia, nein es ist nichts passiert. Nichts Schlimmes zumindest. Es ist nur, hast du vielleicht Zeit? Ich habe mich mit Matti gestritten.«

Meine Schwester weint. Ich bin ein bisschen erstaunt, Anna hat mich noch nie wegen so was angerufen.

»Komm vorbei. Ich bin zu Hause.«

»Okay danke. Ich bin in fünf Minuten da.«

Da bin ich mal gespannt, was ich jetzt zu hören bekomme. Ich habe noch nie mitbekommen, dass Anna und Matti Zoff hatten. Eigentlich sind die ein Musterpaar. Gut, mein Schwager ist nicht der einfachste Mann, aber ich habe angenommen, dass Anna gut mit seiner Art zurechtkommt. Matti ist Serbe und hat gern das Sagen im Haus. Leider ist er wegen eines Unfalls arbeitsunfähig und den ganzen Tag zu Hause. Er kümmert sich toll um die gemeinsame Tochter Rosalie und den Haushalt hält er super in Schuss. Da Matti nicht arbeitet, hat meine Schwester eine Vollzeitstelle in der Stadtverwaltung angenommen und verdient gutes Geld. Mich würden Mattis Machosprüche zur Weißglut bringen, aber Anna hat ein dickes Fell.

Da klingelt es. Meine Schwester steht verlegen vor der Tür.

»Ich wollte nicht stören. Ich wusste nicht, dass du im Bad beschäftigt bist.«

Warum im Bad? Ich bin gar nicht beschäftigt. Da fällt mir ein, was für ein Bild ich abgeben muss. Ich habe ja noch die weiße Maske im Gesicht und einen Handtuchturban auf dem Kopf. Dazu der hässliche Bademantel.

Ich versichere Anna, dass ich alle Zeit der Welt habe und ziehe sie ins Haus. Sie sieht nicht gut aus. Anna hat geweint und wahrscheinlich auch nicht viel geschlafen. Sie hat abgenommen und dicke schwarze Ränder unter ihren Augen zeugen von Kummer. Ich nehme sie in den Arm und drücke sie fest. Auch wenn wir in den letzten Jahren wenig Kontakt zueinander gehabt haben, freue ich mich, dass sie mit ihren Sorgen zu mir kommt. Ich schicke sie in die Küche, und bitte sie Tee zu kochen, während ich ins Bad verschwinde. Schnell ziehe ich mir eine bequeme Hose und ein langes Top an und bin bereit für das Seelenunheil meiner großen Sis. Ein Glück, dass Bente und die Jungs nicht da sind. So können wir ungestört reden.

Mit einer dampfenden Tasse in den Händen fängt Anna an zu erzählen. Es stört sie total, dass Matti vom Macho zum Softie mutiert ist. Sie hätte sich in ihn verliebt, weil sie auf seine bestimmende und dominante Art stand. Jetzt sieht sie ihn als Heimchen am Herd und findet ihn total unmännlich, wenn er mit Staubsauger und Feudel bewaffnet durchs Haus zieht. Sie will einen Mann, einen richtigen Mann.

Seit der 90er Party vor einigen Wochen ist es besonders schlimm. Dort hat sie gemerkt, dass sie total auf Machomänner steht. Etwas verschämt gesteht sie mir, dass sie es im Bett gern etwas anders mag. Eher etwas rauer und nicht so ein Streichelsex, den sie mit Matti hat. Seit der Party sei ihr das klar geworden. Matti hat wohl gemerkt, dass irgendetwas nicht stimmt. Anna hat ihm die Sicht ihrer Dinge erklärt und dann ist die Situation eskaliert.

Oje, das möchte kein Mann hören. Ich kann verstehen, dass Matti gekränkt ist, aber ich finde meine Schwester mutig und vor allem konsequent. Einfach anzusprechen was einem stört, das verschafft ihr Respekt meinerseits.

Schwieriges Thema. Vor allem habe ich die Situation im Hause Josvenic ganz anders eingeschätzt. Klar, wenn wir bei Geburtstagen dort waren, war es sauber und ordentlich. Ich dachte immer, Anna steckt dahinter. Für meine Schwester hatte ich gehofft, dass Matti ihr im Haushalt hilft, wo er zu Hause ist, aber ich dachte schon, dass Anna trotzdem dem Löwenanteil übernimmt.

Aus Anna sprudelt es geradezu heraus, sie erzählt, dass ihr Mann kocht und backt. Ich erfahre, dass die leckeren Kuchen und profimäßigen Torten, die es dort immer gibt, nicht von ihr, sondern von Matti sind. An dem ist wahrlich ein Zuckerbäckerin vorbeigegangen. Ich muss kichern. Anna findet das nicht lustig.

»Genau das ist das Problem. Willst du einen Mann, der eine Zuckerbäckerin ist?«

»Ich würde mir wünschen, wenn mir mal jemand den Haushalt abnehmen würde«, werfe ich vorsichtig ein.

»Julia, du weißt ja gar nicht, was du hast. Ja, schon, ein bisschen backen und kochen können ist okay. Wenn Matti ab und zu saugt und aufräumt, ist es auch schön. Aber seitdem er seinen Arbeitsplatz nach Hause verlegt hat, ist er die perfekte Hausfrau!«

»Und du steht nicht auf Frauen, so wie Bekki!« Ich kichere.

»Absolut nicht.« Sie presst ihre Hände so fest zusammen, dass die Knöchel weiß hervortreten. »Klar, Matti kümmert sich um Rosalie und ich kann arbeiten. Jetzt bekomme ich wahrscheinlich sogar den Posten von der alten Fritzler, wenn sie in Rente geht, du weißt schon, die rechte Hand des Bürgermeisters. Und weißt du was: Ich bin mittlerweile lieber im Büro als zu Hause bei meinem soften Mann.«

Viele Frauen würden sich wahrscheinlich freuen, wenn ihr Mann im Haushalt helfen würde, aber Anna hat recht, was zu viel ist, ist zu viel.

Ich wusste wirklich nicht, dass meine ältere Schwester auf die harten Typen steht. Obwohl, sie und Matti sind schon ewig zusammen. Schon seit der Schulzeit. Damals war Matti ein ziemlicher Macho und Draufgänger. Meine Eltern, Sarah und ich haben uns vor der Hochzeit oft gefragt, ob das gutgeht. Anna war zwar in ihrer Teeniezeit eine wilde Technobraut, aber sie hat sich nach und nach zur biederen Streberbraut verändert. Erst die Ausbildung zur Fachfrau für Bürokommunikation in einem Betrieb in der Nähe und dann die Anstellung in der Stadtverwaltung. Ihren Kleidungsstil passte sie den mausgrauen Akten an. Die sonst so quietschbunte Anna mit Sonnenblumen im Haar, wurde zur Faltenrock-Anna. Ihre blonden Haare trägt sie seit Jahren gleich, sie schminkt sich kaum und ihr Kleidungsstil ist konservativ und bieder. Hosenanzüge, Blusen, Kostümchen. Auch die private Garderobe ist wenig spannend.

Matti dagegen war immer ein cooler Draufgänger mit Jeans, Lederjacke und gegelten Haaren. Ich glaube, er wollte aussehen wie Patrick Swayze in Dirty Dancing. Matti ist ein hübscher Mann, mit seinen dunklen Augen und schwarzen Haaren.

So wie sich Anna von der Raverin in ein Mauerblümchen verwandelt ist, ist Matti vom Macho zur Hausfrau mutiert. Das ist der Lauf der Zeit. Menschen verändern sich. Schade, wenn die Reise in verschiedene Richtungen geht.

Und jetzt hat Anne gemerkt, dass das Leben nicht nur aus Akten, Arbeit und Termindruck besteht, sondern noch andere Dinge bereithält. Spaß, Party, Freunde zum Beispiel und dass es Männer gibt, die nicht mit der Kittelschürze in der Küche stehen und den Schneebesen schwingen.

»Sis ehrlich, ich verstehe dich. Mir geht es ähnlich. Ich habe seit der Fete wieder Spaß am Tanzen, Lachen und auf Party. Das macht man viel zu selten. Aber deswegen gleich alles in Frage stellen?«

»Du kommst nicht nach Hause und hast eine männliche Frau am Herd stehen.«

»Wir verändern uns. Was meinst du denn. Bei mir und Bente könnte es doch auch besser laufen, spannender, prickelnder und aufregender, aber so ist es, wenn man länger verheiratet ist. Da ist man nicht mehr frisch verliebt mit Schmetterlingen im Bauch und allem Drum und Dran. Da geht man sich mal auf die Nerven und die ein oder andere Marotte stört. Trotzdem ist es doch der Partner, den man liebt und für den man sich entschieden hat.«

»Schon …« Anna kaut auf der Lippe. »Aber wenn der Partner gar nichts mehr von dem hat, weswegen man sich in ihn verliebt hat? Das ist doch Scheiße! Sorry, tut mir leid, das wollte ich nicht sagen, aber ist doch wahr.«

»Das ist nicht leicht …«

»Du hast leicht reden, dein Mann sieht top aus. Meiner wird immer grauer, dicker und unmännlicher. Ich habe schon oft versucht, ihn zum Sport zu überreden, oder dass er sich mal mit Kumpels trifft. Nein, er will nur gemütlich mit mir auf der Couch sitzen und serbischen Rotwein trinken. Aus seinen frisch polierten Gläsern.«

Der Frust in Annas Stimme ist nicht zu überhören.

»Was macht Matti? Wie seid ihr verblieben?«

Anna erzählt, dass sie sich richtig gestritten hätten. Sie habe Matti hingestellt, wie ein Weichei, eine Tussi, als wenn er schwul wäre. Das lässt er sich nicht bieten. Wenn sie so undankbar sei und seine Arbeit im Haushalt nicht zu schätzen weiß, könne sie gehen. Rosalie und er würden sie nicht brauchen, sie wäre sowieso kaum da. Er hat sie sozusagen rausgeschmissen.

Rosalie habe geweint und sich auf die Seite ihres Papas gestellt.

Und jetzt weint auch Anna. Dass ihr Kind sich gegen sie stellt, scheint ihr weh zu tun. Ich nehme sie in den Arm.

»Sis, du kannst im Gästezimmer bleiben, das ist kein Problem.«

Anna sieht mich erleichtert an. »Danke«

»Was hast du vor? Möchtest du dich von Matti trennen, oder probiert ihr es noch mal?«

»Ich rufe Matti nachher an und versuche mit ihm zu reden. Ein paar Tage Auszeit tut uns sicher gut. Ich brauche einen freien Kopf.«

Wir quatschen noch ein bisschen. Anna erzählt von ihren Männergeschichten und der Zeit, in der sie regelmäßig in Großraumdiscos unterwegs gewesen ist. In den 90er ging schon einiges ab in Sachen Techno. Die beherrschenden Stars waren *Dr. Motte*, *Paul van Dyk*, *Marusha*, *Sven Väth* und vor allem *Westbam*.

Von dem war Anna großer Fan. Die von ihm ins Leben gerufene Technogroßveranstaltung Mayday findet bis heute statt. Anna und ihre damalige Crew waren häufig dabei. Ich habe sie immer so sehr beneidet. Da ich 6 Jahre jünger bin als sie, durfte ich nicht mit. Ich hing an ihren Lippen, als sie von den tausenden von tanzenden Menschen erzählte. Noch krasser war nur die Loveparade. Da war Anna zweimal und die Bilder davon haben Sarah und ich live im TV angesehen. Beeindruckend, wie Tausende halbnackte Menschen durch Berlin getanzt sind.

Was Anna uns verschwiegen hat, gesteht sie mir jetzt. Die Loveparade war ihr krassestes Erlebnis. Eine Millionen Feierwütige, laute Musik, Bässe, die durch Mark und Bein gingen, nackte Leiber, Liebe, Alkohol und Drogen. Und Anna mittendrin.

Bei ihrem zweiten Besuch der Riesenparty habe sie einmal Ecstasy probiert. Ein Kumpel, der jedes Wochenende die

Droge konsumierte, hatte sie überredet. Sie sagt, der Tag war heiß, es war laut, überall Menschen, der unbarmherzige Bass, der überall zu spüren war, das Adrenalin und die Glücksgefühle. An diesem Tag passte es einfach. Sie nahm die Pille mit einem Smiley drauf, spülte sie mit einem Bier hinunter und wartete. Ungefähr 30 Minuten später fing ihr Herz an, schneller zu schlagen, sie konnte Töne sehen und hatte den unbändigen Drang zu tanzen. Ihr Körper wurde geflutet von Energie und Glücksgefühlen. Ihre Füße spürte sie nicht, sie spürte die Liebe der anderen Raver, lachte und sang laut mit. Sie schwitzte, hatte keinen Durst, keinen Hunger und keine Müdigkeit. Sie wollte nur eins, tanzen. Stunden später zogen ihre Freunde sie aus der Menge und überredeten sie, Wasser zu trinken und sich auszuruhen. Als später die Wirkung nachließ, konnte sie sich kaum erinnern. Lediglich ein paar wenige Erinnerungsfetzen waren übrig. Anna fand das schade. Sie war auf die Loveparade gekommen, um dabei zu sein, um Erinnerungen und Erfahrungen zu sammeln. Das war das erste und letzte Mal, dass sie Drogen konsumierte.

Zu Hause hat sie davon nichts erzählt. Obwohl sie volljährig war, wären unserer Eltern im Dreieck gesprungen. Sarah und ich haben uns oft gefragt, ob Anna Erfahrungen mit Drogen gemacht hat. In der Technoszene war das weit verbreitet. Ich weiß von Sarah, dass sie Marihuana geraucht hat. Sie war in einer Clique, in der das zum Alltag gehörte und meine Schwester wollte in nichts nachstehen.

Bei uns waren Drogen kein Thema. Außer legale, wie Alkohol und Zigaretten. Getrunken haben wir oft, viel zu viel. An Alkohol kamen wir, durch Christians uneingeschränkten Zugang des »Waldschrats«, viel einfacher. Oft ließ er die ein oder andere Flasche mitgehen. In den 90ern war es leicht, an

Alkohol zu kommen. Auch als Teenie. In den Supermärkten oder Tankstellen wurde kaum das Alter kontrolliert. Heute sieht die Sache, zum Glück, anders aus. Wenn Maximilian und Franz so leicht an Alk kommen würden wie ich damals, würde mir angst und bange werden.

Wir albern herum und erzählen uns unsere Männergeschichten. Vieles weiß ich gar nicht. Anna ist 6 Jahre älter als ich und im Teeniealter ist es mehr als uncool seiner kleinen Schwester alles zu verraten.

Es tut richtig gut mit ihr. Das haben wir Jahrzehnte nicht mehr gemacht. Keine Ahnung, warum wir kaum Kontakt hatten. Jeder hat in seiner Welt, mit seinen Problemen gelebt. Umso mehr freue ich mich über ihr Vertrauen und ihre Offenheit mir gegenüber.

Annas Telefon klingelt. Es ist Matti. Ich lasse sie allein. Es gibt allerhand zu bereden. Ich bin unsicher, ob ich die Schlafcouch im Gästezimmer beziehen soll. Am besten warte ich das Gespräch ab. Vielleicht kriegen sie das wieder hin. Ich richte einen kleinen Snackteller. Außer dem Frühstück habe ich noch nichts gegessen. So wie Anna aussieht, hat sie schon länger nichts Gescheites mehr zu sich genommen. Ich fülle eine Schale mit schwarzen Oliven, wasche Cocktailtomaten und schneide Paprika auf und lege sie zusammen mit Karottenstiften auf einen Teller. Dazu gibt es einen Kräuterdip. Es sind noch Brötchen von heute Morgen übrig, die passen super zu dem geräucherten Lachs, den ich im Kühlschrank finde. Noch ein paar Käsewürfel und Trauben und fertig ist ein leckerer Snack. Ich koche Tee aus frischen Minzblättern, die im gesamten Garten wuchern. Das Gespräch dauert ewig. Als

Anna aus dem Schlafzimmer kommt, sehe ich sofort, dass ich die Schlafcouch beziehen muss.

Matti will sie nicht sehen. Böse Wörter sind gefallen und die Fronten verhärtet. Sie kann kurz kommen und ein paar Sachen packen, und dann wollen sie sich eine Woche nicht sehen. Nächsten Sonntag treffen sie sich und sehen, wie es weitergeht.

Ich finde die Lösung vernünftig. Während Anna zu Hause das Nötigste packt, richte ich das Gästezimmer her und informiere Bente und die Kinder über unseren Besuch.

Kapitel 27

Die nächste Woche läuft gut. Es ist schön, Anna um mich zu haben. Sie arbeitet Vollzeit, aber abends sitzen wir zusammen und reden. So viel geredet haben wir noch nie. Sie erzählt mir von ihrem Job und ich staune, welche Verantwortung sie trägt. Sie kann nicht, wie ich beim Massieren, ihren Gedanken nachhängen, sie muss stets fokussiert und konzentriert sein und hat sich so in die Materie eingearbeitet, dass sie mir fast wie eine Anwältin vorkommt. Immer hat sie den Chef im Nacken, der Druck macht. Sie sagt, ihr mache das Spaß und sie brauche die Herausforderung.

Sie erzählt mir von ihren Schwiegereltern in Serbien. Matti ist als Kind mit seinen Eltern und seinem Bruder nach Deutschland gekommen, aber außer Matti ist keiner aus der Familie hier heimisch geworden. Die Umstellung war zu groß und die Sehnsucht nach der Heimat trieb die Eltern und den Bruder zurück nach Serbien.

Matti, er hatte nach der Schule einen Ausbildungsplatz in

einem Dachdeckerbetrieb gefunden, blieb allein zurück. Das war hart, aber bald kam er mit Anna zusammen und unsere Eltern übernahmen die Rolle der Ersatzeltern. Sie mochten ihn wirklich und unterstützten ihn bei der Lehre. Matti schloss die Dachdeckerlehre als einer der Besten ab und machte im Anschluss seinen Meister.

Wäre vor ein paar Jahren nicht der Unfall dazwischengekommen, hätte er mit Sicherheit den Betrieb übernommen, als der Chef in den Ruhestand ging. Er kann froh sein, dass er den Unfall glimpflich überstanden hat. Bei dem Sturz vom Dach hat Matti sich, neben zahlreichen Knochenbrüchen, eine Verletzung des Innenohres zugezogen. Dadurch wurde sein Gleichgewichtssinn stark beschädigt. Deshalb ist es ihm unmöglich, in Höhen zu arbeiten. Die Brüche sind verheilt, aber das Innenohr ist irreparabel geschädigt und Matti berufsunfähig.

Anna verdient gut, also ist das kein Drama. Anders als seine damit verbundene Rolle im Hause Josvenic. Mattis Eltern waren nach dem Unfall lange in Deutschland, um ihn zu besuchen und ihre Schwiegertochter zu unterstützen. Sie lieben meine Schwester. Anna hatte gehofft, die beiden dauerhaft bei sich zu behalten. Es blieb beim Besuch und Anna, Matti und Rosalie nutzten die Ferien, um nach Serbien zu reisen, damit sich die Familie wenigsten dann sieht. Anna und Matti haben sich in der Nähe von Mattis Elternhaus eine Wohnung gekauft und fahren, wann immer es geht, nach Zaovine. Laut Annas Beschreibungen ist das Dorf im westlichsten Zipfel des Balkanstaates und liegt am Zaovine See, im Tara Nationalpark, eine wunderschöne Gegend mit Pinienwäldern und unberührter Natur.

Jetzt, wo die Ehe auf der Kippe steht, ist meine Schwester

traurig, vielleicht nicht nur ihren Mann, sondern auch ihre liebgewonnenen Schwiegereltern zu verlieren.

Wir reden auch über schöne Dinge, zum Beispiel unsere Familienurlaube. Einmal im Jahr, meistens in den Sommerferien, zog es uns in die Ferne. Es gab im Vorfeld eine Familienkonferenz. Jeder durfte seinen Urlaubswunsch abgeben. Das war immer chaotisch.

Wir Mädchen wollten ans Meer, Spanien, Italien oder Griechenland. Mama versuchte, uns den hohen Norden schmackhaft zu machen, ihr Traum war es, mit dem Campingwagen Skandinavien zu bereisen. Sarah, Anna und ich fanden campen uncool und wollten in den Süden fliegen. Papa wollte wandern. Ihm hatten es die Schweizer Berge angetan und er mochte es lieber kühler.

Das waren immer Diskussionen. Die hätten wir uns sparen können. Wir landeten immer an der Ostsee auf der Insel Fehmarn, ein Kompromiss, mit dem wir alle fünf leben konnten.

Mama hatte ihren Norden, Papa hatte es nicht so heiß und wir den Strand und das Meer. Wir waren in einem Ferienhaus in Burg untergebracht. Die Insel wurde sowas wie unser zweites Zuhause. Am Südstrand war immer was los und der Strand bei Burgtief erinnert fast an eine Lagune. Zwei Steinwalle schützen den Strand und erwärmen das seichte Wasser. Ideal für Familien und Kinder.

Es gab Segel- und Surfwettbewerbe, bei denen internationale Stars der Sportarten am Start waren und wir Landeier genossen das bunte Treiben. Auf der beschaulichen Insel fuhren wir Rad, bestiegen Leuchttürme, wobei der in Flügge immer unser Liebster war. Wir schwammen im Meer, sonnten uns, aßen Unmengen an Eis und wanderten im Vogelreservat Wallnau. Fehmarn wird auch die Sonneninsel genannt. Der blaue Himmel und die leuchtendgelben Rapsfelder bilden einen wunderschönen Kontrast und motivierten meine Mama jedes Jahr aufs Neue, Unmengen von Fotos zu machen.

Am meisten kichern Anna und ich über unsere Schulzeit. Ich krame alte Fotoalben raus. Wir kringeln uns vor Lachen beim Anblick der Einschulungsfotos.

Annas Einschulung war 1982, dem Jahr meiner Geburt, und das Kleid, das sie trägt, ist an Hässlichkeit kaum zu überbieten. Lila-schwarz gemustert, besitzt der schreckliche Fummel einen riesigen Kragen und einen breiten Bindegürtel. Am schlimmsten ist, dass ihre Klassenkameradinnen Claudia und Sandra das gleiche Kleid anhatten. Wie unglaublich peinlich. Drei Mädels in der Klasse mit dem gleichen Kleid. Gut, so viel Auswahl gab es damals nicht, aber dass drei Mütter dieses potthässliche Ding gekauft haben, ist witzig.

Sarahs Foto ist nicht besser, zwar trägt sie kein Kleid, sondern eine schweinchenrosa Stoffhose mit passender Bluse, und, wie es zu der Zeit angesagt war, ein weißes Spitzen-krägelchen zum Umbinden. Dazu weiße Lackschuhe, die waren ihr ganzer Stolz. Mein Einschulungsbild geht noch. Der geplante blau-weiß gestreifte Matrosenanzug fiel wegen Regen und Kälte ins Wasser und ich durfte eine Jeans mit floralen Aufnähern und passender Jeansjacke anziehen. Über die Gruppenbilder lachen wir laut. Papa trug noch einen Schnauzbart und eine Vokuhila-Frisur und Mama trumpfte mit Dauerwellen auf. Papa musste auf Drängen von seiner Gattin und dem Anlass entsprechend, einen Anzug tragen. Diesen personalisierte er aber stilecht mit einem Hawaiihemd.

Papa hat schon immer Anzüge gehasst und sein Protest war das kunterbunte Hemd. Mama trug einen beigen Hosenrock aus Polyester mit passendem Blüschen, dazu schwarze Pumps. Megahässlich.

Anfang der 90er sah alles anders aus. Das ganze Straßenbild war anders. Die Autos waren kleiner und eckiger, man sah Litfaßsäulen, Anschlagstafeln und Telefonzellen. Telefonzellen! Meine Kinder wissen noch nicht mal, was das ist. Ich kann mich noch genau an den Geruch in den Kabinen erinnern. Eine Mischung aus Urin, Schweiß, modrigem Papier und Zigarettenrauch. Neben dem Telefon hing eine Reihe Telefonbücher, von denen höchstens die Hälfte intakt war. Ich muss weit in meiner Erinnerungskiste kramen, um mich zu erinnern, dass man mit Münzen telefoniert hat.

1990 wurden Telefonkarten eingeführt. Die Karten konnte man bei der Post kaufen und sie kosteten, je nachdem wie viele Einheiten drauf geladen waren, 10 oder 20 Mark. Die Telefonkarten waren sehr wichtig. Es gab noch keine, oder nur sehr wenige Handys.

Ich bekam zu meinem 16. Geburtstag mein erstes Handy geschenkt, das war 1998. Vorher waren wir vogelfrei, unsere Eltern konnten uns nicht erreichen, nicht kontrollieren und nicht orten. Wenn wir uns verspäteten, den Bus verpassten oder was passiert war, suchten wir eine Telefonzelle und hofften, dass genug Guthaben auf der Telefonkarte war. Dann wählten wir die im Kopf gespeicherte Festnetznummer. Wenn wir Glück hatten, waren die Eltern zu Hause und wir konnten unser Anliegen loswerden. Ganz schön kompliziert.

Was fast vollständig von den Straßen verschwunden ist, sind Kaugummiautomaten. Das was das Highlight jedes Spaziergangs im Ort. Es gab verschiedene Arten, angefangen von den einfachen, wo man für 20 Pfennig runde geschmacksneutrale Kaugummikugeln bekam. Die etwas besseren Automaten boten für 50 Pfennig billigen Schmuck, Anhänger oder Klebetattoos in Plastikkugeln. An den guten Automaten konnte man sich für 1 Mark einen Flummi ziehen.

Heute gibt es kaum noch Automaten auf der Straße. Okay, von Zigarettenautomaten abgesehen. Die standen früher an jeder Ecke. Wann habt ihr zuletzt einen Kondomautomaten gesehen? Man konnte einfach so auf der Straße Kondome kaufen. Gut, man hat sich vielleicht erst im Dunkeln dorthin getraut, aber die Möglichkeit bestand.

Es gab in allen kleinen Ortschaften Läden. Bäcker, Metzger oder Tante-Emma-Läden. Die waren toll. Dort gab es alles. Als Kind bekam man diese quadratischen Kaubonbons geschenkt und eine Scheibe Wurst beim Metzger. Das gibt es kaum noch. Jetzt dominieren große Discounter am Stadtrand das Bild.

Hier im Ort gab es auch einen Tante-Emma-Laden. Ich weiß wirklich nicht, ob der Laden einen Namen hatte und wenn ja, wie der lautete, aber umgangssprachlich hieß er »Schusters«. Weil die Inhaberin des Lädchens die Frau des örtlichen Schusters war. Ganz easy, hier auf dem Dorf. Da war ich als Kind richtig gern.

Mit Einkaufskörben aus Metall bin ich, oft mit meiner Oma, durch den beschaulichen Laden getigert. Es gab alles, was man benötigte. Nicht in der Auswahl, die man heute gewohnt ist, aber in dem gemütlichen Lädchen bekam man wirklich alles, was man für das tägliche Leben brauchte. Beim Eintreten ertönte das Bimmeln einer Glocke und die

Inhaberin kam aus ihrer Stube, sofern sie nicht schon im Laden war. Es wurden Neuigkeiten ausgetauscht. Der Einkauf war nicht nur reine Warenanschaffung, sondern das Highlight vieler Menschen im Dorf. Hier traf man sich, hier quatschte man.

Für uns Kinder gab es Eis und die heißersehnte gemischte Tüte. Für 1 Mark stellte man sich aus vielen verschiedenen Gummiteilen seine Lieblinge zusammen. Ob weiße Mäuse, saure Schnüre, Schleckmuscheln, Brauseufos, Kirschlutscher, Colafläschen, Frösche, Schlümpfe oder Riesengummibärchen. Für jeden Geschmack war was dabei. Von der Krämersfrau liebevoll in weiße Papiertüten gepackt, versüßten die Leckereien den Heimweg.

Bei Schusters kaufte ich donnerstags für 2,20 Mark meine Bravo und eine Milka lila Pause dazu.

Leider ist der Laden schon viele Jahre geschlossen, aber ich erinnere mich gern daran.

Auf den Einschulungsfotos sind die Schulranzen zu sehen. Die unterscheiden sich ziemlich von den heutigen Hightech-Tornistern. Damals waren harte, eckige Kästen in. Die gab es von drei Marken: Scout, Mc Neill und Amigo. Die Farbauswahl war ziemlich eingeschränkt. Alle Ranzen wiederholten sich in den Klassen, sodass man aufpassen musste, den richtigen mit nach Hause zu nehmen. Die Innenausstattung war spartanisch, es gab ein großes Fach und vorn ein kleines. Fertig. Dazu das passende Federmäppchen und den Turnbeutel. Anna erinnert sich, dass sie einen lila Delfinranzen hatte, Sarahs war schwarz und mit neonfarbenen Formen bedruckt und ich hatte mir ein grünes Modell mit weißen Hunden ausgesucht.

Wir teilen unsere Schulerinnerungen. Da kommt einiges zusammen und dann giggeln wir wie die Schulmädchen bei Erinnerungen an aufgeräumte Mäppchen, mit Bleistift durchlöcherten Radiergummis, lebensnotwendigen Tintenkillern und diskutieren über Lamy oder Pelikanfüller. Uns fällt ein, dass wir immer die Kügelchen aus den Tintenpatronen gefummelt und gesammelt haben.

Ich erinnere mich an den Sportunterricht, den Mattenwagen, den Barren und die müffelnden Medizinbälle. Das sind nicht Annas Lieblingserinnerungen, sie hat Sport in der Schule gehasst, dafür war ihr Lieblingsfach Kunst, was ich wiederum nicht ausstehen konnte. In den Pausen haben wir, in der Grundschule zumindest, Sticker gesammelt. Wer kennt sie nicht mehr, die großen Tauschbörsen. Zwei Glitzer gegen ein Stoff?

Das Stickeralbum war Anfang der 90er die Eintrittskarte zur Tauschgang. Außerdem spielten wir fangen, Gummitwist und vertrieben uns die Zeit mit Klatschspielen à la »Bei Müllers hats gebrannt brannt brannt, da bin ich hingerannt rannt rannt«.

Und dann waren da noch diese Wollschnüre, die wir uns um die Finger geschlungen und dann in einer bestimmten Reihenfolge aufgelöst haben. Leider fällt weder Anna noch mir ein, wie das Spiel hieß. Vielleicht gab es gar keinen Namen dafür. Sehr beliebt war auch Fußtreten. Da stellten sich alle im Kreis auf, mit einem Fuß in der Mitte zusammen und dann sprang man auseinander, wild umher und versuchte auf den Fuß eines anderen Kindes zu treten. Wer getreten wurde, war raus.

Bei den Jungs stand Autoquartett im Kurs. Sie haben Paninibilder gesammelt, und Chupa Chups Caps. Wenn wir mal eine Freistunde hatten und nicht raus durften, wurde Daumendrücken, Himmel und Hölle oder Galgenmännchen gespielt.

Anstatt Handynachrichten haben wir kleine Zettelchen geschrieben und diese unter den Tischen durch das Klassenzimmer bis zur Zielperson weitergegeben.

Später, in der weiterführenden Schule, war Gummitwist mega uncool. Die Jungs spielten Fußball, Basketball oder Tischtennis. Oder Footbag, auch Hacky-Sack genannt.

Bei uns Mädels war rumstehen und lästern beliebt. Alle rauchten heimlich im Schulklo. Der Dunst in den ekligen Schultoiletten war beachtlich, genauso wie der Nervenkitzel, nicht erwischt zu werden.

Oh Mann, das war eine tolle Zeit.

Kapitel 28

Wir hatten viel Spaß und mich lenkte das ab. Ich war froh, nicht ständig an Jannis zu denken, aber ich wurde durch die Erzählungen, trotzdem an ihn erinnert. Er gehörte ja zu meiner Clique und war Teil meiner Jugend.

Wenn ich ein paar Minuten für mich habe, schwirrt er mir mehr und mehr im Kopf herum. Seinen Geruch habe ich dauernd in der Nase und das Verlangen ihn zu sehen wird immer größer. Gerade bei Gesprächen mit meiner Schwester über Jugendsünden verspüre ich eine Sehnsucht. Vielleicht ist es nur Einbildung, aber ich sehne mich nach Jannis Nähe.

Mit Bente habe ich wenig Kontakt, er lässt uns meist in Ruhe. Er will unsere Weiberabende nicht stören, möchte nicht die Eheprobleme seiner Schwägerin klären und keine Fragen wie *Bente, du als Mann, was würdest du machen?* beantworten. Er versorgt uns mit Tee, Wasser und Snacks, sonst zieht er sich zurück. Einmal streiten wir miteinander, weil ich so wenig Zeit für ihn habe. Aber da sieht er mal, wie es ist, wenn alles andere wichtiger ist.

Am Sonntag treffen sich Anna und Matti zum Gespräch. Unseren Partyabend am Samstag haben Anna und ich verworfen. Wir sehen uns jeden Tag und quatschen. Anna möchte lieber mit Rosalie ins Kino gehen. Für Rosalie ist die Situation besonders schlimm.

Bei mir ist sonst alles wie immer, Kinder, Job, Haushalt. Das Hamsterrad dreht sich weiter. Bei der Arbeit muss ich glücklicherweise nicht sonderlich aufmerksam sein, die Massagegriffe habe ich verinnerlicht, die kann ich im Schlaf abrufen und die spärlichen Gespräche, die entstehen, verkrafte ich gerade noch. Sonst schweifen meine Gedanken ab, und bleiben in der wunderbaren Zeit hängen, als man frei war, Zeit hatte, keinen Verpflichtungen nachkommen musste und einfach nur glücklich war. Wahrscheinlich ist es wie immer: Man sieht die Vergangenheit durch eine rosarote Brille.

In Wahrheit war man gar nicht so frei, glücklich und mit viel Freizeit gesegnet. In meinen Erinnerungen waren die Sommer immer trocken, warm und voller Sonnenschein. Gefühlt waren wir in den 6 Wochen Sommerferien jeden Tag am Badesee. War es wirklich so oder spielt uns unser Gehirn einen Streich?

Man hatte durchaus Verpflichtungen, Hausaufgaben, hat für Klausuren gelernt, im Haushalt geholfen. Manche trugen Zeitungen aus oder jobbten als Babysitter, um sich das Taschengeld aufzubessern. Die Schule begann um 7:30 Uhr, das hieß früh aufstehen. Wirklich frei war man nicht. Es gab mehr oder weniger strenge Regeln von den Eltern und die Vormittage waren alles andere als locker.

Ob nur ich so in der Vergangenheit hängen geblieben bin, oder geht es anderen auch so?

Anna lebt im Hier und Jetzt. Es hat ihr Spaß gemacht, mit mir in der guten alten Zeit zu wühlen. Ihre Erinnerungen waren lange nicht so lebendig wie meine. Ich muss Nina fragen, aber die macht sich momentan rar. Was verständlich ist, wer möchte mit seiner neuen Liebe nicht so viel Zeit wie möglich verbringen?

Zwischen zwei Kunden frage ich Bernd, ob er oft an die Schulzeit oder seine Teenagerzeit denkt. Er braucht gar nicht zu antworten. Sein Blick genügt, um zu wissen, dass das nicht der Fall ist.

Da bin ich wohl ein Exot. Ich ärgere mich. Was bringt es mir, so viel Zeit in der Vergangenheit zu verbringen, das Leben passiert doch JETZT. Mein Kopf versteht es nicht. Immer wieder kommen die Bilder und die damit verbundenen Gefühle hoch. Schöne Gefühle, Gefühle von der jungen Julia.

Das Teeniegirl Julia mag ich lieber als die mürrische, genervte Mama-Julia.

Kapitel 29

Die nächsten Tage sind wunderschön. Weil am Donnerstag ein Feiertag ist und ich den Freitag als Brückentag nutze, habe ich ein langes Wochenende. Wir arbeiten im Garten, chillen viel und grillen fast jeden Abend. Die Kinder toben umher und spielen Ninjago nach. Begriffe wie, ich bin der Meister des Spinjizu, Schlangenmeister, Steinarmee und Nunchakus, schwirren durch den Garten und kleine Ninjas mit bunten Tüchern um den Kopf gebunden flitzen umher. Jeder stellt einen anderen Kämpfer aus Ninjago City dar, mal kämpfen sie gegeneinander, mal gemeinsam gegen den bösen Lord Garmadon, mit viel Spaß und einer Ernsthaftigkeit, dass ich lachen muss. Max und Franzi haben so viel Fantasie und Energie. Um meine Fantasie zu fördern, habe ich mein Tagebuch mit nach draußen genommen. Ich muss meine Gedanken in Worte fassen und hoffe, dass sie dann aus meinem Kopf sind.

Bente hat frei und ich freue mich wirklich auf ein schönes

Familienwochenende. Unsere Nachbarn kommen morgen zum Grillen bei uns vorbei, sonst steht nichts an.

Anna ist am Montag probeweise wieder zu Hause eingezogen. Sie wollen einen Neustart wagen, was Bente und mir Zeit für uns schenkt.

Bente ist im Chill-Modus, das passiert selten. Aber an diesem Wochenende liegt er in der Hängematte, liest und wir trinken zusammen Kaffee und essen Erdbeerkuchen. Ich glaube, es tut ihm gut, abzuschalten von der Arbeit und Zahlen Zahlen sein zu lassen.

Wir planen unsere Sommerferien. Jedes Jahr verreisen wir im Sommer und sind von der Frühbucherfraktion. Dieses Jahr haben wir beschlossen, es uns zu Hause schön zu machen. Bentes Beförderung steht an und er möchte spontan reagieren, falls noch etwas Wichtiges erledigt werden muss. Wir haben die Natur vor der Haustür, das heißt wir können Radtouren oder Wanderungen unternehmen und ein bisschen den Odenwald erkunden. Die Jungs wollen die langersehnte Fahrt mit der Draisine machen und sind schon total gespannt auf die Tropfsteinhöhle. Es gibt jede Menge Tierparks, Burgen und Ruinen, Badeseen, das Felsenmeer und viele weitere Ausflugsziele.

Der Neckar ist nicht weit, da können wir eine Schiffsfahrt machen oder wir besuchen die Sommerrodelbahn. Langweilig wird uns nicht werden. Bente und ich haben drei gemeinsame Urlaubswochen bei unseren Arbeitgebern eingereicht. Bei mir ist es kein Problem, Urlaub in den Ferien zu bekommen. Meine Chefin hat erwachsene Kinder, sie plant ihre Urlaube außerhalb der Ferien und mein Kollege Bernd, ein absoluter Wintersportfan, nimmt Urlaub im Winter, um seinen Hobbys zu frönen. Das ist mir recht!

Bei Bente sind viele Kolleginnen und Kollegen auf die Ferien angewiesen, weil sie schulpflichtige Kinder haben. Mit etwas Geschick in der Planung und gutem Willen sind dieses Jahr volle drei Wochen drin. Wir schreiben alles auf, was wir unternehmen wollen und auch Max und Franz bringen ihre Wünsche ein. Sie würden am liebsten alle Freibäder besuchen, vor allem die, die eine große Rutsche haben. Unsere Liste ist beachtlich. So wird uns wenigstens nicht langweilig.

Während wir ein leckeres Vanilleeis mit frischen Erdbeeren und Sahne genießen, klingelt das Telefon. Mit einem Auge linse ich auf das Display und reiche das Telefon an Bente weiter. Er sieht irritiert aus, geht dann ran.

»Hi Moer!«, begrüßt er seine Mutter. Serenity meldet sich nur selten. Sie lebt in ihrer Aussteigerwelt auf Ibiza und hat nicht oft Sehnsucht nach Bente und den Enkeln.

Ich finde das nicht schlimm, im Gegenteil. Ich mag Serenity wirklich, ich hätte es weitaus schlimmer treffen können mit meiner Schwiegermutter, aber Oma Adri ist schon speziell. Mit ihrer spirituellen und ehrlichen Art muss man klarkommen. Sie hat mich von Anfang an wie eine Tochter gesehen, ich könnte alles von ihr bekommen und ich glaube, ich bin ihr näher als ihr Sohn.

Sie ist anstrengend, sieht einem in die Seele, man kann ihr nichts verheimlichen. Bente hat ein schwieriges Verhältnis zu seiner Moer, er verübelt ihr seine Kindheit. Er wäre lieber bürgerlicher und normaler aufgewachsen und nicht in einer Hippiekommune, aber was geschehen ist, ist geschehen. Sie haben sich arrangiert, jeder lebt sein Leben so, wie er möchte.

Jedenfalls ist es nicht alltäglich, dass Serenity bei uns anruft. Wie ich heraushöre, fragt sie, welche Pläne wir für die Sommerferien haben und lädt uns zu sich nach Ibiza ein.

Einmal sind Bente und ich bei Serenity auf der Kanareninsel gewesen. Wir waren noch nicht verheiratet und die Kinder nicht mal in Planung. Der Trip endete als Katastrophe.

Für Serenity ist es völlig normal, in einer Höhle zu wohnen. Sie teilt sich ihre Behausung mit Gleichgesinnten und jeder lebt so, wie er möchte. Die einen vegetarisch, die anderen vegan, ein paar sind immer nackt. Einige meditieren oder üben sich im Schweigen. Jeder hat seinen Grund, warum er dort lebt. Ich hatte es mir anders vorgestellt. So ein bisschen wie in den 70ern, Blumenkinder, Männer mit langen Haaren, die kiffen und Gitarre spielen. Freie Liebe, nackte Leiber und Friede Freude Eierkuchen.

Die Tage bei Serenity in der Höhle waren hart. Alles musste man bergauf, bergab im nächsten Ort besorgen. Jeden Morgen in aller Frühe 6 km in den nächsten Supermarkt laufen, um einen Kanister Wasser zu holen. Bis zum Mittag ist es im Sommer so heiß, dass es kaum möglich ist, die vielen Liter Wasser zu schleppen. Alles Essbare muss von der nächstgelegenen Ortschaft in die Bucht mit der Höhle geschleppt werden.

Die erste Nacht unter freiem Himmel war noch aufregend. In der zweiten wurde es unbequem und die Intimsphäre fehlte völlig. Unter einem romantischen Urlaub stellte ich mir etwas anderes vor.

Seitdem sind wir nie wieder bei Serenity gewesen. Und jetzt lädt sie uns ein, mit den Kindern. Wie soll das gehen? Was sollen Max und Franz da machen?

Bentes Blick spricht Bände. Er hält von der Einladung noch weniger als ich und das teilt er seiner Mutter auch mit. Sie quatschen noch ein bisschen und dann bekomme ich den Telefonhörer gereicht.

»Moer will mit dir reden.«

Überrascht greife ich nach dem Hörer. »Hallo Adr ... ich meine Serenity. Ich freue mich, von dir zu hören. Wie geht es dir?«

»Hey Julia! Sehr gut. Was ist bei dir los? Ich spüre, deine Seele ist nicht im Einklang. Du entfernst dich von Bente. Kann ich helfen?«

Ich bin so überrascht, dass mir fast das Telefon aus der Hand fällt. Was meint sie denn? Mit dem Telefon gehe ich ins Haus, Bente muss nicht alles mitbekommen.

»Serenity? Es ist alles in Ordnung. Ich habe viel um die Ohren und manchmal haben Bente und ich Meinungsverschiedenheiten, aber sonst ist wirklich alles okay.« Ich hoffe so sehr, dass sie nicht weiterbohrt.

»Okay, Julia. Wenn etwas ist, kannst du mich anrufen. Ich überlege, ob ich euch in Deutschland besuchen kommen soll. Bente sagt, dass ihr nicht zu mir kommen könnt. Was sagst du, soll Oma Adri in den Ferien zu Besuch kommen?

Keine schlechte Idee, dann sehen die Kinder ihre Oma wieder und können eine engere Bindung aufbauen und wenn Serenity bei uns wohnt und was mit den Jungs unternimmt, habe ich ein bisschen Zeit für mich. Bestimmt springt ein freier Abend für Bente und mich raus.

»Serenity, das ist eine großartige Idee. Du bist jederzeit herzlich willkommen. Wann kommst du und wie lange bleibst du?«

»Wie schön, ich wollte erst mal fragen, ob es euch passt. Ich würde kommen, wenn Bente und du wieder arbeiten müsst, dann müsst ihr euch keine Gedanken über die Kinderbetreuung machen. Ist das okay?«

Das klingt gut. Eigentlich waren meine Eltern eingeplant,

Max und Franz zu bereuen, wenn wir wieder arbeiten müssen. Ihnen ist es bestimmt recht, wenn sie ein wenig Unterstützung von Serenity bekommen. Zum Glück verstehen sich unsere Eltern gut.

Anfangs war meine Mutter eingeschüchtert von Serenitys Lebensstil und ihrer hellseherischen Ader. Mittlerweile haben sie ein gutes Verhältnis. Meine Mama bittet Serenity sogar manchmal um Hilfe, wenn ihr etwas auf der Seele liegt.

Das klingt herrlich, die Kids in der Obhut der Großeltern und viel Freizeit für mich. Das werden tolle Ferien!

Kapitel 30

Dieses schöne Wochenende blieb nicht so schön, wie es anfing. Schon samstags habe ich schlechte Laune. Die Nacht war nicht gut, ich habe unruhig geschlafen und wirres Zeug geträumt.

Im Traum war ich ein Schmetterling. Der wusste nicht, was er wollte. Er hatte seine Familie verlassen, weil ihm alles zu langweilig und zu eingefahren war. Jeden Tag die gleichen Blüten, im gleichen Garten mit den gleichen Schmetterlingsfreunden. Er wollte etwas erleben, einen neuen Garten erkunden, den Nektar von anderen Blumen kosten und andere Schmetterlinge treffen.

Eines Tages traute er sich und flatterte in den Nachbarsgarten. Alles war neu und aufregend, der Nektar schmeckte besser als zu Hause und die neuen Schmetterlingsfreunde waren netter und lustiger als seine alten Freunde und die Familie. Also blieb der kleine Schmetterling im neuen Garten. Irgendwann merkte er, dass die Schmetterlingsfreunde langweiliger wurden und der Nektar fader schmeckte. Ihm fehlten seine Eltern und Geschwister und er wollte wieder zurück in sein zuhause. Auf dem Weg dorthin wurde der kleine Schmetterling von einer großen braunen Eule geschnappt und einfach verspeist.

Verschwitzt wache ich nach diesem Traum auf und weine. Ich hatte mich so sehr in diesen kleinen Flattermann hineinversetzt, habe mit ihm gelitten, sein Heimweh gespürt und die Verzweiflung, als er im Schnabel der Eule steckte. Warum das denn? Was hatte der Traum zu bedeuten?

Ich konnte nicht mehr schlafen. Nachdem ich mich ewig hin und her gewälzt und mein Buch zu Ende gelesen habe, bin ich schließlich aufgestanden, um mir Kaffee zu kochen. Der Samstag war gelaufen, ich war müde, hatte schlechte Laune und dachte immer an den Schmetterling.

Ich wollte nur meine Ruhe. Mit kleinen Kindern ist das so eine Sache mit Ruhe. Bente bekam meine miese Laune mit voller Breitseite ab. Alles machte er falsch, ich motzte ihn an, weil das Radio zu laut war, und der Toast zu dunkel. Er konnte mir nichts recht machen. Seine gute Laune ging mir total auf die Nerven. Ich verkrümelte mich mit Kaffee und der Tageszeitung auf den Balkon vor unserem Schlafzimmer. Auf der Titelseite sprang mir Jannis ins Auge. Er hatte mit seiner Agentur einen Medienpreis gewonnen und wurde von der Zeitung interviewt.

Ich überlegte nicht lange, griff nach meinem Handy und schickte ihm eine Nachricht, um ihm zum Erfolg zu gratulieren. Postwendend kam eine Antwort. Wir schrieben eine Weile hin und her. Erst über belanglose Dinge, später dann über persönlichere Themen. Er war ein angenehmer Schreibpartner, aufmerksam, lustig und benutzte keine albernen

Emojis. Es fühlte sich gut an, mit ihm zu schreiben. Nach und nach verschwand meine schlechte Laune und ich grinste wie ein Honigkuchenpferd. Jannis zeigte echtes Interesse an mir, wollte alles über meine Ausbildung und meinen Job in der Praxis wissen und erzählte von seinen Massageerfahrungen in Hotels auf der ganzen Welt. Ich fühlte mich wirklich wohl. So stimmte ich einem gemeinsamen Abendessen zu. Es fühlte sich einfach richtig an.

Zwischen meinem Heimatdorf Wormsen und Erlstadt gibt einen kleinen Wald und darin liegt, etwas versteckt, ein schöner alter Biergarten. Dort gibt es den besten Handkäse in ganz Hessen, versicherte mir Jan. Zu einer Portion der hessischen Leckerei und einem kleinen Bembel Apfelwein, wollte er mich einladen. Wir verabredeten uns gleich für morgen Abend. Ich wusste, da ist Bente zu Hause und kann die Kids hüten. Ich würde Nina als Alibi benutzen. Ich kann Bente schlecht sagen, dass ich mich mit meiner Jugendliebe treffe.

Bente ist über meine plötzliche gute Laune verwundert. Solche Stimmungsschwankungen ist er nicht gewohnt. Wenn ich einmal schlechte Laune habe, dann bleibt die auch. Es gehört schon einiges dazu, mich wieder aufzumuntern. Ich flunkere ihm vor, dass ich mit Nina telefoniert habe und dass die Vorfreude auf den morgigen Abend mit ihr im Biergarten meine Stimmung verbessert hat. Er kauft mir die Story ab, denn er weiß, welchen Einfluss Nina auf mich hat. Allerdings mault er, weil ich in letzter Zeit oft weg bin. Mein schlechtes Gewissen meldet sich prompt. Meiner Freundin schicke ich schnell eine Nachricht »Du bist morgen Abend mein Alibi, falls Bente dich fragt. Ich treffe mich mit Jannis. Bitte keine doofen Fragen. Wir telefonieren. Ich hab dich lieb.«

Kapitel 31

Ich bin auf dem Weg zu »Emmis Biergarten«. Das Wetter ist traumhaft schön. Sogar am Abend ist es noch richtig warm. Ich fahre die Fenster herunter. Meine Haare wehen im Wind. Ich freue mich wahnsinnig, Jannis zu sehen und hätte mich gern mehr herausgeputzt, aber ich wollte auf keinen Fall, dass Bente Verdacht schöpft. Er denkt ja, dass ich mit Nina verabredet bin und kennt mich. Für Nina donnere ich mich nicht auf. Ich trage ein kurzes, dunkelgrünes Leinenkleid, meine Haare lasse ich offen und mein Make-up ist sehr dezent. Für den Fall, dass es kühler wird, habe ich eine Jeansjacke dabei.

Bei der Lokation angekommen, suche ich uns einen sonnigen Platz aus und schiebe mir die Sonnenbrille auf die Nase. Es ist wirklich wunderschön hier, ein schnuckeliger Biergarten. Nicht wie sonst, mit unbequemen Bierbänken, nein, hier stehen zusammengewürfelte Tische, Stühle und sogar ein alter Ohrensessel im Garten. Auf jedem Tisch blüht ein Strauß Wiesenblumen. Die Bäume sind mit Lichterketten und Girlanden geschmückt und tauchen alles, wenn es dunkler wird, in ein warmes Licht. Es gibt nur 5 Tische und es herrscht eine intime, familiäre Stimmung. Ich bestelle einen Bembel Apfelwein, eine Flasche Wasser und zwei Gläser. Mit dem Essen warte ich, bis Jannis da ist.

Ich lehne mich zurück, atme tief durch und genieße die friedliche Stille im Wald.

Mit breitem Grinsen kommt Jan auf mich zu. Mir stockt fast der Atem, als ich ihn sehe. Der Mann ist so heiß! Er trägt kurze, zerrissene Shorts, Chucks und ein weißes Shirt mit tiefem V-Ausschnitt. Seine blonden Brusthaare sind zu sehen und jede Menge Tattoos. Die Haare hat er zu einem unordentlichen Knoten zusammen gezwirbelt. Seine Augen strahlen blau wie eh und je. Ich nehme einem Schluck von meinem Getränk, bevor ich aufstehe, um ihn zur Begrüßung zu umarmen. Mmmh, der Geruch ...

Sofort knistert es zwischen uns. Vergessen sind Mann und Kinder.

Wir trinken, essen und reden. Immer wieder berühren sich unsere Hände oder Arme wie zufällig. Blitze durchzucken mich und die Hitze schießt in meinen Unterleib.

Die sexuelle Spannung lädt die Luft auf, das merken wir. Jannis sieht mir in die Augen, wobei sein Blick zugleich meinen Körper abscannt. Er erzählt von seiner Arbeit, seinen Reisen und seinen Ex-Partnerinnen. Die zwar alle wunderschön und smart und sexy waren, aber das gewisse Etwas hat ihm bisher immer zum nächsten Schritt gefehlt.

Einmal wäre es sogar fast zu spät gewesen. Er war verlobt, die Hochzeit geplant und am Tag der Trauung hat er seine Freundin quasi vor dem Altar stehen lassen. Es fühlte sich nicht richtig an. Etwas hatte gefehlt und er war sich seiner Gefühle nicht mehr sicher. Jannis flüstert mir ins Ohr: »Keine war wie du!«

Die Härchen an meinen Armen stellen sich auf. Ich bekomme eine Gänsehaut, als er so nah an meinem Ohr ist. Ich müsste nur kurz meinen Kopf drehen, dann könnte ich ihn küssen. Noch als ich darüber nachdenke, entschuldigt Jannis sich, um auf die Toilette zu gehen.

Mir schwirren tausend Gedanken im Kopf herum. Mir wird heiß und kalt zugleich, meine Hände schwitzen und mein Herz schlägt wie wild. Um ein Haar hätte ich ihn geküsst. Was ist los mit mir?

Die Spannung zwischen uns ist unerträglich. Ich fühle mich wohl bei ihm und extrem zu ihm hingezogen. Jannis geht es genauso. Es ist wie damals am See. Da ist etwas Großes zwischen uns, und wie damals haut Jannis ab. Zwar nur auf die Toilette, aber die Angst, wieder verletzt zu werden, ist da. Ich fühle mich wie mit 16, aber anders als damals, kommt Jannis wieder. Er zwinkert der Bedienung zu, bevor er sich zu mir setzt und meine Hände in seine nimmt.

»Julia, ich will dich. Alle Gefühle sind wieder da. Dir geht es doch auch so. Ich spüre es.«

»Also, ja … nein!« Meine Gedanken wirbeln und ich stottere nur rum.

»Da ist eine starke Verbindung zwischen uns.«

»Schon, Jannis. Aber Sex ist nicht alles. Ich habe Verpflichtungen…«

Ungeduldig unterbricht er mich. »Ja, du bist verheiratet und hast eine Familie, aber, puh! Ich liebe dich nun mal.«

Ich starre Jannis an. Hat er das wirklich gesagt? In seinem Gesicht spiegeln sich Hoffnung, Verletzlichkeit und Angst.

Er scheint Angst zu haben, will nicht enttäuscht werden. Mir geht es genauso. Seine eisblauen Augen sehen mich liebevoll an und warten auf eine Reaktion von mir.

»Jan! Ich bin … sprachlos … verwirrt. Ja, auch ich fühle die Vertrautheit. Ich verliere mich in Tagträumen, sehe dich vor meinem inneren Auge, ich rieche deinen Duft und ich höre deine Stimme. Ich will dich, mein Körper ist verrückt nach dir … Aber ich weiß nicht, ob ich das Bente antun kann. Wie soll das funktionieren?«

Jannis küsst vorsichtig meine Fingerspitzen, ein Schauer läuft mir über den Rücken.

»Gib uns eine Chance! Ich ertrage den Gedanken nicht, niemals zu erfahren, wie es mit uns gewesen wäre.«

Das ist so verlockend. Jannis spricht mir aus der Seele. Mich macht es verrückt, nicht zu wissen, wie es gewesen wäre. Vielleicht passen wir nicht zueinander und ich könnte mit gutem Gewissen weiterleben. Diese Ungewissheit wäre endlich weg.

Ich sehne mich so, in Jannis´ Arme zu sinken, ihn zu berühren, zu spüren und zu küssen. Eine Hitzewelle überkommt mich. Vor Aufregung, Erregung und Angst vor der Zukunft fange ich an zu zittern. Jannis legt seinen Arm um mich und zieht mich näher an sich. Es fühlt sich perfekt an.

»Komm, wir gehen ein Stück. Ein bisschen Bewegung wird uns guttun. Ich habe schon bezahlt, als ich auf Toilette war. Ich kenne da einen Rundweg. Vertrau mir.«

Ein paar Meter vom Biergarten entfernt führt eine Abzweigung in den Wald. Wir folgen dem Weg und als wir außer Sichtweite der Gaststätte sind, nimmt Jannis meine Hand. Seine Haut ist warm und etwas rau. Ich mag es, wenn

Männer keine zarten Pfötchen haben, sondern Hände, die anpacken können. Sein Daumen streichelt über meinen Handrücken. Wir gehen schweigsam nebeneinander her.

Ich versuche, meine Gedanken zu ordnen. Es gelingt einfach nicht. Für mich zählt nur das Jetzt. Ich ziehe Jannis an mich heran, schlinge meine Arme um seinen Hals und küsse ihn. Sofort erwidert er meinen Kuss. Er drückt mich eng an sich, so eng, dass ich sein Herz an meinem Herzen pochen spüre und ganz zärtlich umfasst er mein Gesicht und küsst mich so leidenschaftlich, dass meine Knie weich werden.

Unsere Münder, unsere Zungen verschmelzen miteinander. Ich dränge mich näher an ihn. Mein Körper explodiert. Keine Ahnung, wie lange wir uns küssen. Irgendwann vibrierte mein Handy. Ich ignoriere es. Nach dem dritten Mal sehe ich verärgert auf das Display. Zwei Anrufe von Bente und einer von Nina. Hat man denn nie seine Ruhe?

Gerade will ich das Smartphone zurück in meine Handtasche gleiten lassen, bekomme ich eine Nachricht von Nina. »Bente hat angerufen, Franz hat hohes Fieber. Ich habe ihm gesagt, dass du auf Toilette bist. Ruf ihn sofort an!«

Oh nein, Bente hat bei Nina angerufen, weil er mich nicht erreicht hat. Zum Glück hat sie mitgespielt. Sofort rufe ich zu Hause an. Franz fiebert und hat sich mehrmals übergeben.

»Ich komme sofort«, rufe ich und lege auf.

Ich erkläre Jannis die Situation und wir gehen den Waldweg zurück zu unseren Autos. Zum Abschied küssen wir uns und Jannis wünscht mir eine gute Nacht. Ich verspreche ihm, mich zu melden.

An die Heimfahrt erinnere ich mich nicht mehr.

Zu Hause ist wieder alles ruhig, Franz bricht nicht mehr und dank des Fieberzäpfchens, das Bente ihm gegeben hat, schläft er friedlich. Ich stopfe die vollgespuckte Bettwäsche in die Waschmaschine und starte das Programm.

Dann setze ich mich zu Bente auf die Couch und sehe mit ihm den Film, den er angefangen hat. Ich bekomme nicht viel mit. Jannis geht mir nicht aus dem Kopf. Also gebe ich vor, müde zu sein, und verabschiede mich ins Bett. Heute gibt es viel, was ich in mein Tagebuch schreiben muss. Jedes noch so kleine Detail, wird von mir festgehalten. Nach dem Schreibmarathon bin ich immer noch verwirrt. Einerseits bin ich völlig glücklich. Endlich haben Jannis und ich die Chance, die ich mir immer gewünscht habe. Er küsst fantastisch und jede Zelle meines Körpers sehnt sich nach ihm.

Andererseits habe ich Bente betrogen. Meinen geliebten Bente, der alles für mich ist, der mich mit all meinen Macken liebt und der mir zwei wundervolle Kinder geschenkt hat.

Wie konnte ich ihm das nur antun? Mir steht eine schlaflose Nacht bevor.

Kapitel 32

Starke Arme umfassen mich von hinten. Er küsst meinen Nacken und die empfindliche Stelle an den Ohrläppchen. Seine Hände wandern langsam von meinem Bauch nach oben und umschließen meine Brüste. Die rauen und zugleich zärtlichen Finger wissen genau, was sie tun. Meine Brustwarzen werden durch die Berührung hart. Seine Hände sind überall. Alles Blut meines Körpers schießt in meinen Unterleib. Ich kann nicht mehr denken.

Langsam drehe ich mich zu ihm um, presse mich eng an ihn und unsere Münder verschmelzen miteinander. Ein Keuchen dringt aus seiner Kehle. Meine Hände wandern unter seinem Shirt von seinen kräftigen Schultern nach unten. Ich fahre den harten Spann seines Rückenstreckers nach unten, spüre die trainierte Taille und komme schließlich bei dem knackigen Po an. Erregt ziehe ich ihn noch näher an mich, merke seine Lust.

Seine Hände tun es den meinen gleich. Unsere Zungen

spielen ein Spiel aus Locken und Reizen. Es, nein er, macht mich wahnsinnig an.

Ich zerre ihm das störende T-Shirt über den Kopf. Dabei weht mir eine Wolke seines Duftes in die Nase. Meine Knie werden weich. Er bemerkt es und hebt mich mühelos hoch. Ich schlinge meine Beine um seine Hüften, er trägt mich zum Bett. Sachte legt er mich ab und kniet sich neben mich. Er umfasst mein Gesicht und küsst mich, wie mich zuvor noch kein Mann geküsst hat. Dann bedeckt er meine Stirn, meine Wange, meine Nase, einfach alles und meinen Hals mit kleinen Küssen. Mit einem Ruck entledigt er mich meines Tops und küsst meine Brust. Ich halte die Luft an, als er das Körbchen meines BHs zur Seite schiebt, um meine Brust zu liebkosen. Ich liebe es, wenn ein Mann weiß, was er tut. Er küsst und leckt und saugt und bringt mich damit fast um den Verstand.

Meine Hände krallen sich in seine Haare und ich stöhne leise auf. Er wandert weiter nach unten. Zum Glück habe ich einen Rock an, somit ist er gleich an Ort und Stelle. Es gefällt ihm, mich zu reizen. Er küsst meinen Bauch, meine Hüften und Oberschenkel. Ich halte es fast nicht mehr aus und recke mich ihm entgegen. Endlich hat er Erbarmen und seine Finger gleiten in mich hinein. Das fühlt sich so gut an. Mit großer Erfahrung und viel Gefühl reibt er genau an den richtigen Stellen. Ich habe meinen Unterleib nicht mehr unter Kontrolle, zucke und bäume mich ihm entgegen. Ich werde schier wahnsinnig vor Verlangen. Ich will ihn. Ich will ihn spüren.

Er soll nicht zu kurz kommen. Ich sage mit rauer Stimme: »Du bist dran.«

Während er sich auf den Rücken legt, ziehe ich mir

den störenden Rock und das Höschen aus. Seine Erregung zeichnet sich deutlich in seiner Jeans ab. Der Stoff muss weg. Während ich ihn fiebrig küsse, fahren meine Hände die Linien seiner vielen Tattoos auf der Brust nach. Sein Brusthaar ist weich und die Brustwarze darunter vor Erregung hart.

Meine Finger wandern abwärts, und ich öffne die Knöpfe seiner Hose. Seine Erregung springt mir entgegen. Er trägt keine Unterhose. Die Größe seines besten Stückes kenne ich schon. Ich bin trotzdem überrascht, lasse mir Zeit, um jeden Millimeter zu erkunden. Ich höre ein leises Stöhnen und nach kurzer Zeit das Knistern von Papier.

Mit einem Kondom in der Hand sagt er: »Wenn du so weitermachst, ist es gleich zu spät.« Geschickt streift er das Kondom über seinen fast platzenden Schwanz und dann …

Verwirrt, verschwitzt und erregt wache ich auf. Um mich herum ist alles dunkel. Ich höre Bentes gleichmäßige Atemzüge. Erleichtert atme ich tief durch. Ich habe nur geträumt. Geträumt von Sex mit Jannis.

Kapitel 33

An Schlaf ist nicht mehr zu denken. Es hat sich so real angefühlt. Und so gut. Mein schlechtes Gewissen pocht. Ich habe Bente im Schlaf betrogen. Dafür, was ich träume, kann ich doch nichts. Man verarbeitet im Traum viele Dinge. Muss ich deswegen wirklich ein mieses Gewissen haben? Ich stöhne auf. Warum ist das alles so kompliziert? Wo ist dieses leichte und unbeschwerte Leben hin?

Ist es das, was ich will? Mit Jannis schlafen? Zwischen uns knistern 20 Jahre aufgestaute Lust. Ist es das wert? Soll ich Bente wirklich betrügen?

Noch ist nichts passiert, außer einem realen Kuss im Wald und Sex im Traum. Wenn ich jetzt die Reißleine ziehe, ist alles gut. Nichts, womit ich und mein Gewissen nicht leben könnten.

Ich will Bente nicht aufwecken und lasse mich mit meinem Tagebuch und einem Kaffee auf der Couch nieder. Tagebuchschreiben hilft mir immer. Gedanken ordnen und reflektieren. Beim Aufschreiben meiner Sorgen habe ich in der Vergangenheit oft neue Impulse gefunden oder die richtigen Entscheidungen getroffen. Die Bücher sind meine externe Seele. Ich kann wirklich nur hoffen, dass diese Schätze niemals jemand findet. Vor allem nicht Bente.

Diesmal hilft mir mein Tagebuch nicht. Ich weiß einfach nicht, was ich machen soll.

Ich sehe auf mein Handy und kontrolliere meinen E-Mail-Eingang auf neue Mails. Neben nervigen Werbemails entdecke ich eine von Serenity. Sie scheint früh auf den Beinen zu sein. Die E-Mail ist erst vor fünf Minuten geschickt worden. Der Inhalt enthält, unter anderem, Flugdaten. In einer Woche ist sie da.

Sie wollte doch erst in den Sommerferien kommen. Bis dahin sind es noch über zwei Monate. Komisch. Ich lese weiter. Sie schreibt, sie merke ein deutliches Ungleichgewicht in meiner Seele und sie möchte mir helfen. Ich solle nichts Unüberlegtes tun.

Die Frau ist mir unheimlich. Woher weiß sie das? Ob sie wirklich spürt, dass ich im Begriff bin, Bente zu betrügen? Dass ich Gefühle für einen anderen Mann habe?

Dass sie über tausende von Kilometern Entfernung spüren kann, was bei uns los ist, kann ich mir nicht vorstellen. Gut, wir werden sehen. In einer Woche ist sie hier. Ich notiere die Flugdaten und hänge sie in der Küche an den Kühlschrank.

Ich decke den Frühstückstisch und springe unter die Dusche, bevor ich die Kinder wecke. Bente überrasche ich mit einem Kaffee im Bett und erzähle ihm, dass seine Mutter nächste Woche Montag um 19:00 Uhr in Frankfurt landet und bitte ihn, pünktlich Feierabend zu machen, um sie abzuholen.

Den restlichen Tag bin ich trotz Müdigkeit aufgekratzt. Der Traum macht mich fertig. Ich weiß nicht, was ich denken soll. Das Gefühl, Jannis zu spüren, war so real. Es fühlte sich an, als wenn ich endlich angekommen wäre. Fremd und vertraut zugleich. Alles fühlte sich so gut an, so perfekt. Bente ist gut im Bett, keine Frage, aber so intensive Gefühle hatte ich schon lange nicht mehr.

Es ist sicher normal, dass man nach zehn Jahren Ehe nicht mehr jeden Abend übereinander herfällt, aber ein wenig eingeschlafen ist unser Liebesleben auf jeden Fall. Vielleicht sollte ich daran arbeiten. Wenn mit Bente alles in Butter wäre, müsste ich nicht von Sex mit anderen Männern träumen, oder?

Verbotene Früchte schmecken aber am besten, genauso gut wie die Schokolade, die ich aus der Süßigkeiten Schublade meiner Mutter stibitzt habe.

Und dann diese Mail von Serenity! So langsam glaube ich wirklich, dass sie besondere Fähigkeiten hat. Keine Ahnung wie man das nennt. Hellsehen? Jedenfalls scheint sie einen Draht zu meiner Gefühlswelt zu haben. Sie sieht oder spürt, dass meine Welt ins Wanken gerät, dass unsere Ehe auf der Kippe steht und dass ich bereit bin, Bente für einen anderen Mann zu verlassen.

Würde ich das wirklich tun?

Ich schließe die Augen und horche tief in mich hinein. Liebe ich Bente noch? Liebe ich Jannis? Welche Gefühle sind stärker, präsenter und intensiver?

Jannis! Ich bekomme Herzklopfen, ich sehe seine eisblauen Augen vor mir und habe seinen Geruch in der Nase. Schmetterlinge wirbeln im Bauch und meine Hände werden feucht. Ich bemerke ein Lächeln, dass meine Lippen umspielt und ich bin frei, glücklich und wieder jung. Das ist es! Mit Jannis fühle ich mich in eine andere Zeit versetzt. Eine Zeit, in der ich glücklich war.

Frei wie ein Vogel, jung, hübsch und beliebt. Mein Leben war leicht wie eine Feder. Eine kleine, flauschige Feder, die vom lauen Wind getragen wird. Mal geht es ein wenig abwärts, aber es dauert nicht lange und der Wind frischt auf und trägt die Feder hoch in die Luft, wirbelt sie herum und zeigt ihr immer neue Bewegungen. So war mein Leben. Leichte Tiefen, aber dafür umso schönere Höhenflüge.

Wogegen sich mein Leben heute zäh und verkrampft anfühlt. Voller Zwänge und Routinen. Die Leichtigkeit ist einer Trägheit gewichen. Die unbändige Energie und Freude sind verschwunden.

Liegt das an Bente? Wohl eher an der Tatsache, dass ich schon lange nicht mehr frei bin. Ich trage in meinen Job Verantwortung und meiner Chefin gegenüber Verpflichtungen. Der ungeliebte Haushalt verlangt mir einiges ab und als Ehefrau, muss man Abstriche machen und Kompromisse eingehen. Und dann die Größte aller Herausforderungen, die Kinder. Die Verantwortung, die ich ihnen gegenüber spüre, ist gigantisch. Ich will sie schützen, sie versorgen und zu guten, selbstständigen und glücklichen Menschen erziehen, und dass, obwohl ich das meiste davon nicht kann.

Wie sollen meine Kinder glücklich sein, wenn ich es nicht bin? Kann ich aus ihnen verantwortungsbewusste Menschen machen, wenn ich keine Verantwortung übernehmen möchte? Wie kann ich sie zu ordentlichen Jungs erziehen, wenn ich im Chaos versinke? Ich bin ihr Vorbild, ihr Halt und ihre Bezugsperson.

Tränen suchen sich den Weg über mein Gesicht. Der Gedanke, keine gute Mutter zu sein, macht mich fertig. Ich liebe meine Kinder. Das ist wahrscheinlich schon mehr als andere Kinder von ihren Eltern bekommen. Mein Anspruch an mich als Mutter, ist höher als die reine Mutterliebe. Meine Jungs verdienen nur das Beste!

Wenn ich mich für Jannis und ein neues, aufregendes Leben entscheide, wäre das für meine Kids das Schlimmste, was ich ihnen antun könnte. Oder wären sie an Ende vielleicht glücklicher, weil ich glücklicher wäre?

Das Leben mit Bente ist nicht nur schlecht. Ich liebe, wie er mit mir umgeht, seinen Humor, seine holländischen Sprichwörter. Ich mag seinen breiten Mund mit den vollen Lippen und genieße die Ruhe, die er ausstrahlt. Er ist mein Fels in der Brandung, die Person, die mich erdet und mich aufbaut. Seit ich mit ihm zusammen bin, hat sich meine Welt und meine Sicht auf das Leben verändert. Ich bin glücklich, ihn zu haben, und ich möchte ihn nicht verlieren.

Wäre mir Jannis auf der Fete nur nicht über den Weg gelaufen. Dann wäre alles so geblieben, wie vorher und alle wären glücklich.

Oh Mann, ich raufe mir die Haare, wische die Tränen aus meinem Gesicht und versuche krampfhaft, eine Lösung zu finden. Ich muss mich mit Jannis treffen. Wir simsen zusammen:

Julia
Guten Morgen! Ich wollte mich bei dir für den schönen Abend bedanken und die Einladung. Ich muss sagen, ich bin etwas verwirrt. Können wir uns treffen? Liebe Grüße Julia.

Jannis

Guten Morgen, Süße! Klar können wir uns treffen. Von mir aus jeden Tag. Ich fand den Abend wunderschön, vor allem den Kuss! Wie geht es deinem Kleinen? Alles wieder in Ordnung? Wann hast du Zeit? Ich verschiebe für dich jederzeit meine Termine. Liebe Grüße J

Julia

Franz geht es wieder gut, danke. Würde bei dir morgen Abend passen?

Jannis

Geht klar. Komm zu mir, ich koche für uns. 19:00 Uhr in der Friedrich-Ebert-Straße 20 in Erlstadt.

Julia

Okay, ich bin da. Ich freue mich!

Jannis

Ich mich auch, Julia. Sehr sogar! Bis morgen.

Ich bin gespannt, wie Jannis wohnt. Schnell sehe ich auf Google Maps nach, wo die Friedrich-Ebert-Straße ist. Es scheint ein größeres Gebäude zu sein, etwas abseits der City. Jetzt brauche ich nur noch eine Ausrede für Bente.

Das schlechte Gewissen nagt an mir. Es geht nicht anders. Nina kann ich nicht schon wieder als Ausrede benutzen. Die muss ich noch anrufen, um mich für ihre geistesgegenwärtige Reaktion zu bedanken.

Vielleicht kann ich vorgeben, eine Weiterbildung zu haben? Um die Uhrzeit ziemlich unglaubwürdig. Anna!

Genau, meine Schwester ist mir noch was schuldig, weil ich sie bei uns aufgenommen habe bei ihrem Stress mit Matti. Ich rufe sie gleich mal an.

Sie geht sofort ans Telefon und ist bereit, mein Alibi zu spielen. Ich erkläre ihr kurz, warum ich nach Erlstadt muss und anstatt einer schwesterlichen Belehrung, die ich erwartet habe, wünscht sie mir viel Spaß. Sie hat es nur ein paar Tage bei Matti ausgehalten. Es funktioniert einfach nicht mehr. Sie ist ausgezogen und wohnt in der Nähe ihres Hauses in einer kleinen 2-Zimmerwohnung. Rosalie ist am Boden zerstört. Das macht Anna zu schafften. Für eine 13-jährige ist die Trennung der Eltern immer der Super-GAU. Ich schicke meiner Sis liebe Grüße durchs Telefon und biete ihr meine Hilfe oder ein offenes Ohr an.

Ich drücke Bente, der am Frühstückstisch sitzt, einen Kuss auf die Wange und erzähle ihm vom Auszug und der Trennung meiner Schwester.

»Ich würde morgen Abend mit ihr nach Erlstadt ins Kino gehen. Ist das okay? Bist du zu Hause?«, flunkere ich.

Bente hat Verständnis, dass ich mich um Anna kümmern möchte. Sein Verständnis bricht mir fast das Herz und mir wird vor lauter schlechtem Gewissen richtig übel.

Kapitel 34

Ich nutze die Entspannungsphase meiner Kunden aus, flüchte vor der Zukunft und hänge stattdessen in den 90er ab. Vorhin habe ich im Pausenraum Radiowerbung gehört und mir sind einige Werbejingels eingefallen. TV-Werbung. An Radiowerbung kann ich mich nicht mehr erinnern. Gab es die früher überhaupt?

Jedenfalls stehe ich an der Massagebank und sinniere über die Werbefiguren und dessen einprägsamen Sprüche nach, während ich Herr Holzschuhs Rücken bearbeite.

Herr Angelo, der Nescafe-Mann, mit seinem Spruch *Isch abe gar keine Auto*, oder Harald, dessen *Bier, so schön at geprickelt in meine Bauchnabel*, unvergessen das kleine Männchen von Frufo Kinderquark, oder der coole Almöhi von Milka mit seinem *Aber vorsicht, I's cool man*. Super fand ich die Werthers Echte Werbung, oder Thomy, hier kommt der Genuss (bing), bei Calgonit *klappte es*, dank, glasklaren Gläsern, *auch bei dem Nachbarn* und bei den Worten *Stell dir mal vor, da ist ein Platz, du weißt schon wo. Da schenkt man dir ein Lächeln und sagt, einfach gut* ..., bekam man Hunger auf Burger.

Eine Werbung, die heute noch jeder sofort zuordnen kann, ist die von Langnese. *Weißt du noch im letzten Jahr* ... *so schmeckt der Sommer* ... Der Spot funktioniert immer noch. Eis geht immer. Das berühmte Bum Bum Eis mit Kaugummi im Inneren, Nogger, Cornetto oder Sky. Na toll, jetzt habe ich einen Ohrwurm von der Zott Sahnejoghurt Werbung.

Während ich meistens bei der lästigen Werbung wegzappe, habe ich damals die Werbepausen geliebt. Meine Schwestern und ich haben Werbungraten gespielt. Wer zuerst erraten hat, welche Firma zu sehen ist, hat gewonnen. Ich kenne kaum eine Familie, die das damals nicht gespielt hat.

Was Anna, Sarah und ich mochten, waren Cartoons. Die *Simpsons, Sailer Moon, Captain Planet, Mila Superstar, Pinky und der Brain, Dragonball, Digimon* und *Kickers.* Amerikanische Serien wie *Friends, Der Prinz von Bel-Air, Eine schrecklich nette Familie* und *Roseanne* fanden wir super. Es war eine andere Welt, die einem da präsentiert wurde. Unsere Eltern waren genervt von dem Schund, aber wir Mädels waren völlig begeistert, vor allem von *Friends.*

Vor kurzem hat Maximilian *Die Dinos* auf seinem Tablet entdeckt und ist zum Fan geworden. Seitdem ertönt regelmäßig *nicht die Mama, nicht die Mama,* aus dem Wohnzimmer und ich fühle mich um Jahrzehnte zurückversetzt. Die Kinder lachen sich noch genauso über das kleine dicke Dino-Baby kaputt, wie wir früher.

Manche Dinge funktionieren generationsübergreifend. Ebenso, wie Löwenzahn, das gibt es immer noch, zwar mit einem neuen Peter Lustig, aber der blaue Bauwagen ist noch dabei.

Die Sendung mit der Maus ist sogar heute noch im Rennen, ebenso *Die Schlümpfe*.

Meine Schwestern und ich haben an Weihnachten gern die Filme von Astrid Lindgren gesehen. Ob *Pippi*, *Michel*, *Madita* oder die *Kinder von Bullerbü*, wir haben es geliebt. Bis heute werden der blonde Frechdachs und das stärkste Mädchen der Welt an den Weihnachtsfeiertagen ausgestrahlt. Ich freue mich immer wie ein kleines Kind auf die Folgen. Auch wenn man sie in- und auswendig kennt, für mich gehört das zu Weihnachten. Meine Kinder waren skeptisch, weil das keine Zeichentrickfilme waren, aber spätestens als Michel den ersten Streich gespielt hat und schnell in seinen Schuppen floh, oder als Pippi die Spaghetti mit der Schere schnitt, waren sie nicht mehr zu halten und lachten mit.

Wir Kinder aus Bullerbü, unglaublich, wie ich die Geschichte von Lisa, Britta, Inga, Ola, Lasse und Bosse liebte. Der Zusammenhalt der Kinder, ihre Freiheit in der schwedischen Natur und ihre Zufriedenheit hat mich begeistert. Ich war erstaunt, wie weit ihr Schulweg war, wie viel Schnee dort im Winter lag und was sie alles erlebten. Drei abgeschiedene Höfe, kaum Spielzeug und viel Mithilfe auf Hof und Feld, aber die Kinder waren glücklich und nie allein. Langeweile kannten sie nicht.

Hoch im Kurs standen Spielekonsolen. Super Mario kannten wir vom Game Boy, aber mit dem Super Nintendo Entertainment System machte uns der kleine Kerl mit seinen Freunden noch viel mehr Spaß. Wir, als reiner

Mädelshaushalt, hatten zuerst keine Konsole. Nachdem wir bei den Jungs auf der Playstation gezockt hatten, war der einzige Weihnachtswunsch von Anna, Sarah und mir eine Playstation. Wir spielten gern *Resident Evil*, *Gran Turismo* und *Tomb Raider*. *Lara Croft* musste einfach sein. An den Wochenenden zockten wir oft bis tief in die Nacht.

Angefangen hat den Computerspielen bei uns mit Hugo. Meine Schwester Anna hatte sich von einem Klassenkameraden eine CD-ROM mit dem Spiel ausgeliehen, weil alle davon erzählten. Wir hatten zwar einen Computer, aber so richtig kannte sich damit noch keiner aus. Mein Papa, Doktor der Biologie, technisch leider nicht sonderlich bewandert, hatte den PC von seiner Firma gestellt bekommen, um von zu Hause arbeiten zu können. Die Grundfunktionen kannte er, aber wie man ein Spiel installiert, Lautsprecher anschließt und solche Dinge, das sprengte seinen Horizont.

Meine Schwestern und ich versuchten alles. Wir bekamen das Spiel nicht zum Laufen. Zum Glück war unser Nachbar Dirk technisch begabt und rettete uns aus der Bredouille. Nach einem Computer Crashkurs ging es endlich los. Hugos Frau Hugoline und die Kinder wurden von einer bösen Hexe entführt und zusammen mit Hugo mussten wir verschiedene Abenteuer bestehen, um seine Familie zu befreien. Um zu der Gefangenen zu kommen, mussten wir eine rasante Snowboardfahrt im Schnee, eine wilde Fahrt mit der Draisine oder einen Ritt auf glitschigen Flößern überstehen. Mit lustigen Sprüchen wie: *Hugo dein Troll, findet dich toll, Hugo red nicht länger Stuss, jetzt gehts endlich in den Fluss* oder *H2O macht Hugo froh*, feuerte das Kerlchen seine Spieler an. Heute würde man sich über die miese Qualität und die langen Wartezeiten ärgern, damals, Anfang der 90er, war das Spiel beliebt. Es gab die Nervensäge auch im TV. Als interaktive Spielshow auf Kabel 1. Live navigierte man Hugo mittels der Tasten am Telefon.

Ich bin froh, dass mein Ablenkungsmanöver funktioniert, und ich meine Gedanken vom heutigen Abend fernhalten kann. Sonst könnte ich meinen Kunden keine entspannenden Momente schenken. Wenn ich an das Treffen mit Jannis denke, steigt mein Puls sofort, mein Herz schlägt schneller, mir wird heiß und kalt und ich kann keinen klaren Gedanken fassen.

Wie es in seiner Wohnung wohl aussieht? Welchen Einrichtungsstil bevorzugt er? Ich tippe auf viel Schwarz, wenig Deko und ziemlich minimalistisch. Vielleicht überrascht er mich mit seiner Einrichtung! Auf Google Maps habe ich gesehen, dass er in einer Art Mehrfamilienhaus wohnt. Jedenfalls sah es so auf der Satellitenkarte aus. Das hätte ich nicht vermutet. Den coolen und erfolgreichen Geschäftsmann hätte ich mir in einem Bungalow oder einem Loft vorgestellt. Er will für uns kochen. Na, da bin ich gespannt. Entweder steckt in ihm ein exzellenter Hobbykoch, der schon Kochkurse bei renommierten Starköchen absolviert hat und mich beeindrucken möchte, oder er bestellt etwas bei einem Lieferdienst. Mir ist es egal. Wahrscheinlich bekomme ich wegen der Aufregung sowieso keinen Bissen runter.

Schon wieder stellt sich mir die Kleiderfrage. Was soll ich anziehen? Im Geiste gehe ich meinen Kleiderschrank durch. Auf keinen Fall was Schickes. Am besten bequem, sportlich und ein bisschen aufregend. Mir fällt die schwarzweiß gestreifte Marlenehose ein, die Leinenhose ist zwar nicht neu, aber ungetragen aus Mangel an Gelegenheiten. Dazu passt mein schwarzes Wickeltop sehr gut. Kling nach einem guten Plan. Schwarze Sandalen habe ich und eine schwarze Strickjacke werde ich in meiner Garderobe bestimmt noch finden.

Mein Arbeitstag ist im Nu zu Ende. Das Kinderabholprogramm abspulen, kochen, Hausaufgaben und Kinderbespaßung. Dann habe ich mir einen schönen Abend redlich verdient.

Kapitel 35

Die Gegend ist anders, als ich es mir vorgestellt habe. Keine Reihenhäuser mit spießigen Vorgärten oder große, triste mit waschbetonverkleidete Wohnbunker. Stattdessen befinde ich mich in einem Industriegebiet. Mein Navi lotst mich vorbei an Autohäusern, einem Garten-Center, einem bekannten schwedischen Möbelhaus und an kleineren, modern wirkenden Firmen.

»Sie haben ihr Ziel erreicht«, verkündet mein Navi. Ich parke und blicke mich um. Jannis wohnt in einem Gebäude aus Glas und Stahl. *Kurz und gut!* lese ich auf dem Firmenschild.

Ich Depp, ich hätte mir denken können, dass Jannis in der Nähe seiner Firma wohnt. Ich trete unter das Vordach der Eingangstür und entdecke etwas verdeckt, ein Namensschild und die Klingel. Ich drücke auf *Privat*. Ein leises Summen erklingt und die Tür öffnet sich fast lautlos. Im Dunkeln des Hauses ist es kühl und düster. Durch die Glastür, die in die Agentur führt, sehe ich die Arbeitsplätze und Büroräume.

Alles aus Glas und vorwiegend in Weiß gehalten. Einzelne Wände sind mit LED-Strahlern illuminiert. Links von der Eingangstür der Werbeagentur befindet sich ein Aufzug. Mein Handy, das ich zum Glück schon in der Hand halte, piepst.

Jannis. »Fahr mit dem Aufzug nach oben. Ich freue mich auf dich.«

Ich drücke auf den Knopf des Fahrstuhls und die Tür öffnet sich. Ganz oben steht *Penthouse*. Der Aufzug fährt fast unbemerkt hoch. Als die Türen sich öffnen, stockt mir der Atem. Jannis Wohnung besteht aus einem einzigen Raum, der durch bodentiefe Fenster lichtdurchflutet ist. Hier ist es nicht wie vermutet steril weiß, oder männlich schwarz und chromfarben, sondern sehr gemütlich. Alles ist in Holz gehalten. Angefangen vom wunderschönem Echtholzparkett, über selbstgebaute Holzmöbel bis hin zu den Lichtschaltern, die mit Holzoptikfronten versehen sind. Ich sehe ein dunkelgrünes Samtsofa, nebst Holztischchen und einem braunen Sitzsack. Jannis hat Laternen mit farbigen Kerzen aufgestellt und es riecht angenehm herb.

Als sich die ersten Eindrücke gesetzt haben und ich meinen Mund wieder zumachen kann, bemerke ich Jannis. Er beobachtet mich belustigt. Wahrscheinlich ist er sich der Wirkung seiner Wohnung bewusst und kennt die Sprachlosigkeit seiner Gäste, die zum ersten Mal kommen.

»So gucken alle Frauen, die zum ersten Mal hierherkommen.«

Alle Frauen? Ich spüre einen Flügelschlag Eifersucht und Wut. Langsam kommt er auf mich zu und nimmt mich fest in den Arm. Warum riecht der Mann nur so gut? Er nimmt meine Hand und zieht mich Richtung Garderobe.

»Magst du deine Tasche und Jacke ablegen? Und was möchtest du trinken? Wasser, Weißwein, Rotwein oder lieber Sekt?«

Jetzt erst rieche ich den köstlichen Duft, der in der Luft liegt. Ich schnuppere. Knoblauch, Rosmarin und Tomate.

»Was gibt es Leckeres zu essen? Und welches Getränk passt dazu?«

»Ich habe uns Spaghetti mit Meeresfrüchten gekocht, das einzige Gericht, das ich kann. Ich hoffe, du magst Muscheln, Scampi, Oktopus und Co? Ich habe einen super Grauburgunder aus Rheinhessen kalt stehen. Den Winzer kenne ich. Sein Grauburgunder ist ein Traum. Er harmoniert mit seinem dezenten Walderdbeeraroma hervorragend zu der Tomaten-Knoblauch-Soße der Spaghetti.«

Ich sehe Jannis belustigt an. Er hört sich an wie ein Sommelier, der sein bestes Tröpfchen an den Mann bringen will.

»Sorry Julia, ich war erst vor Kurzem auf einer Weinprobe und da ist wohl einiges hängen geblieben.« Er lacht. »Magst du den Wein trotzdem probieren?«

»Gern, das hört sich gut an.«

Jannis führt mich zum Sofa und bittet mich, Platz zu nehmen, während er unsere Getränke holt. Ich habe keine Lust zu sitzen. Viel lieber erkunde ich seine Bude. An jeder Seite der Wohnung sind bodentiefe Fenster. Ein Balkon geht rundherum. Zur Westseite hin ist eine große, überdachte Dachterrasse mit gemütlichen Lounge-Möbeln, Kübeln mit Palmen und maritimer Deko. Das Geländer besteht aus Tauen und an einem Fahnenmast ist neben der Flagge des regionalen Fußballclubs eine Piratenflagge gehisst. An der Hauswand hängt ein Fangnetz, gefüllt mit Muscheln und mehrere Angeln. Plastikhummer, eine große Steinskulptur in

Form einer Schildkröte und eine Schatzkiste runden den Piratenlook ab.

Jannis kommt mit zwei Gläsern Wein und ist mir so nah, dass ich die Luft anhalte. Ich nehme ihm ein Glas ab und wir stoßen an. Dann führt er mich in seiner Wohnung umher, zeigt mit dem Kochbereich, der hinter einer Art Rückwand untergebracht ist, sein Büro, sein Spielbereich mit Kicker, Pokertisch und Dartscheibe und sein luftiges Schlafzimmer. Eigentlich ist es kein Zimmer. Alles ist offen, es gibt keine Räume und Türen. Durch die geschickte Gestaltung und den Schnitt der Wohnung entsteht trotzdem der Eindruck von Privatsphäre. Der einzige abgeschlossene Raum ist das Badezimmer. Immerhin!

»Wollen wir auf der Terrasse essen oder ist es dir zu kühl?«

»Sehr gern auf der Terrasse, sie liegt in der Sonne.«

»Okay, ich schenke dir nach, dann kannst du schon nach draußen gehen. Ich komme mit den Tellern zu dir.«

Ich betrete die Dachterrasse und fühle mich wie auf der Black Pearl in *Fluch der Karibik*. Die Holzdielen, die Uhr in Form eines Kompasses und der Tisch aus einem alten Steuerrad. Aus einem Lautsprecher dringt nicht der Soundtrack zu *Fluch der Karibik* von *Hans Zimmer*, sondern chillige Loungemusik mit Meeresrauschen. Unaufdringlich und angenehm.

Ich gehe an die Reling und sehe mir die Umgebung an. Industriechic halt. Zum Wohnen ist die Gegend ruhig, zumindest abends und am Wochenende, wenn die Firmen und Geschäfte geschlossen haben, ist man hier unter sich. Wenn ich weit in die Ferne blicke, kann ich die Berge des Odenwaldes erahnen.

Jannis kommt mit zwei Tellern nach draußen. Ich setze

mich an den Holztisch. Die Spaghetti mit Meeresfrüchten dampfen und sehen hervorragend aus. Mir läuft das Wasser im Mund zusammen. Meine Sorge, ich würde vor Aufregung keinen Bissen runter bekommen, ist verflogen. Wir stoßen noch einmal an, bevor ich meine Gabel in die Pasta versenke. Es schmeckt wie im 5-Sterne-Restaurant. Jannis erzählt, dass es bei einem befreundeten Koch in Italien ein Kochcoaching gemacht hat.

Nach dem Essen machen wir es uns in der Sitzecke bequem und reden. Die sexuelle Spannung, wie im Wald, ist nicht zu spüren. Dafür unterhalten wir uns gut. Über ernste Themen, lachen aber auch viel. Jannis erzählt von seiner langjährigen Erfahrung mit Psychologen. Durch das Drama in seiner Kindheit hat er schon früh mit ihnen zu tun gehabt. Die Kinderpsychologen haben ihr Bestes getan und ihm in der schlimmsten Zeit gut geholfen. Der größte Schaden konnte abgewendet werden. Die Wunden auf seiner Seele waren tief. Wie tief haben viele gar nicht wahrgenommen. Die wöchentlichen Treffen waren über Jahre hinweg erfolglos.

Bis er auf einem Flug nach Buenos Aires seinen jetzigen Therapeuten kennenlernte. Zufällig saßen sie nebeneinander in der ersten Klasse und kamen ins Gespräch. Nur ein paar Tage nach seiner Rückkehr aus Argentinien saß Jannis in der Praxis und fühlte sich zum ersten Mal hundertprozentig verstanden.

Er konnte vieles aufarbeiten und vor allem gab er Jannis das Handwerkszeug, um positiv in die Zukunft zu blicken. Umso kurioser ist es, dass Jan wegen mir wieder in die Vergangenheit blicken muss.

Er sagt, es tue ihm gut, die Zeit, die er damals in schlechtem seelischem Zustand erlebt hat, neu zu interpretieren. Wenn er damals schon so weit gewesen wäre wie heute, wäre er niemals vor mir weggelaufen und wir wären zusammengekommen.

Irgendwann rutsche Jan näher an mich heran und legt seinen Arm um mich.

»Du … das mit dem Partyabend in Erlstadt, da muss ich mich noch entschuldigen. Ich weiß nicht, was mich geritten hat, solch eine peinlich Show abzuziehen. Ich war unsicher, wie ich mit dir umgehen soll und habe zu viel getrunken. Und dann habe ich das gemacht, was bei Frauen bisher immer funktioniert hat. Ich habe meinen Körper sprechen lassen. Ich weiß, dass ich damit alle Ladies rumkriege. Ich wollte dich nicht in Verlegenheit bringen.«

»Schon gut, Jan, ich fand dein Tanz schon etwas befremdlich.« Dass ich sein Ausdruck, dass er jede Frau rumkriegt, absolut daneben finde, behalte ich für mich.

»Julia, es ist wunderschön, dich hier zu haben. Du weißt gar nicht, was mir das bedeutet.«

Ich schweige, weil ich wirklich nicht weiß, was ich sagen soll. Macht er dies auch mit den anderen Ladies? Oder bin ich doch etwas Besonderes für ihn? Als ich nichts sage, redet Jannis weiter.

»Wenn ich allein hier sitze, wünsche ich mir, du wärst bei mir. Ich träume von dir, von deinen Augen, deinem Mund und … ich kann mich nicht mehr konzentrieren, ich bin verrückt nach dir.«

Andre Ladies hin und her – er träumt von mir. Wie ferngesteuert beuge ich mich zu ihm rüber und küsse ihn. Sanft, ganz vorsichtig. Wenn Jannis wüsste, dass er mir soeben aus der Seele gesprochen hat. Ich genieße jede Sekunde des Kusses.

Jannis erwidert den Kuss und wird immer forscher. Ich merke, dass er einen Schritt weitergehen will. Mein Körper will das auch. Mein Herzschlag rast, ich atme stoßweise, jede Faser meines Körpers will mit seinem verschmelzen, aber das wäre falsch. Es kostet mit unendlich viel Kraft mich von ihm zu lösen. Mein Körper protestiert, ich muss etwas loswerden.

»Jan«, keuche ich erhitzt, als ich mich endlich von seinen Lippen lösen kann. »Ich will dich auch, denke Tag und Nacht nur an dich ...«

Die Lachfalten um seine Augen vertiefen sich und er beugt sich vor, aber ich halte ihn zurück.

»... Ich bin glücklich, wenn wir uns sehen, küssen und berühren, aber ich liebe Bente. Ich kann das nicht.«

Jannis Augen verdunkeln sich. Ich spüre seinen Schmerz und seine Enttäuschung.

»Eine Nacht mit mir, Julia! Bitte!«

Ich schlucke, mein Mund ist staubtrocken und versuche, Jannis meine Gefühle zu erklären. Gefühle, die ich selbst nicht einordnen kann. Ich beschreibe, was ich für Bente fühle, die tiefe Liebe, die Sicherheit, die Verbundenheit. Ich versuche das Gefühl des gemeinsamen Erlebnisses »Kinder« zu beschreiben. Die Routine und das gegenseitige Selbstverständnis, das sich über die Jahre eingeschlichen hat. Da sind nicht mehr täglich Schmetterlinge unterwegs, und mein Puls erhöht sich höchstens, wenn ich mich über ihn ärgere.

Bei Jannis hingegen ist alles neu und aufregend. Da fliegen Schmetterlinge, sogar Tausende. Es macht Spaß ihn als Mann kennenzulernen. Er ist höflich, unterhaltsam, zuvorkommend und unglaublich sexy.

Ich kann kaum glauben, dass wir eine Chance bekommen, uns endlich zu lieben. Er bietet mir ein anderes Leben als das,

das ich führe. Mit Jannis würde ich nicht arbeiten müssen, er verdient mit seiner Werbeagentur so gut, da wären wir auf die paar Kröten aus der Massagepraxis nicht angewiesen. Ich würde in einem schicken Penthaus wohnen und nicht in unserem gemütlichen Fachwerkhaus. Wir würden gemeinsam um die Welt jetten und es uns gut gehen lassen.

Das allein ist es nicht. Auf Materielles kommt es mir nicht an. Jannis ist wirklich supernett. Ein Mann, der mich auf Händen tragen würde. Seine Vergangenheit verleiht ihm Authentizität. Er ist wie ein weiser alter Mann im Körper eines tätowierten, bärtigen Adonis. Er kennt sich in vielen Bereichen aus und es macht Spaß, sich mit ihm zu unterhalten. Wir haben oft die gleichen Ansichten und einen ähnlichen Geschmack. Seine liebevollen und bewundernden Blicke schmeicheln mir und ich fühle mich schön bei ihm. Schön, jung und frei! Genau die gegensätzlichen Gefühle, die ich sonst im Alltag habe.

Ich habe aufgehört, zu reden, hänge meinen Gedanken nach und Jannis schweigt. Dafür bin ich ihm dankbar.

Was soll ich nur tun? Soll ich in der Gegenwart bleiben, mit Bente, den ich so gut kenne und schätze und der mir Sicherheit und Liebe gibt? Oder stürze ich mich in die Vergangenheit, um mit Jannis in eine neue Zukunft zu starten, voller Abenteuer und Aufregung?

Kapitel 36

»Maaaamaaaaaa!« Ich schrecke aus meinen Gedanken auf und halte inne.

»Mama!« Max schreit lauter. Nur noch schnell den Satz beenden, dann sehe ich nach.

»Mama schnell, Franz blutet doll am Kopf.«

Oh Gott, was ist passiert? Ich stürze aus dem Schlafzimmer und versuche anhand des Geschreis herauszuhören, wo sich die Jungs befinden. Im Garten werde ich fündig. Franz ist gestolpert und mit dem Kopf auf einen Stein geknallt. Über seiner linken Schläfe blutet er stark. Ich renne zu ihm, nehme ihn in den Arm und weise Max an, Kühlkissen und Tücher zu holen. Franz scheint geschockt zu sein. Er ist ruhig. Nur beim Säubern der Wunde zuckt er kurz. Das macht mir ein bisschen Angst. Ich muss auf jeden Fall mit ihm zum Arzt.

Max holt das Telefon und ich suche nach der eingespeicherten Nummer des Kinderarztes. Glücklicherweise ist die

Praxis besetzt. Ich schildere, was passiert ist, und erhalte die Antwort ins Krankenhaus zu fahren. Falls es eine Gehirnerschütterung ist, kann der Kinderarzt nichts machen. Die nette Sprechstundenhilfe bietet an, uns im Krankenhaus anzukündigen. Ich funktioniere wie ferngesteuert. Im Vorbeigehen werfe ich frische Klamotten für Franz und mich in eine Tasche, kontrolliere, ob ich seine Versichertenkarte habe, und schnappe mir, ganz wichtig, sein Lieblingskuscheltier zum Trösten.

Während der Fahrt rufe ich zuerst meine Eltern an, um Max dort abzugeben, und dann Bente, um ihm zu berichten, was passiert ist. Ich verspreche ihm, mich sofort zu melden, wenn ich mit dem Arzt gesprochen habe. Dank des Anrufs der Arzthelferin wissen in der Notaufnahme alle Bescheid, als ich mit dem blutüberströmten Franz in die Notaufnahme komme. Netterweise werden wir gleich in ein Behandlungszimmer gerufen, wo eine junge Ärztin auf uns wartet. Sie erzählt, dass sie einen vierjährigen Sohn hat, und geht liebevoll mit Franzi um. Er ist tapfer und lässt alles mit sich machen. Die Wunde wird gesäubert und mit Klammerpflastern versehen. In einer Woche können diese entfernt werden. Franz muss eine Nacht zur Überwachung im Krankenhaus bleiben. Die Gefahr einer Gehirnerschütterung ist gering, aber sicher ist sicher. Ich darf bei ihm bleiben und bin froh, dass ich eine Übernachtungstasche gepackt habe.

Ich rufe Bente an, um ihm zu sagen, dass es unserem Kleinen den Umständen entsprechend geht, wir aber eine Nacht zur Beobachtung bleiben müssen. Bente möchte noch kurz mit Franzi sprechen, dann macht er sich auf den Weg, um Maximilian bei Oma und Opa abzuholen.

Die Nacht ist unruhig. Die Nachtschwester kommt jede Stunde ins Zimmer, um nach Franz zu sehen und seine Vitalzeichen zu kontrollieren. Am nächsten Morgen wacht Franzi gutgelaunt und topfit auf. Nach dem Frühstück untersucht die Ärztin ihn und dann dürfen wir nach Hause. Franz muss ihr versprechen, die nächsten Tage nicht zu wild zu toben.

Nach der Entlassung machen wir uns auf dem schnellsten Weg nach Hause. Franz ist glücklicherweise wieder der Alte und möchte dem Rest der Familie sein Pflaster zeigen. Was der kleine Mann nicht bedacht hat ist, dass heute Dienstag ist und um diese Uhrzeit am Vormittag weder sein Papa noch Max zu Hause sind. Er genießt es, in Ruhe zu spielen. Ich wasche Wäsche, räume die Spülmaschine aus und wieder ein und trinke eine Tasse Kaffee. Der im Krankenhaus war ungenießbar. Während ich das Mittagessen vorbereite, telefoniere ich mit meiner Mutter. Oma Regina ist froh zu hören, dass es ihrem kleinen Franzi gut geht und er wohlauf zu Hause ist. Dann wird es Zeit, Maximilian von der Schule abzuholen. Nachmittags spielen die Kinder friedlich zusammen und ich kann in Ruhe mit Nina telefonieren. Sie weiß von meinem Hin und Her mit Jannis noch gar nichts.

Wir quatschen bestimmt zwei Stunden. Nini kann es nicht fassen, was ich ihr von Jan erzähle. Wie er wohnt, wie er sich verändert hat, wie lieb und aufmerksam er ist und natürlich, dass er damals schon in mich verliebt war und es immer noch ist.

Nina hört sich geduldig meine Erzählung an, gibt hin und wieder etwas zu bedenken oder hat tolle Denkanstöße. Entscheiden, wie es weitergeht, kann nur ich. Nina ist verwundert, als ich ihr von meinen tiefen Gefühlen erzähle, die ich Jannis gegenüber hatte. So genau haben wir damals nicht darüber gesprochen. Auch, dass mich der Gedanke, keine Chance gehabt zu haben, seit fast zwei Jahrzehnten quält. Alle Gefühle, die zu der unerfüllten Liebe gehören, habe ich nie mit jemanden geteilt. Sie sind fest verstaut in meiner Seelenkiste, die sich geöffnet hat. Das Blatt hat sich gewendet und nun ist die Chance zum Greifen nah. Oder ist es die 2. Chance? Ist die 2. Chance genau so viel wert wie die 1.?

»Oh Mann, Julia! Von der Männerwelt begehrt wie eh und je. Mach bloß kein Scheiß! Bente ist doch so ein Lieber ... In deiner Haut möchte ich nicht stecken.«

Ich auch nicht.

Als Bente nach Hause kommt, ist er abweisend und sauer. Bestimmt hat er Stress im Büro. Nach dem Abendessen und als die Jungs im Bett sind, freue ich mich auf einen gemütlichen Abend auf der Couch. Daraus wird leider nichts. Bente kommt mit meinem Tagebuch in der Hand ins Wohnzimmer und wirft es mit wutentbrannt vor die Füße. Sein Gesicht ist rot vor Zorn, seine Pupillen geweitet. Er brüllt.

»Hier! Das habe ich auf unserem Bett gefunden. Du betrügst mich? Spinnst du? Ich tue alles für dich und die Kinder. Alles! Und dir fällt nichts Besseres ein, als rumzuhuren? Macht es Spaß? Liebst du ihn? Wann hattest du vor, mir das zu sagen?«

Ich höre das Blut in den Ohren rauschen und bin wie gelähmt. Scheiße! Ich habe das Tagebuch offen auf dem Bett liegenlassen, als Max gerufen hat, dass Franz am Kopf blutet.

So wütend habe ich Bente noch nie gesehen. Sein Blick ist wild. Zornig, kalt und zutiefst verletzt. Ich weiß gar nicht, was ich sagen soll. Dafür gibt es nicht die richtigen Worte.

Sekundenlang starre ich ihn nur an. Als ich anfangen will, ihm alles zu erklären, schneidet er mir das Wort ab.

»Ich will deine Lügenmärchen gar nicht hören. Das, was ich da,« er zeigt mit verächtlicher Miene auf das Tagebuch, »gelesen habe, ist die Wahrheit! Ich gehe, ich muss mich abreagieren.«

Mit diesen Worten und ohne mich eines weiteren Blickes zu würdigen, stürmt er aus dem Wohnzimmer. Wenige Sekunden später fällt die Haustür ins Schloss. Dann ist alles ruhig.

Kapitel 37

Minutenlang sitze ich regungslos da. Tausend Gedanken schießen mir durch den Kopf. Klar denken kann ich nicht. Bente hat das nicht verdient. Wie verletzt muss er sein. Wo er wohl hingegangen ist? Wenn er mich die Situation hätte erklären lassen … Was soll ich ihm sagen? Ich weiß es selbst nicht. Meine Gefühle fahren seit Tagen Achterbahn und ich weiß weder ein noch aus.

Scheiße! Irgendwann musste das passieren. Ich hätte gern die Entscheidung in der Hand gehabt, wollte doch nur für mich klären, wen ich liebe und mit wem ich zusammen sein will.

Ich sitze lange im Wohnzimmer und grübele. Dann rufe ich Nina an und erzähle ihr, was passiert ist. Wenige Minuten später steht sie vor der Tür, mit einer Tafel Nussschokolade in der Hand und nimmt mich fest in den Arm.

Ich schluchze und weine und bin froh, nicht mehr allein zu sein. Nina kocht uns Tee und dann erzähle ich die ganze

Katastrophe noch mal. Unser Gespräch dreht sich im Kreis. Genau wie meine Gedanken und Gefühle. Ich werde wahnsinnig bei dem Gedanken, dass ich nicht in der Lage bin, mich für einen Mann zu entscheiden. Dazu kommt die Angst, dass Bente mir die Entscheidung abnehmen könnte und mich verlässt. Ich will ihn nicht verlieren. Ich liebe ihn! Aber ich ertrage es auch nicht, Jannis ein zweites Mal zu verlieren.

Nina hört mir geduldig zu. Ich entschuldige mich hundertmal dafür, dass sie für mich auf einen kuscheligen Abend mit Chris verzichtet. Nina tut das mit einer Handbewegung ab.

Mit Chris kuscheln kann sie immer. Wenn ihre beste Freundin Unterstützung braucht, ist das wichtiger. Ich drücke ihr einen Kuss auf die Wange. Es ist spät in der Nacht, als ich sie nach Hause schicke, schließlich muss sie morgen früh raus. Ich werde mich krankmelden.

Bente ist noch nicht wieder zurück. Kommt er überhaupt wieder? Sofort schießen mir Tränen in die Augen. Irgendwann scheine ich vor Erschöpfung auf dem Sofa eingeschlafen zu sein.

Ich werde von lautem Poltern wach. Bente torkelt sturzbetrunken durch den Flur, die Treppe hinauf ins Bett. Er scheint den Frust mit Alkohol bekämpft zu haben. Die restliche Nacht verbringe ich auf dem Sofa. Ich schlafe unruhig und bin am Morgen gerädert. Meine Augen sind vom vielen Weinen rot und geschwollen und mein Blick ist leer.

Ich melde mich krank, versorge die Kinder und verteile sie in Schule und Kita und fahre nach Hause. Bente schläft seinen Rausch aus. Ich bin froh, dass er da ist, aber ich habe Angst, ihm unter die Augen zu treten. Irgendwann müssen wir miteinander reden.

Ich versuche, ein wenig Schlaf nachzuholen. Als ich von Jannis eine Nachricht bekomme, ist daran nicht mehr zu denken. Er fragt, wie es mir und Franz geht. Ich hatte ihm gestern aus dem Krankenhaus eine SMS geschrieben, was passiert ist und dass wir in der Klinik sind. Mit ein paar liebevollen Worten hat er mir den tristen Krankenhausabend versüßt.

Jetzt bekomme ich bei seiner Nachricht sofort ein schlechtes Gewissen.

Am späten Vormittag wacht Bente auf. Er ignoriert mich, als er sich in der Küche eine Flasche Wasser und eine Banane nimmt. Damit verkrümelt er sich in den Garten. Ich weiß nicht, was ich machen soll. Soll ich zu ihm gehen und alles erklären, oder ihn lieber in Ruhe lassen?

Ich entscheide mich für Letzteres. Aus der Tiefkühltruhe taue ich eine Kartoffelsuppe für die Kinder auf. Mir ist nicht nach Essen und auch Bente sieht nicht so aus, als ob er Lust auf Mittagessen hätte. Ich bekomme eine Nachricht von Luisa, der Mutter von Max' Freund. Sie fragt, ob sie Maximilian nach der Schule mit zu sich nehmen soll, die Jungs hätten sich das heute Morgen so überlegt, als sie Finn zur Schule gebracht hat. Meinetwegen. Sollen die Jungs ihren Spaß haben und ich habe noch ein wenig Zeit für mich.

Ich rufe im Sekretariat an, um Max' Lehrer auszurichten, dass er mit Luisa mitgehen darf. Ich habe gerade aufgelegt, da ruft meine Mutter an und fragt, ob sie den Nachmittag mit Franz verbringen dürfen. Sie haben sich solche Sorgen wegen des kleinen Unfalls gemacht und würden ihren Enkel gern verwöhnen. Prima, dann können sie ihn gleich vom Kindergarten abholen.

Ich stelle die Suppe wieder ins Eisfach und lege mich

auf die Couch, wo es mir gelingt, ein wenig zu schlafen. Als ich aufwache, ist von Bente weit und breit nichts zu sehen. Sein Auto steht nicht in der Garage. Ich schnappe mir mein Handy, die Bluetooth-Kopfhörer und schlage einen langen Rundweg ein. Zwei Stunden Zeit, um mir den Kopf durchpusten zu lassen und mir Gedanken zu machen, wie es weitergehen soll. Mit großen Schritten stapfe ich los und atme tief durch. Ich fülle meine Lungen mit Sauerstoff und hoffe, dass davon auch in meinem Gehirn etwas ankommt, damit ich klarer denken kann.

Meine Yoga-Playlist läuft, die beruhigt und erdet mich immer. Nach der Hälfte der Strecke bin ich gedanklich immer noch nicht weiter, weil ich nicht weiß, was Bente vorhat. Ich möchte ihn auf keinen Fall verlieren. Die Musik stoppt und kündigt einen eingehenden Anruf an. Ich sehe auf das Display. Jannis. Schon wieder. Ich drücke ihn weg. Ich darf mich nicht ablenken lassen.

Hier im Wald ist es friedlich. Ich begegne keiner Menschenseele. Ab und zu raschelt es im Gebüsch oder es huscht ein Mäuschen vorüber. Sonst bin ich allein.

Ich schreie laut WARUM? Durch mein Geschrei schrecken Vögel auf und flattern davon. In einiger Entfernung setzt sich eine Eule auf den Weg. Sie sieht in meine Richtung und zeigt keine Scheu. Als ich näherkomme, bleibt sie ruhig sitzen und blickt mich mit ihren schwarzen Augen an. Ich fühle mich beobachtet und durchschaut. Meine Schritte werden schneller, ich möchte so schnell wie möglich an dem Tier vorbei gehen. Als ich es passiere, läuft mir ein Schauer über den Rücken. Merkwürdig, wie wissend der braune Vogel mich angesehen hat. Ein Gedanke lässt mich nicht los.

Bei Jannis fühle ich mich frei und jung, aber ich bin nicht

mehr frei und jung. Ich bin keine 16 mehr, daran ändert sich nichts, wenn ich mit Jannis zusammen wäre. Die Zeit ist vorbei.

Das ist zwar traurig, aber Zeit lässt sich einfach nicht zurückdrehen. Alles hat seine Zeit und das ist gut so. Sonst hätte ich Bente vielleicht nie kennengelernt und ich hätte nicht meine zwei wundervollen Buben. Ich höre die Eule schreien und auf einmal ist mir völlig klar, was ich machen muss.

Verschwitzt und völlig außer Atem, schließe ich die Haustür auf. Die letzten Meter bin ich gerannt. Meine Gedanken sind klar wie nie.

»Bente?« Ich flitze durchs Haus, sehe in jedes Zimmer und durchsuche den Garten. Nichts. Als ich in die Garage sehe, wird mir klar, dass ich lange suchen kann. Bente ist nicht da. Ich rufe ihn an. Er geht nicht ran. Ich schreibe ihm eine Nachricht, dass ich mir Sorgen mache, wo er ist und dass ich dringend mit ihm reden muss.

Um von der Warterei nicht verrückt zu werden, stelle ich mich unter die Dusche. Das Prasseln des warmen Wassers beruhigt mich etwas.

Noch immer kein Lebenszeichen von Bente. Ich werde ungeduldig. Ich will ihm so schnell wie möglich sagen, dass ich ihn liebe und dass es mir unendlich leidtut, was ich ihm angetan habe. Jannis zu treffen war ein Fehler, eine Art Bestätigung für mein angeknackstes Selbstbewusstsein und dass ich meine Vergangenheit endlich abgehakt habe.

Ich will doch nur Bente!

Ich rufe meine Eltern an und frage, ob Max und Franz bei ihnen übernachten können. Meine Mama ist überrascht, weil es ziemlich spontan ist und ihre Enkel noch nie unter der Woche bei ihnen geschlafen haben. Sie freut sich und versichert mir, dass das kein Problem ist. Ich solle mir einen schönen Abend mit Bente machen und unsere sturmfreie Bude genießen. Das ist so süß von meiner Mama. Wenn sie wüsste, wie ernst die Lage ist. Wir besprechen, dass ich Schul- und Kindergartentaschen, Wechselkleidung und lebensnotwendige Kuscheltiere mitbringe, wenn ich Max zu ihnen fahre.

Bevor ich Maximilian bei Finn abhole, besorge ich ein Baguette und eine gute Flasche Wein. Das Kind, mitsamt Schulranzen, Kuscheltieren, Schmusedecke, Schlafsachen und Wechselkleidung gebe ich dann in meinem Elternhaus ab. Mit tausend Küsschen verabschiede ich mich und bedanke mich bei meinen Eltern.

»Julia, ich weiß, dass es nicht immer einfach ist. Genießt mal den freien Abend und macht euch keine Sorgen um Maxi und Franz. Viel Spaß, mein Kind.«

Ahnt meine Mutter von unseren Problemen, oder hat sie zufällig ins Schwarze getroffen? Ich stöhne. Reicht es nicht, dass meine Schwiegermutter hellsehen kann?

Zu Hause bereite ich Bentes geliebten Tomaten-Avocado-Salat zu. Er soll ruhig merken, dass ich mir Mühe gebe und dass es mir ernst ist. Ich möchte einen schönen Abend mit Bente verbringen. Möchte ihm alles erklären und mich entschuldigen. Hoffentlich finde ich die richtigen Worte und bitte bitte lass es nicht zu spät sein, flüstere ich vor mich her. An wen die Worte gerichtet sind, weiß ich eigentlich nicht. Wenn es etwas, jemanden gibt, der größer ist als wir, dann soll diese Macht jetzt mal zeigen, was sie kann. Hoffentlich ist es noch nicht zu spät.

Im Bad richte ich mich hübsch her. Meine Beine und die Bikinizone habe ich glücklicherweise vorhin unter der Dusche schon rasiert. Ich krame die sündhaft teure und fast ungetragene schwarze Spitzenunterwäsche aus dem letzten Winkel des Kleiderschranks und bin überrascht, wie unglaublich gut ich darin aussehe. Darüber ziehe ich nur einen schlichten schwarzen Jumpsuit. Meine Haare stecke ich leicht nach oben, pudere mein Gesicht und betone die Augen mit schwarzem Kajal und viel Wimperntusche.

Ich bin fertig und gehe nach unten, um mit ein paar Kerzen eine romantische Stimmung zu erzeugen.

Ich erstarre und lasse mein Handy sinken. Bente hat mir eine Nachricht geschrieben, dass er nicht heimkommt, sondern bei Frank, seinem Kumpel, übernachtet. Ich bin wie vor den Kopf gestoßen.

Automatisch stelle ich den Salat in den Kühlschrank und sinke traurig auf das Sofa. Das Gedankenkarussell in meinem Kopf fängt an, sich wie wild zu drehen. Wie soll ich ihm beweisen, dass ich ihn will, wenn er nicht nach Hause kommt?

Ich schnappe mir Handy, Handtasche und Schlüssel und starte mein Auto.

Bevor ich mit Bente einen Neuanfang wage, muss ich die Geschichte mit Jannis beenden. Ich muss ihm meine Entscheidung mitteilen und per Handynachricht ist das nicht mein Ding. Auf der Fahrt nach Erlstadt rufe ich bei Jan an. Als ich seine freudige Stimme höre, zieht sich mein Herz schmerzhaft zusammen. Mein Besuch hat einen anderen Grund, als er sich wahrscheinlich vorstellt.

Die Strecke kommt mir furchtbar lang vor. Ich bin aufgeregt und will es hinter mich bringen.

Den Weg kenne ich und auch das Procedere, um in Jannis Wohnung zu gelangen.

Jannis sieht umwerfend aus. Er hat nicht mit Besuch gerechnet, trägt ein schwarzes Unterhemd und eine graue Jogginghose. Durch das enge Hemdchen sind seine Tattoos gut sichtbar und die Bauchmuskeln zeichnen sich durch den dünnen Stoff ab. Sogar mit schlabberiger Hose ist er scharf.

Aber gut, ich bin nicht hier, dieses Sahneschnittchen mit den Augen auszuziehen, sondern mit ihm Schluss zu machen. In der Theorie ist das einfacher.

Er zieht mich zur Begrüßung an sich und küsst mich. Spätestens nach dem Kuss weiß ich, dass es mich einige Kraft kosten wird, bei meinem Vorhaben zu bleiben. Diese weichen Lippen und sein männlich herber Geruch rauben mir fast den Verstand. Sein Bart kitzelt mich.

»Stopp! Jannis, ich muss dir was sagen. Können wir uns setzen?«

»Alles was du willst, Babe«, antwortet Jan mit rauer Stimme und zieht mich Richtung Sofa.

Auf dem Sofa angekommen, hole ich Luft, um mit meiner Erklärung zu starten, aber Jannis Anblick und sein Geruch vernebeln mir die Sinne. Ich kann keinen klaren Gedanken fassen. Gedanken schießen mir durch den Kopf. Keiner davon ist in der Lage mich von dem abzuhalten, was mein Körper fordert. Einmal ist keinmal!

Ich setzte mich rittlings auf seinen Schoß und küsse ihn. Zuerst ist er überrascht, dann passt er sich dem Rhythmus meiner Zunge an. Die Küsse werden fordernder, unser Atem geht stoßweise und im gleichen Takt. Er will es genauso wie ich, das spüre ich deutlich, seine Erregung presst sich gegen meinen Schoß.

Jannis hebt mich von sich herunter, trägt mich in sein Schlafzimmer und legt mich auf dem Bett ab. Dann zieht er mir den Jumpsuit aus. Als er die Dessous sieht, stöhnt er kurz auf und stürzt sich auf mich.

Was dann passiert, erlebe ich wie in Trance. Seine Hände und seine Zunge sind überall und verschaffen mir Gefühle, wie ich sie noch nie erlebt habe. Ich versinke in ihm und er in mir.

Ich habe kein Zeitgefühl mehr. Verschwitzt und nackt liege ich in Jannis Armen. Sein Atem geht noch immer schwer. Ich fahre mit meinen Fingern die Konturen seiner Tattoos nach. Seine Haut ist warm und weich, das passt so gar nicht zu den schwarzen, harten Linien. Seine blonden Brusthaare kitzeln mich. Ich merke, wie seine Finger meinem Rücken streicheln.

Mein Blick gleitet an seinem Körper herab. An ihm hätte ich super für meine Anatomieprüfung lernen können. Jeder Muskel zeichnet sich ab, ohne dabei übertrieben zu wirken. Er ist perfekt.

Jannis lässt eine Strähne meiner zerzausten Haare durch seine Finger gleiten und drückt mir einen Kuss ins Haar. Ich seufze wohlig auf und schließe die Augen.

Als ich aufwache, weiß ich erst nicht, wo ich bin. Mein Blick fällt auf den schlafenden Jannis und ich erstarre. Habe ich das wirklich gemacht? Ich wollte die Sache zwischen uns beenden, um mit Bente endgültig glücklich zu werden. Und stattdessen schlafe ich mit Jannis. Ich habe Bente nicht nur im Traum betrogen, sondern im realen Leben.

Oh mein Gott, ich schlage mir die Hände vors Gesicht. Das hätte nie passieren dürfen. Und dann bin ich auch noch eingeschlafen. Ein Glück, dass niemand zu Hause ist und es nicht auffällt.

Ich stehe leise auf, um im Wohnzimmer nach meinem Handy zu suchen. 5:34 Uhr lese ich auf dem Display. Wenigstens noch genug Zeit, um vor der Arbeit heimzufahren, zu duschen und mich umzuziehen. Bevor ich zurück ins Schlafzimmer gehe, um meine Klamotten einzusammeln, tapse ich ins Badezimmer. Ich schließe die Tür hinter mir ab und sehe in den Spiegel. *Ehebrecherin*, sage ich meinem Spiegelbild. Ich fühle mich schlecht. In meinem Kopf wirbeln die Bilder von letzter Nacht umher. Bilder von Lust und Ektase.

Dazwischen taucht Bentes Gesicht auf. Mein Magen rebelliert, ich schaffe es gerade noch zur Toilette, um mich zu erbrechen. Mit zitternden Knien wasche ich mein Gesicht mit kaltem Wasser und spüle meinen Mund. Der bittere Geschmack bleibt. *Das geschieht dir recht*, höhnt meine innere Stimme.

Ich sehe an meinen nackten Körper herunter. Dem Körper, der noch vor ein paar Stunden Zuneigung, Liebe und Lust erfahren hat. Jannis hat jeden Zentimeter davon berührt, liebkost und verwöhnt. Es war anders als damals. Diesmal war da mehr Gefühl, mehr Leidenschaft und mehr Erfahrung. Ich habe mich genauso jung gefühlt. Jung und leicht und frei!

Jetzt sehe ich an mir herunter und hasse, was ich sehe. Ich fühle mich nicht mehr jung, sondern uralt. Ich atme tief durch und schleiche auf Zehenspitzen in den Schlafbereich des Lofts, wo unsere Kleidung überall verstreut liegt. Jannis liegt mit offenen Augen im Bett und lächelt mich an.

»Guten Morgen, Süße! Gut geschlafen?«

Ich nicke stumm und kann ihn kaum ansehen. Seine zerzausten Haare, der nackte, nur notdürftig bedeckte Body und die strahlenden Augen. In meinem Kopf dreht sich alles. Mein Kopf schreit nein, aber mein Körper hört nicht auf ihn. Mein Körper führt ein Eigenleben und das führt zu Jannis. Ich muss noch einmal diese wunderbar weichen, blonden Brusthaare berühren, die starken Brustmuskeln spüren und diesen Geruch in mich aufsaugen. Noch einmal seine Lippen schmecken, in die eisblauen Augen sehen. All das werde ich nie mehr sehen, spüren, fühlen, riechen und schmecken. Ich speichere ihn mit allen Sinnen in meiner Erinnerung ab.

»Soll ich uns Kaffee machen? Oder hast du Hunger?«

Ich schüttele den Kopf. »Ich muss los.«

»Was wolltest du mir eigentlich gestern sagen, Julia?« Er steht auf, nackt, wie er ist und geht zur Kaffeemaschine.

»Jannis, ich ... ich bin gekommen, um das Ganze hier zu beenden. Bente hat mein Tagebuch gefunden.«

Erstaunt dreht er sich um, ungläubig sieht er mich an.

»Jannis, es tut mir leid, es ist vorbei. Ich wollte es dir persönlich sagen. Wir hätten nicht miteinander schlafen dürfen, das hätte nie passieren dürfen.«

Wie um Zeit zu gewinnen, gießt er sich eine Tasse Kaffee ein. Ich sehe diesen Mann, das Muskelspiel.

»Warum hast du es dann getan?« Seine Stimme ist gefährlich dunkel. »Bedeute ich dir denn nichts?«

»Doch, aber heute gibt es auch Bente, Max und Franz …«

»Und was ist mit unserer zweiten Chance, die wir bekommen haben? Julia, ich bitte dich, ich sehe, dass du dir das genauso wünschst wie ich!« Jannis Stimme wird lauter.

»Jan, mit dir war es wunderschön, du bist wunderschön. Aber es ist vorbei. Wir können die Zeit nicht zurückdrehen. Wir leben nicht in der Vergangenheit, sondern im Jetzt. Und jetzt liebe ich Bente und meine Kinder. Du wirst immer einen besonderen Platz in meinem Herzen haben. Die erste große Liebe bleibt für immer.«

Jannis sieht mich an. Ich sehe, wie es hinter seiner Stirn arbeitet. Er wirft seine Kaffeetasse in die Spüle. Scherben und Kaffee spritzen in die Luft.

»Scheiße, Julia! Nicht schon wieder!«

Ich sehe wie sich die Farbe seiner Augen verändert und sich die Kiefermuskeln anspannen. Auf einmal habe ich Angst, weiche einen Schritt zurück. Er hat es gesehen, sein Blick wird klar und sein Gesicht glättet sich.

»Vielleicht hast du Recht. Wir leben jetzt. Es war so verlockend, die Zeit zurückzudrehen und all das zu haben, auf das ich jahrelang gewartet und was ich mir erträumt habe. Ich akzeptiere deine Entscheidung, aber das ist deine letzte Chance. Ich bin nicht dein Pingpongball. Wenn du jetzt gehst, brauchst du dich nie mehr zu melden. Ich kann dir mehr bieten als Mister Volksbank.«

Ich schlucke. Mehr bieten als Mr. Volksbank. Wie abgrundtief verächtlich er das sagt. Als wenn Geld, Reisen und hippe Wohnungen alles sind, was wichtig ist in diesem Leben. Jannis, gerade Jannis müsste doch wissen, dass die wichtigsten Dinge nicht mit Geld zu kaufen sind.

»Ich wünsche dir eine Frau, mit der du glücklich in die Zukunft blicken kannst.«

Mit diesen Worten drehe ich mich um und fahre, der aufgehenden Sonne entgegen, nach Hause.

Kapitel 39

Während der Heimfahrt schwanken meine Gefühle zwischen schlechtem Gewissen, weil ich Bente betrogen habe und der Erleichterung, dass es mit Jannis vorbei ist. Ein wenig Traurigkeit, Jannis verloren zu haben, schwingt mit und die Angst vor Bentes Reaktion lauert dahinter.

Kann er mir den Seitensprung verzeihen? Wir haben zwar über verflossene Beziehungen und Ex-Partner gesprochen. Und was wir in der Vergangenheit erlebt haben, ob wir schon betrogen wurden oder betrogen haben.

Ich weiß, dass Bente noch nie in so einer Situation war. Irgendwann habe ich ihn mal gefragt, ob er Untreue verzeihen könnte. Wenn er seine Partnerin genug liebt, ja, hat er geantwortet. Liebt er mich genug? Ich hoffe es jedenfalls.

Soll ich es ihm beichten? Wenn ich Jannis bitte, niemals irgendjemandem zu verraten, dass wir miteinander geschlafen haben, würde Bente es nie erfahren. Wir sprechen uns aus. Dann müsste er mir nur einen Kuss und ein paar heimliche Treffen verzeihen. Kann ich das mit meinem Gewissen vereinbaren?

Ich fahre in die verlassene Einfahrt unseres Grundstücks und fühle mich sofort geborgen. Dieses kleine Fachwerkhaus, mit seinen grün gestrichenen Fensterläden und dem wunderschönen Garten ist unser Zuhause. Schon als Kind hat mich das Hexenhäuschen fasziniert und als Bente es zum ersten Mal bei einem Spaziergang sah, träumten wir davon, hier gemeinsam zu leben. Einige Jahre später sollte sich unser Traum erfüllen.

Herr Krämer, der Vorbesitzer, verstarb und seiner blinden Frau blieb nichts anderes übrig, als das Haus zu verkaufen und in ein betreutes Wohnen zu ziehen. Durch Bentes Arbeit bei der Bank war es leicht, an den passenden Kredit zu kommen.

Die Krämers hatten den Garten wunderschön angelegt und wir mussten Hilde Krämer versprechen, uns gut um den üppigen Blauregen zu kümmern, der das Haus umrankt. Der war der Stolz ihres verstorbenen Mannes.

Es fällt uns nicht schwer den Garten, so wie er ist, zu erhalten und zu pflegen. Er entspricht genau unserem Geschmack. Der romantische Charme des Bauerngartens passt durch die altrosa Pfingstrosen, Schleierkraut, Vergissmeinnicht, Stockrosen, Flieder und prächtige Hortensien perfekt zum Haus. In jeder Ecke duftet es. Sogar die Kinder sagen, hier ist das Paradies. Die alten Apfelbäume bescheren uns jedes Jahr eine reiche Ernte, ebenso die Johannisbeere-, und Brombeersträucher. Unser Vorratskeller ist voll mit selbstgekochtem Gelee, Marmelade und Kompott. Den alten Gemüsegarten haben wir wieder flott gemacht und er versorgt uns im Sommer mit Gemüse und Kräutern.

Ich liebe unsere Idylle. Wobei, wenn man hinter die Fassade blickt, entdeckt man Untreue und Ehebruch. Sofort nagt das schlechte Gewissen an mir und die Angst, dass Bente mir nicht verzeihen kann, ist wieder da.

Nach einer Dusche und dem Frühstück auf der Terrasse bin ich gestärkt für den Tag. Ich rufe kurz bei meinen Eltern an, um zu hören, ob mit den Jungs alles in Ordnung ist. Sie schnattern aufgeregt durcheinander und berichten, was sie bei Oma und Opa erlebt haben. Ich wünsche ihnen einen schönen Tag und schicke ihnen Küsschen durch die Leitung.

Dann blättere ich durch das *Odenwälder Echo*, unserer Lokalzeitung, kann mich nicht auf das Geschriebene konzentrieren.

Meine Gedanken drehen sich um das unausweichliche Gespräch zwischen Bente und mir. Was werde ich ihm sagen? Die Wahrheit, oder die light Variante?

Ich sehe auf die Uhr. 7:23 Uhr. Ich rufe Nina an. Vielleicht kann sie mir helfen. Nina ist überrascht. Um diese Uhrzeit habe ich sie noch nie angerufen. Sie nimmt sich Zeit, um sich mein Dilemma anzuhören.

»Julia, geht es noch? So kenne ich dich gar nicht!« Nina rät mir reinen Tisch zu machen. »Wenn man Scheiße baut, muss man auch dazu stehen!«

Sie hat recht, aber ich habe Angst. Bevor wir das Gespräch beenden, verspreche ich ihr, sie auf dem Laufenden zu halten.

»Süße, ich bin immer bei dir. Ich halte zu dir. Du kannst dich zu jeder Tages- und Nachtzeit melden.«

Mit Tränen der Rührung lege ich auf und fahre zur Arbeit.

Auf dem Weg zur Praxis läuft *Don't Speak* von *No Doubt* im Radio. Den Song kann ich immer noch auswendig und er war noch nie so passend wie jetzt. Ich höre *Gwen Stefanis*

Schmerz in jeder Zeile. Das Lied ist von 1995, damals war ich elf und hatte keine Ahnung von großen Gefühlen. Ich fand *Gwen Stefani*, die Frontfrau der Band, wahnsinnig stark. Ihr Style war typisch 90er und sie prägte die Kleine-Zöpfchen-Frisur. Dazu stets roten Lippenstift und lässige Baggyhosen zu bauchfreien Tops. Der Inbegriff für die 90er.

Mich macht das Lied traurig.

In der Praxis herrscht Hochbetrieb. Ich trinke mit meiner Chefin noch einen Kaffee, dann geht es los. Meine erste Kundin ist Frau Fleck, die Tratschtante unseres Dorfes. Dank ihr bin ich nach 30 Minuten über alle Neuigkeiten im Ort informiert. Diese Frau ist schrecklich. Hoffentlich bekommt sie mich nie in ihre Fänge. Ich schaudere beim Gedanken, dass sie sich mit anderen über mich das Maul zerreißt.

Die restlichen Kunden sind glücklicherweise ruhiger und genießen stillschweigend ihre Streicheleinheiten. Zeit für mich zum Nachdenken.

Nina hat recht, ich muss ehrlich zu Bente sein. Ich könnte ihn nicht ein Leben lang anlügen. Und was, wenn es irgendwann rauskommt? Was soll ich ihm dann sagen? Dass ich einen schönen Abend für uns geplant hatte und dann, weil er nicht nach Hause gekommen ist, zu einem anderen Mann gefahren bin? Dass ich, um mit Jannis Schluss zu machen, erst mit ihm schlafen musste? Vielleicht war das genau der richtige Ansatz. Aber nichtsdestotrotz habe ich ihn betrogen.

Wenn meine Finger nicht voller Massageöl wären, würde ich mir die Haare raufen. Was soll ich nur tun?

Ich könnte Serenity fragen. Sie scheint zu merken, dass was schiefläuft. Vielleicht hat sie eine Vorahnung, wie ihr Sohn reagiert. Ich überlege, ob ich sie anrufe oder lieber warte bis sie kommt. In 5 Tagen landet ihr Flugzeug in Frankfurt und sie ist da.

Für Serenitys Besuch muss ich noch einiges vorbereiten. Das Gästezimmer muss hergerichtet werden. Bett beziehen, durchwischen, Staub putzen. Ich möchte ihr ihren Lieblings-Yogi-Tee besorgen und ein paar vegane Brotaufstriche. Ich weiß, dass sie das nicht erwartet, aber wenn sie vegan lebt, soll sie das auch bei uns können. Außerdem habe ich so endlich die Gelegenheit, in dem neuen Esoterikladen vorbeizusehen. Ich weiß, dass Serenity Räucherstäbchen liebt und ihr ein Regenbogenkristall im Fenster wichtig ist. Ich möchte sie überraschen. Gleich nach der Arbeit werde ich in dem Lädchen vorbeizufahren.

Ich beende meinen Arbeitstag mit einem netten Kunden und fahre zu *Marians Shop*, dem Esoterikladen. Nach dem Eintreten begrüßt mich der Besitzer freundlich. Er sagt, dass es in seinem Laden üblich ist, eine Karte seines Krafttiertarots zu ziehen. Er zückt die wunderschönen, etwas abgegriffenen Karten, mischt sie und fordert mich auf, die Auge zu schließen und intuitiv nach einer der Karten zu greifen.

Ich habe schon von Krafttieren gehört, aber noch keine Gelegenheit gehabt, mich damit zu beschäftigen. Ich bin nicht sicher, was ich davon halten soll. Jedenfalls möchte ich Marian nicht vor den Kopf stoßen und tue, wie mir geheißen wurde. Mit geschlossenen Augen versuche ich, etwas zu spüren. Eine besondere Verbindung, ein Windhauch oder ein Drang in eine bestimmte Richtung zu greifen. Da ist nichts. Ich bin ein bisschen enttäuscht. Wenn das Ganze doch etwas magischer wäre.

Ich fühle leicht das Schlagen eines Flügels. Aus der Richtung, woher der Flügelschlag kam, wandern meine Finger und dann wähle ich. Marian hält mir die Karte vor die Nase und als ich die Augen öffne, erkenne ich eine Eule. Ein etwas spannenderes Tier hätte es ruhig sein können.

»Was bedeutet die Eule?«

»Das wirst du sehr bald erfahren.«

Mir rieselt ein Schauer über den Rücken. Ich zweifle keine Sekunde an seinen Worten und entscheide mich für ein Päckchen Nag-Champa-Räucherstäbchen und einen wunderschön geschliffenen Bergkristall. Im Auto bin ich immer noch verwirrt. Der Besitzer des Ladens war so … na ja, ich hatte das Gefühl, er hat mir in die Seele gesehen.

Mit einem Schlag muss ich an die Eule neulich im Wald denken. Sie saß ruhig da und ihr Blick war ähnlich durchdringend gewesen. Danach war mir völlig klar gewesen, für welchen Mann ich mich entscheiden muss. Ach, purer Zufall. Ich wische den Gedanken beiseite und schalte das Radio ein. Sofort ist das Krafttier vergessen.

Es läuft *Mr. Vain* im Radio und ich singe laut mit. *Mr. Vain*, das ist wohl die Hymne des Eurodance der 90er. Diesen Song kennt jeder. Der Hit von *Culture Beat* kam 1993 raus und ich erinnere mich genau, wie ich als 9-jährige zusammen mit meiner Schwester Sarah getanzt habe, bis unsere Socken qualmten. Verkleidet mit wildgemusterten Radlerhosen in Neonfarben, hohen Zöpfen und grellpinken Lipgloss auf den Lippen, sind wir durch unsere Zimmer geflitzt.

»I know what I want
And I want it now
I want you, ‚cause I'm Mr. Vain«

Auch nach 25 Jahren noch gut.

Kapitel 40

Mit Maximilian und Franz im Schlepptau komme ich zu Hause an. Von Bente noch immer keine Spur. Obwohl es mich in den Fingern juckt, ihn anzurufen oder seine Sekretärin zu fragen, ob er im Büro ist, lasse ich es. Ich kenne ihn und weiß, dass er Ruhe braucht. Er muss nachdenken und sich klar werden, was er will. Einmischung oder Manipulation meinerseits würde nichts bringen. Er muss das mit sich ausmachen. Obwohl er noch nicht einmal weiß, dass ich mich für ihn entschieden und dass ich ihn betrogen habe.

Ich würde ihm das alles so gern erklären, aber mir bleibt nichts anderes übrig, als zu warten. Ich bereite Kartoffeln, Spinat und Spiegelei zu. Nach dem Essen freuen sich die Kinder auf ihre gemeinsame Spielzeit. Lego Ninjago steht hoch im Kurs und sie können sich stundenlang mit dem Bau neuer Gebäude und Fahrzeuge beschäftigen.

Die Eule lässt mich immer noch nicht so richtig los. Ich

schalte unseren PC an und gebe »Krafttier Eule« in das Suchfeld ein. Die Suchmaschine spuckt unzählige Ergebnisse aus, ich klicke auf das Ergebnis von www.krankheit-heilung-verstehen.de:

»Die Eule kommt zum Menschen, sobald er beginnt, sich für seine spirituelle Entwicklung und Vervollkommnung zu interessieren.

Sie hilft ihm, die richtige Sicht zu erlangen, die Wahrheit hinter den äußeren Erscheinungen zu sehen und das Wichtige vom Unwichtigen zu unterscheiden.

Sie hilft dem Menschen, den Blick auf das Wesentliche zu richten und sich nicht von Nebensächlichkeiten ablenken zu lassen.

Sie hilft sozusagen «Licht ins Dunkel zu bringen" und betätigt sich als Führer auf dem Weg in eine bisher unbekannte Welt.

Sie zeigt dem Menschen, dass er sich nicht vom oberflächlichen Licht der äußeren Welt mit ihren lauten Geschäftigkeiten blenden lassen und sich stattdessen, wenn er tiefer blicken will, lieber zu-rückziehen, die Augen schließen und meditieren soll.
Sie lehrt dem Menschen seine Aufmerksamkeit zu 100 % auf ein Ziel zu richten und dann lautlos, ohne jegliches Aufheben davon zu machen, auf schnellstem Wege sich ihm zu nähern und es sofort festzuhalten.

Die Eule ist das Symbol für Weisheit, da sie aufgrund ihrer besonderen Fähigkeiten tiefer zu blicken vermag als andere Wesen und dabei stets eine stoische Ruhe bewahrt. Sie gibt ihr Wissen aber nur demjenigen preis, der die dafür nötige Reife erlangt hat.«

Ich bekomme eine Gänsehaut als ich die Sätze auf der Website lese. Ich fühle mich ertappt und beruhigt zugleich. Die Sätze, die ich gerade gelesen habe, bewegen etwas in mir. Ich fühle mich verstanden. Ich lese weiter.

»Die Eule verkündet Veränderung. Dies kann ein neuer Anfang bedeuten, aber auch das Ende einer Lebensphase oder Angelegenheit. Als einsame Nachtjägerin beleuchtet das schamanische Krafttier Eule in ihrer Bedeutung alle Aspekte der Persönlichkeit und offenbart die düsteren Seiten. Doch es besteht kein Grund zur Angst, denn die Eule beschützt Sie, nimmt Ihnen die Furcht vor den finsteren Winkeln Ihrer Seele und schenkt Ihnen die Kraft, alle Seiten Ihres Selbst zu akzeptieren. Außerdem versinnbildlicht das Krafttier Eule Eigenständigkeit und Selbstbestimmung. Mithilfe ihres machtvollen Spirits als Quelle der heiteren Weisheit befreien Sie sich von emotionalen Belastungen auf dem Weg zu innerem Frieden.«

Wahnsinn, wie das alles zusammenpasst. Ich muss unbedingt mit Serenity darüber reden. Sie kennt sich sicher mit dem Thema aus und kann mir einiges dazu erklären.

Apropos Serenity, ich wollte das Gästezimmer herrichten. Ich hole Putzmittel, frische Bettwäsche und die Sachen, die ich im Esoterikladen gekauft habe. Nach einer Stunde ist alles blitzblank und neu dekoriert.

Plötzlich höre ich den Schlüssel in der Tür. Bente ist da.

Etwas unsicher nähere ich mich ihm. Er sieht schrecklich

aus. Unrasiert, mit dunklen Ringen unter den Augen. Es geht ihm mies.

»Wie geht es dir?«, frage ich ihn vorsichtig.

»Wie schon? Beschissen! Lass uns heute Abend darüber reden, wenn die Jungs im Bett sind. Ich will nicht, dass sie etwas mitbekommen.«

Mit diesen Worten lässt er mich im Flur stehen, um seine Söhne zu begrüßen.

Beim Essen herrscht Stille. Wir schweigen uns an. Ich versuche, das Essen und das ins Bettbringen etwas hinauszuzögern, denn ich habe Angst vor dem Gespräch mit Bente. Angst vor seiner Reaktion und Angst vor den Konsequenzen.

Nach dem letzten Gute-Nacht-Kuss steigt mein Puls. Ich weiß gar nicht, was ich machen soll. Am liebsten würde ich unser Haus von oben bis unten putzen, um Zeit zu schinden.

Wir sitzen steif und ungelenk im Wohnzimmer auf dem Sofa, angespannt wie ein zu stramm gespannter Bogen. Ich fasse meinen Mut zusammen.

»Bente, Schatz, was ich getan habe, tut mir wahnsinnig leid.« Ich stocke und meine Stimme wird brüchig. »Mit meiner Liebe zu dir hat es nichts zu tun. Bitte glaube mir. Es war einzig und allein mein Fehler. Ich habe mich durch meine sentimentalen Gefühle leiten lassen …«

Tränen treten in meine Augen und ich versuche sie wegzublinzeln. »Weißt du, ich war als Teenie mal in Jannis verliebt. Ich hatte das Gefühl, ihm ginge es genau so, aber er ist weggelaufen und wir kamen nie zusammen. Das hat an meinem Selbstbewusstsein gekratzt. All die Jahre habe ich nicht mehr daran gedacht und ihn fast vergessen. Und dann, auf der 90er Party ist er aufgetaucht. Und mit ihm die ganzen

Gefühle von damals … Das … das hat mich schwach werden lassen und ich habe mich mit ihm getroffen.«

Ich sehe Bente an, aber sein Gesicht ist verschlossen. Scheiße, warum sagt er denn nichts? Glaubt er mir nicht?

»Erst wollte ich nur wissen, was damals los war, warum er abgehauen ist und wir nie ein Paar geworden sind. Ich dachte, wenn ich die Geschichte verarbeite, ist es für mich okay und ich kann mit der Vergangenheit abschließen.«

»Erzähl mir bloß nicht, dass du nur reden wolltest … Dann hättest du ihn hier zum Kaffee einladen können.«

Bente ist aschfahl im Gesicht. Mein Gott, was habe ich bloß angestellt.

»Doch, aber meine Gefühle für Jannis waren wieder da … und das hat mich verwirrt. Wir haben uns geküsst. Ich habe mich jung und frei gefühlt. Ohne Verpflichtungen und einfach nur als Julia. Kannst du das vielleicht ein bisschen verstehen?«

»Nein, denn du bist nicht mehr 16, Julia, verdammt, du bist Mutter. Wo warst du bloß die ganze Zeit? Hast du dein Gehirn in den 90ern geparkt?«

»Bente, ich fühle mich durch die Kinder und unseren Alltag oft so eingeschränkt. Das Freisein hat mir gefallen. Es war, als ob die Zeit zurückgedreht worden wäre und ich wieder 16 bin, ja … und da war diese Freiheit und die Leichtigkeit, die mir schon seit Jahren fehlt.«

»Jetzt habe ich wieder die ganze Schuld. Dir fehlt dies und das? Ich dachte immer, du willst dieses Leben, diese Haus, die Kinder, deine Arbeit …«

»Ja, das will ich doch auch alles. Das ist mir doch klar geworden. Mir ist klar geworden, dass ich dich niemals verlieren will. Du bist meine Gegenwart, meine Zukunft. Ich liebe dich. Bitte verzeih mir!«

Die Worte sprudeln aus mir heraus. Ich stehe völlig neben mir und hoffe nur, dass meine Worte bei Bente ankommen.

Während meiner Erklärung habe ich Bente beobachtet. Seine Mimik wechselte von Wut, über Verletzlichkeit und manchmal ist da sogar eine Spur Verständnis. Als ich erzählt habe, dass Jan und ich uns geküsst haben, ballte Bente unwillkürlich seine Fäuste und sein Kiefer spannte sich an. Seine Augen wurden weich, als ich ihm meine Liebe versichere.

»Julia, ich weiß nicht, ob ich das kann. Du hast mich verletzt, sehr sogar. Ich hätte niemals gedacht, dass du mich betrügen würdest. Warum hast du mir nie erzählt, dass du den Typ von früher kennst? Und dass du damals was von ihm wolltest? Das macht die Sache nicht besser.«

»Ich dachte nicht, dass es wichtig ist. Ich kenne auch kaum eine Verflossene von dir. Und Jannis spielte keine Rolle mehr in meinem Leben. Jetzt nicht mehr.«

»Scheinbar ja doch!« Bente wird laut. »Du hast mich angelogen! Du hast mir dreist ins Gesicht gelogen, damit du dich mit ihm treffen kannst. Der Kuss ist für mich nicht das Schlimmste.«

Ich sehe Tränen in Bentes Augen schimmern.

»Der Gedanke, dass du hinter meinem Rücken Pläne schmiedest, wie du dich mit einem anderen Mann treffen kannst, macht mich verrückt.« Er springt auf, tigert durch das Wohnzimmer.

»Wäre das eine einfache Affäre gewesen, mit einem unbedeutenden Typen, den du in der Disco kennengelernt hast, okay. Eine verflossene, alte Liebe, ist eine andere Nummer ...«

O mein Gott, mein Mund ist hölzern und mein Herz rast. Warum versteht er denn nicht, dass alles vorbei ist?

»Julia, als ich das Tagebuch gefunden habe, musste ich

darin lesen. Es hat mich wie magisch eine Seite nach der andern verschlingen lassen. Es hat mich schockiert, dass du solche Empfindungen für ihn hast.«

Bente schluchzt. Ich möchte ihn in den Arm nehmen, doch er stößt mich weg.

»Bitte verzeih mir.«

»Ich dachte, mir zieht jemand den Boden unter den Füßen weg. Das ist das Schlimmste, was mir jemals eine Frau angetan hat. Bist du dir sicher, dass du mich willst und nicht ihn?«

Das *ihn* schleudert er mir voller Verachtung entgegen.

Ich habe keine Ahnung, wie er sich fühlt. Ich bin zwar in der Vergangenheit ein oder zweimal betrogen worden und habe gelitten. So tief waren die Gefühle damals nicht und ich bin schnell darüber weggekommen. Jetzt wäre das was anderes. Ich kann Bente absolut verstehen. Ich wüsste nicht, wie ich reagieren würde. Könnte ich Bente einen Seitensprung verzeihen?

»Schatz, ich habe nachgedacht, in mich hineingehört … Mein Herz schlägt nur für dich. Ich habe die Sache mit Jannis beendet. Meine Vergangenheit ist abgeschlossen. Bitte gib mir eine Chance. Ich liebe dich, nur dich!«

»So schnell geht das nicht. Ich muss darüber nachdenken und vor allem muss ich auf meine Gefühle hören. Momentan fühlt sich alles wie gelähmt an. Ich spüre nichts. Eins muss ich noch wissen … Habt ihr euch nur geküsst oder war da mehr?«

Ich ziehe die Luft scharf ein. Oh nein, jetzt muss ich ehrlich zu Bente sein. Ich suche nach den richtigen Worten. Die Suche dauert Bente zu lang, das ist für ihn Beweis genug, dass ich ihn sexuell betrogen habe. Er steht auf, sieht mich voll Wut und Abscheu an.

»Das reicht mir als Antwort! Wann wolltest du mir das sagen? Julia, wie konntest du nur!«

Er geht ins Schlafzimmer. Schnell folge ich ihm. Ich will ihm alles erklären. Dass ich einen schönen Abend für ihn und mich organisiert hatte, sogar seinen Lieblingssalat zubereitet hatte. Er aber nicht nach Hause gekommen ist. Dass ich dann zu Jannis gefahren bin, um mit ihm Schluss zu machen. Und dass es dann einfach passiert ist.

»Einfach passiert? Julia, willst du mich verarschen? Ich will keine Details hören. Ich will dich nicht sehen. Ich ziehe zu meinem Vater. Ich brauche Ruhe. Ich kann das nicht.«

Tränen glitzern in seinen Augen. Ob es Tränen der Trauer oder der Wut sind, weiß ich nicht. Er schmeißt einige Kleidungsstücke und wichtige Dinge in eine Reisetasche und rauscht an mir vorbei. Als die Haustür ins Schloss fällt, brechen alle Dämme. Ich weine und weine und weine.

Kapitel 41

Die nächsten Tage verbringe ich wie in Trace. Ich stehe automatisch auf, mache Frühstück für die Kinder und fahre sie zur Schule und in den Kindergarten. Danach massiere ich wie ein Roboter. In mir ist es leer. Öde.

Nachmittags spielen die Jungs im Garten und ich verkrieche mich, mit einer dicken Sonnenbrille auf der Nase, auf den Liegestuhl und lese. Ich habe keine Kraft und keinen Antrieb, was zu machen. Was soll ich machen? Ich muss abwarten. Abends bringe ich sie ins Bett, beantworte geduldig ihre Fragen, wo Papa ist.

Ich glaube, sie verstehen einfach nicht, was da im Moment los ist. Ich habe ihnen zwar erklärt, warum Papa nicht da ist, dass wir uns gestritten haben. Und dass er sie trotzdem noch lieb hat. Franz weint und schreit mich an: »Mama, du bist Kacka! Du bist schuld!«

Ja, Mama ist Kacka!

Ich kümmere mich wie mechanisch um den Haushalt

und schleppe mich ins Bett, wo ich meist in einen unruhigen Schlaf falle. Einen Nachmittag verbringen Maxi und Franz mit Bente bei Opa Jürgen. An meinem freien Nachmittag lege ich mich ins Bett und weine. Das Festnetztelefon klingelt. Ich gehe nicht ran. Dann klingelt das Handy, auch das ignoriere ich. Ich höre den Ton, dass eine Nachricht eingegangen ist und wenig später klingelt es an der Haustür.

Wer ist denn da so penetrant? In der Hoffnung, dass es Bente ist, stehe ich auf. Auf die Idee, dass er an seiner Haustür bestimmt nicht klingeln würde, komme ich nicht. Enttäuscht sehe ich Nina vor mir stehen. Mit sorgenvollen Augen sieht sie mich an und nimmt mich in den Arm.

»Süße, dann stimmt es also. Warum rufst du mich denn nicht an?« Sie tritt ins Haus und zieht mich in die Küche. »Komm, ich mache dir einen Tee, du siehst schrecklich aus.«

Stunden später merke ich, wie gut es getan hat Nina mein Herz auszuschütten und über alles zu reden.

Ich frage Nina, woher sie weiß, was bei mir los ist. Meine Freundin sagt nur zwei Wörter »Frau Fleck.«

Oh nein, mein Alptraum ist wahrgeworden. Die Klatschbase tratscht im Ort herum, dass wir uns getrennt haben.

Die Tage vergehen und plötzlich ist Montag, der Tag an dem Serenity kommt. Bente schickt mir eine Nachricht, dass er sie wie geplant am Frankfurter Flughafen abholt und zu uns bringt.

Außer diesen Zeilen habe ich in den letzten Tagen nichts von ihm gehört. So schwer es mir fällt, ich lasse ihn in Ruhe.

Ich sehe mir abends Fotos von unseren gemeinsamen Urlauben an und das Fotobuch unserer Hochzeit. Ich vermisse ihn so sehr, dass es in meiner Brust schmerzt.

Um 21:00 Uhr ist sie da. Und mit ihr, ihre besondere Aura. Serenity ist so eine Person, die einen Raum füllt. Sie ist zierlich, aber ihre Präsenz ist einnehmend. Ich freue mich sehr, sie zu sehen. Sie schließt mich in ihre Arme und flüstert: »Alles wird gut.«

Tränen schießen mir in die Augen.

Bente geht mir aus dem Weg und ignoriert mich. Meine Brust zieht sich zusammen und Tränen bahnen sich ihren Weg nach draußen. Nur mit Mühe kann ich sie unterdrücken. Ich würde Bente so gern berühren, ihn in den Arm nehmen, ihn küssen, aber er ist kalt und abweisend. Meine Hoffnung auf ein gutes Ende schwindet.

Ich konzentriere mich auf Serenity und biete ihr etwas zu trinken an. Sie ist enttäuscht, dass ihre Enkel schon schlafen.

»Morgen früh um halb sieben wecken sie dich.«

»Was? So früh? Das ist ja mitten in der Nacht.«

»Moer, die Jungs müssen in die Schule und der Kleine in den Kindergarten.«

Nachdem Bente das Gepäck seiner Mutter ins Gästezimmer gebracht hat, verabschiedet er sich.

Es scheint, als ob die Beiden die Fahrt vom Flughafen für ein erstes Gespräch genutzt haben. Serenity geht selbstverständlich mit unserer räumlichen Trennung um. Nachdem sie ihre Sachen ausgepackt und sich im Bad ein wenig erfrischt hat, setzen wir uns im Schein der Kerzen mit einem Glas Rotwein auf die Terrasse.

Um das Eis zu brechen, erzählt sie von Ibiza. Von ihrer

Hütte, die sie mit zwei Freunden bewohnt, und von dem wundervollen Ausblick auf das Mittelmeer. Die Hütte aus weiß getünchtem Backstein steht im Südwesten und der Sonnenuntergang ist jeden Tag ein magisches Spektakel. Das hat sich auch nach 25 Jahren auf der Insel nicht geändert.

Sie erzählt mir lustige und skurrile Anekdoten über ihre Mitbewohner und wie sie sich gegenüber Anfeindungen und Vorurteilen zur Wehr setzen muss. Vielen Einheimischen sind die Aussteiger ein Dorn im Auge.

Ihren Lebensunterhalt verdient sie sich mit dem Versorgen und Melken der Ziegen ihres Nachbars, dem sie auch bei der Herstellung von Ziegenmilchseife hilft.

Sie ist glücklich, wenn sie Geld genug zum Leben hat und so viel Zeit für sich wie möglich.

Das ist hier anders. Jeder schuftet von früh bis spät, um immer mehr zu verdienen und sich mehr leisten zu können. Für das Leben, für das man dann gar keine Zeit hat, weil man mit Geld heranschaffen beschäftigt ist. Wir sollten im Herzen alle ein bisschen Hippie sein. Vielleicht wären wir dann glücklicher.

Denn glücklich kommt mir Serenity vor. Glücklich, in sich ruhend und mit sich im Reinen. Sie weiß, wer sie ist und was sie will. Wenn ihr etwas nicht passt, ändert sie es so, dass es für sie gut ist. Ohne Rücksicht auf Verluste.

Sie ist die wichtigste Person in ihrem Leben und passt gut auf sich und ihre Träume auf. Das strahlt sie aus. Sie muss es nicht beschreiben oder erklären. Das spüre ich deutlich. Sie ist so viel weiser als ich.

Ich versuche jedem zu gefallen, es allen recht zu machen und das Unmögliche möglich zu machen, wobei ich mich völlig in den Hintergrund stelle oder so manches Mal sogar vergesse. Nur wenn ich glücklich bin, kann ich auch für andere da sein.

Ich muss die Woche mit Serenity unbedingt nutzen, um von ihr zu lernen.

Serenity räuspert sich und sieht mich an. Ihr Blick geht durch und durch. Ich weiß, was jetzt kommt.

Sie berichtet von ihrem Gespräch mit Bente und dass sie die Situation aus seiner Sicht kennt. Sie fragt mich vorsichtig, ob ich ihr meine erzählen würde.

Ich schenke uns Wein nach und fange an zu erzählen. Serenity ist eine aufmerksame Zuhörerin. Manchmal schließt sie die Augen, dann sieht sie mich an.

Ich erzähle und erzähle. Von meiner Teeniezeit, meiner Verliebtheit, Jannis, meiner Trauer um diese Liebe und die verschlossene Kiste mit den schmerzhaften Gefühlen. Ich beschreibe ihr das Gefühl von Freiheit und wieder jung sein. Mit tränenerstickter Stimme erzähle ich von dem Moment, als ich die Entscheidung gegen Jannis und für Bente getroffen habe und der tiefe Fall, als Bente gegangen ist.

Ich weiß nicht, wie lange ich geredet habe, die Kerzen sind runtergebrannt. Ich bin erschöpft und müde.

Serenity schweigt lange.

»Ich verstehe euch«, sagt sie und lächelt vorsichtig. »Ich habe vor 33 Jahren einen Fehler gemacht. Als Bente in die Schule kam, wollte ich ihm zuliebe nicht das Leben führen, dass er sich so sehr gewünscht hat. Bente hat mehr Gene von seinem Vater als von mir. Für ihn war das freie Leben nie etwas. Er sehnte sich nach Struktur und Normalität. Ich wollte und konnte ihm das nicht geben. Ich war damals zu sehr auf mich bezogen, lebte meinen Traum und mein Sohn musste mitmachen. Ob er wollte oder nicht. Als er alt genug war, strebte er nach allem, was Sicherheit und Normalität versprach. Das ist sein Traum.«

Sie hebt ihr Glas, nippt am Wein und betrachtet gedankenverloren den Wein. »Leider habe ich ihm die wichtigste Zeit des Lebens, die Kindheit, genommen. Nur, dass du verstehst, wie er ist und warum. Er ist so sehr auf Sicherheit aus, weil er die als Kind nicht hatte. Das Urvertrauen, wie man es heute nennt, fehlt ihm.«

Serenity trinkt noch einen Schluck und stellt das Glas auf den Tisch.

»Du hast seine sichere, geordnete Welt ins Wanken gebracht. Er hat das Gefühl, wieder enttäuscht worden zu sein. Er fühlt sich im Stich gelassen. Der Stachel bei Bente sitzt tief. Ich habe einen großen Anteil daran. Das weiß ich und darum bin ich hier, um euch zu helfen.«

Inzwischen ist es dunkel und die Grillen zirpen.

»Julia, ich kann dich ein bisschen verstehen. Dass du einen Fehler gemacht hast, weißt du, das brauche ich dir nicht sagen, aber ich finde es wichtig, dass du ihn gemacht hast. Nur so konntest du die Vergangenheit für dich abschließen. Eine Freundin von mir hat mir einen Satz von Thomas Tranströmer zitiert: *Man fühlt sich immer jünger, als man ist. In mir trage ich meine früheren Gesichter, wie ein Baum seine Jahresringe. Die Summe daraus ist das, was ‚ich‘ ist. Der Spiegel sieht nur mein letztes Gesicht, aber ich spüre alle meinen früheren.*«

Ich habe kaum geschlafen. Serenitys Worte drehen in meinem Kopf ihre Runden.

Ich wälze mich aus dem Bett. Dann mache ich Frühstück. Die Kinder sind vor Aufregung und Vorfreude, ihre Oma zu sehen, früh auf den Beinen und ich kann sie nur mit Mühe davon abhalten, schon vor halb sieben ins Gästezimmer zu stürmen.

Als ich die Uhrzeit schließlich für vertretbar halte, stürzen sich Max und Franz mit lautem Gebrüll auf Serenity. Die schrickt aus dem Schlaf, freut sich aber riesig, sie zu sehen. Nach einer langen Begrüßungs- und Küsschen-Arie sitzen wir am Frühstückstisch bei Kaffee, Tee und Kakao. Wir essen mit Oma Adi Brot mit Mandelmus. Die Jungs schnattern unentwegt und erzählen, was ihnen wichtig ist. Um ein Haar vergessen wir, zur Schule und zur Kita zu fahren. Ich schaffe es gerade noch, die Kinder abzuliefern und dann pünktlich in der Praxis zu erscheinen.

Auf dem Weg in die Kabine atme ich tief durch, bevor ich die Tür öffne. Dahinter lauert mein Albtraum. Frau Fleck. Die Tratschtante, die schon Bentes Auszug im Ort herumerzählt. Ich bin gespannt, ob sie sich traut, mich persönlich anzusprechen. Oder ob sie nur gut darin ist, hinter dem Rücken der Betroffenen herzuziehen.

Als ich Frau Fleck begrüße, verkündet diese mir, dass sie heute die Massage in aller Stille genießen möchte und kein Schwätzchen halten möchte. Umso besser, denke ich und beginne mit einleitenden Streichungen.

Mir geht der Satz, den Serenity gestern Abend zu mir gesagt hat, nicht aus dem Kopf.

Man fühlt sich immer jünger, als man ist. In mir trage ich meine früheren Gesichter, wie ein Baum seine Jahresringe. Die Summe daraus ist das, was ‚ich' ist. Der Spiegel sieht nur mein letztes Gesicht, aber ich spüre alle meinen früheren.

Da ist so viel Wahres dran. Ich denke an Bente und wie Serenity ihre Fehler in Bezug auf Bente beschrieben hat. Wie sehr sie die Reue quält, damals nicht auf ihr Kind geachtet zu haben, sondern wie sie sein Glück hinter dem ihren gestellt hat. Jeder ist wie er ist. Ich habe nie darüber nachgedacht, dass die schwierige Kindheit Bente geprägt haben könnte und er deshalb Sicherheit und das Häusliche sucht.

Wie schrecklich muss es als Kind gewesen sein, als er merkte, dass nicht zählte, was er selbst wollte und brauchte. Dass seine Mutter geistig meilenweit entfernt war und ihr eigenes Süppchen kochte. Es tut mir für Bente und Serenity leid, dass sie jahrelang keinen guten Kontakt zueinander hatten. Da hat Bente schon kein Vertrauen in Frauen, die ihm nahe stehen und dann betrüge ich ihn. Das muss für ihn doppelt hart sein.

Frau Fleck zieht ihr Schweigen stoisch durch und so habe ich die Chance, in Gedanken einen Einkaufszettel zu schreiben.

Bevor ich die Kabine verlasse und mich von meiner Kundin verabschiede, gebe ich ihr noch einen Satz mit: »Die meisten Urteile sagen mehr über den Urteilenden aus als über das Beurteilte.«

Die Dorfzeitung bleibt bei ihrem Schweigen.

Heute kann ich nach der Arbeit in aller Ruhe einkaufen gehen. Serenity holt mit meinen Eltern die Kinder ab. Dann grillen wir im Garten meiner Eltern.

Ich erledige noch die Einkäufe und genieße es, nicht kochen zu müssen. Nach einem leckeren Grillbuffet trinken wir einen Espresso. Die Kinder toben im Garten. Wie herrlich. Sogar Bente kommt kurz in seiner Mittagspause vorbei. Wahrscheinlich hat er den köstlichen Grillduft bis in die Bank gerochen. Er verputzt hastig eine Grillwurst mit Kartoffelsalat.

Er hat immer noch nicht mit mir geredet, aber ich finde, er sieht nicht mehr so wütend aus. Serenity und Bente verabreden sich für den nächsten Abend bei der Ruine Rodenstein.

Ich werde Serenity nachher fragen, was sie vorhat. Obwohl die Burg nicht weit weg ist, war ich noch nie dort. Warum möchte sich Serenity dort mit Bente treffen? Und woher kennt sie die Ruine?

Diese Frage bekomme ich am Abend, als wir bei Tee im Schein der Kerzen auf der Terrasse sitzen, beantwortet. Die Kinder sind todmüde ins Bett geplumpst. Jetzt ist Erwachsenenzeit angesagt.

Jedes Mal, wenn Serenity im Odenwald zu Besuch ist, wird sie wie magisch von der Ruine Rodenstein angezogen. Sie war schon oft dort und die Stimmung ist für sie etwas Besonderes. Sie möchte sich mit seinem kindlichen Bente verbinden und sich für ihr egoistisches Verhalten entschuldigen. Das, davon ist Serenity überzeugt, wird Bente helfen, durch die jetzige Situation zu kommen und die richtige Entscheidung zu treffen.

Sie weiß, wie ihr Fehler von damals ihn belastet und sie spürt deutlich, dass das Teil des Problems ist.

Ich bin immer wieder erstaunt, welche Fähigkeiten sie hat. Die scharfe Wahrnehmungsgabe und ihr Gespür für Menschen beeindrucken mich.

»Julia, wir bekommen das hin. Ich spüre, dass ihr zusammengehört.«

Das gibt mir Mut und lässt mich ausnahmsweise mal gut schlafen.

Am Nachmittag leihe ich Serenity mein Auto. Sie muss, bevor sie zur Ruine fährt, noch ein paar Sachen besorgen und sie möchte dort meditieren, bevor Bente kommt, um eine gute Verbindung zu diesem Ort aufzubauen.

Ich bekomme Besuch. Nina und Christian stehen plötzlich vor der Tür. Während Chris im Garten mit den Jungs Fußball und Kricket spielt, bringe ich Nina auf den neusten Stand. Sie ist überrascht, was in meinem Leben alles los ist. Wir lachen über Frau Fleck, die plötzlich verstummt ist und schmieden Pläne für eine Wanderung am nächsten Feiertag. Christi Himmelfahrt steht vor der Tür und da zieht man hier traditionell mit Bollerwagen durch Wälder und Flure.

Nach dem schönen Nachmittag werde ich gegen Abend seltsam unruhig. Ich kann dieses Gefühl nicht in Worte fassen. Mein Körper kribbelt und mein Kopf fühlt sich wie aus Watte an. Als wenn mich jemand beobachtet, nicht im negativen Sinne, sondern es ist beruhigend und zugleich beschützend. Wie ein guter Freund, der eine warme Decke über mich gelegt hat. Ich höre den Ruf eines Vogels und als ich zu unserer Fichte blicke, sehe ich eine Eule.

Erst viel später am Abend fällt mir auf, wie ungewöhnlich es ist, am Tag eine Eule zu sehen. Diese Tiere sind nachtaktiv und verstecken sich am Tag.

Mit einer Taschenlampe bewaffnet schleiche ich mich in den dunklen Garten und sehe nach, ob ich das Tier entdecken kann. Tatsächlich leuchten die Augen der Eule im Schein der Taschenlampe. Sie sitzt an der gleichen Stelle, als passe sie auf mich auf. Ich bin innerlich ganz ruhig. In mir ist es still und friedlich.

Kapitel 43

Serenity kommt spät nach Hause. Ich wollte auf sie warten, aber die Müdigkeit war stärker als die Neugier. Es juckt in meinen Fingern, sie zum Frühstück zu wecken, um zu erfahren, wie ihre Aussprache mit Bente war, aber ich gönne ihr noch eine Mütze Schlaf.

Ich wickle routiniert meine morgendlichen Pflichten ab und entspanne mich bei der Massage meines ersten Kunden. Ich bin ruhiger als sonst. Meine Gedanken schweifen ab und ich folge ihnen. Lustige Erinnerungen umhüllen mich.

Wie aus dem Nichts fällt mir die Videotextfunktion des Fernsehers ein. Der Videotext war das Internet von damals. Wenn man Informationen brauchte, wie zum Beispiel den Wetterbericht, die neusten Nachrichten oder die aktuellen Charts, musste man sich durch die Seiten quälen. Das war zeitaufwändig, mühevoll und die einzige digitale Art der Informationsbeschaffung. Heute undenkbar. Internet ist nahezu überall frei verfügbar und mit einem Klick ist man drin. Ich schmunzle, als mir dazu die AOL - Werbung mit Boris Becker einfällt: »Bin ich schon drin, oder was?«

Das waren Zeiten, als das Internet rauskam. Keiner wusste etwas damit anzufangen und alle empfanden es als unnötig. Und heute ist ein Leben ohne Internet undenkbar. Millionen von Jobs gäbe es nicht.

Das Geräusch des Modems war ein einprägsames Geräusch der 90er Jahre. Internetanschluss mit dem Telefon. Ein häufiger Satz von Ninas Mutter war. »Mädchen, ihr könnt nicht ins Internet, ich erwarte einen wichtigen Anruf.« Dafür hätten die Teenies von heute gar kein Verständnis mehr.

Über unsere ersten Handys würden die Kids lachen. Was waren wir stolz und froh, SMS verschicken zu können. Was für ein Fortschritt! Zwar nur 160 Zeichen. Damit haben wir schnell gelernt umzugehen. Notfalls mit Abkürzungen oder Zeichen. Ich erinnere mich genau an die Kunst der 160 Zeichen. Die bekanntesten Abkürzungen beim Simsen waren BB (Bye bye), gn8 (gute Nacht) und hdgdl (hab dich ganz doll lieb). Bis in die heutige Zeit geschafft hat es lol (laughing out loud/ lautes Lachen). Mit verschiedenen Punkten, Strichen, Klammern und Sternen haben wir die Emojis der 90er kreiert: :-) ;-) :-* @->-->--

SMS waren ziemlich teuer. Von einer Flatrate hätten wir geträumt.

Megacool waren später die Handys mit der Autokorrektur T9. Und die Spiele. Da war nix mit hochauflösenden 3D Spielen. Unser Highlight war Snake! Stundenlang sind wir als pixelige Schlange über das Display gehuscht. Ich höre das Geräusch beim Scheitern noch genau.

Ich bekam mein Nokia 5110 zu meinem 16. Geburtstag. Seitdem war der Knochen, wie er liebevoll genannt wurde, mein täglicher Begleiter. Das Handyzeitalter war ein Fortschritt, aber auch der Untergang der Telefonzellen. Und des eigenen Gehirns.

Seit ich die Telefonnummern in einem Mobiltelefon speichern kann, merke ich sie mir nicht mehr. Davor wusste ich alle Nummern auswendig. Ich weiß sogar noch die alten, vierstelligen Nummern.

Noch so ein bahnbrechendes Ding. In den späten 80ern war die Geburtsstunde der digitalen Kommunikation. Das Zauberwort hieß ISDN. Ab 1995 konnte fast jeder deutsche Haushalt, dank neuer, sechsstelliger Telefonnummer, parallel mit zwei Telefonen telefonieren oder im Internet surfen.

Diese neuen Nummern fanden dann nicht im Gedächtnis, sondern im Telefonbuch des Handys ihren Platz.

Der Arbeitstag ist, dank schöner Erinnerungen, schnell beendet. Nachdem ich die Kinder abgeholt habe, gibt es zu Hause eine Überraschung. Oma Adri hat für uns gekocht. Daran könnte ich mich gewöhnen. Maximilian und Franz stürzen sich mit Begeisterung auf die leckere Gemüselasagne. Wir spielen mindestens 10 Runden UNO, bis Max die Idee hat, an diesem warmen Tag an den Badesee zu fahren. Ab jetzt gibt es kein Halten mehr.

Ich packe schnell die Badesachen und Getränke ein und dann fahren wir mit dem Fahrrad zum See. Es gibt eine Stelle, die für Kinder wunderbar geeignet ist. Franzi und Max toben im noch recht kühlen Wasser. Serenity und ich sitzen in sicherer Entfernung und unterhalten uns. Ich bin gespannt, was Serenity von ihrem gestrigen Abend mit Bente berichtet; sehe sie von der Seite an und finde, dass sie gelöster wirkt.

Serenity erzählt, dass sie ihm ihre Sicht erklärt und sich für ihren Egoismus entschuldigt habe. Offensichtlich hat Bente die Situation gar nicht so empfunden. Während des Gesprächs wurde ihm einiges klar und bei ihm öffneten sich die Schleusen. Angestaute Tränen des Frustes, des Ärgers und des Nicht-verstanden-Fühlens fanden ihren Weg nach draußen. Sie weinten zusammen und fanden mithilfe von Räucherwerk und anderer spiritueller Helferlein zueinander. Sie hat Bente gezeigt, wie sehr sie ihn schätzt und liebt und dass sie seine Art zu leben respektiert. Sie konnte Bente öffnen und ihm neues Vertrauen ins Leben schenken. Seine Aura, so Serenity, war am Ende eine andere als zu Beginn des Gesprächs. Er wirkte freier und voller Sicherheit.

Sie haben über unsere Ehe gesprochen und Serenity deutet mit geheimnisvoller Miene einige Überraschungen an.

In meiner Brust keimt die Hoffnung auf eine Versöhnung auf. Hat Bente sich entschlossen, uns eine Chance zu geben? Aus meiner Schwiegermutter ist nichts heraus zu bekommen. Einzig den Tipp, dass ich mir am Freitagabend nichts vornehmen soll, kann ich ihr entlocken.

Dann ist für sie das Gespräch vorbei und sie tobt mit ihren Enkeln im Wasser herum. Die Kinder jauchzen und schreien vor Freude. Mein Mutterherz quillt über vor Liebe, wenn ich meine Jungs so glücklich sehe.

Kapitel 44

Die Tage bis zum Freitag vergehen quälend langsam. Aus Serenity ist nichts zu entlocken. Ich muss mich wohl oder übel gedulden.

Ich habe viel Zeit für mich, weil meine Eltern und Serenity sich großartig um die Jungs kümmern. Sie machen Ausflüge, Radtouren, eine Bootsfahrt, besuchen einen Tierpark und backen Kuchen. Für mich heißt das chillen und die Ruhe genießen. Einmal trinke ich mit Nina Kaffee. Meistens liege ich im Liegestuhl und lese. Oder ich schreibe Tagebuch. Mein Schreibstil hat sich verändert und meine Gedanken sind klarer geworden. Waren meine Einträge vorher sprunghaft, unsicher und vage, so sind meine Notizen jetzt viel kraftvoller und zuversichtlicher. Ich erwähne oft die Eule, die ich täglich sehe und die ich als guten Freund annehme. Ich bin unsicher, ob sie wirklich existiert. Vielleicht sehe nur ich sie, weil ich sie sehen will.

Ich könnte mit Serenity über mein Krafttier sprechen,

aber ich bin mit der Situation, wie sie ist, zufrieden. Es ist mir egal, ob die Eule tatsächlich da ist oder nur in meinem Kopf. Sie gibt mir Mut und Kraft und steht für mich für einen Neuanfang. Genauso fühlt sich mein Leben an. Ich spüre, dass die mürrische, genervte Julia der zuversichtlichen und gelassenen Julia gewichen ist. Ich fühle mich stärker, angekommen. Angekommen in meinem Leben.

Irgendwann ist dann der Freitagabend da. Ich bin aufgeregt und gespannt, was mich erwartet. Serenity war in den letzten Tagen oft mit irgendwelchen geheimnisvollen Vorbereitungen beschäftigt, sie hat sich einmal mein Auto ausgeliehen. Ich verbringe besonders viel Zeit im Badezimmer. Bente soll gefallen, was er sieht. Ich habe Schmetterlinge im Bauch. Die Vorfreude ist fast unerträglich, als ich vor dem Spiegel stehe und mich mit zitternden Fingern schminke.

Ich habe Serenity angebettelt mir einen Tipp zu geben, damit ich wenigstens weiß, was ich anziehen soll.

Rustikal war ihre Antwort. Na toll, was auch immer, das heißt, ich entscheide mich für Jeans, Chucks und ein khakifarbenes Oversize-Shirt. Die Farbe passt toll zu meinen Haaren, die ich offen trage, weil Bente das so liebt.

Maxi und Franz verabschieden sich von mir, sie werden die Nacht bei Oma Regina und Opa Eckhard verbringen. Sie kichern und gackern, als ich versuche sie auszuquetschen, denn sie wissen genau, was mich erwartet. Aber sie schweigen wie ein Grab und haben ihren Spaß daran, mich im Dunkel tappen zu lassen. Ich drücke meine zwei Goldstücke fest an mich und küsse sie zum Abschied.

»Bis morgen Mama, wir sehen uns im ...«

»Psssst, nicht verraten!«, grätscht Max dazwischen. Kopfschüttelnd sehe ich den zwei Jungs nach und grinse.

Dann geht es los. Serenity verbindet mir die Augen und setzt mich in unser Auto. Die Fahrt ins Unbekannte beginnt. Das ist fast wie bei unserem Ausflug in das Zeltlager vor ein paar Wochen.

Die Fahrt dauert nicht lange und am Ende wird sie etwas holprig. Ich habe keine Orientierung.

Am Ziel angekommen, schlägt mein Herz wie wild. Ich bin aufgeregt und freue mich wahnsinnig auf Bente.

Serenity hilft mir beim Aussteigen. Unter meinen Füßen knirschen Steine. Den Geräuschen nach zu urteilen sind wir im Wald. Ich höre das Rauschen der Bäume und fröhliches Vogelgezwitscher. Endlich darf ich die Augenbinde abnehmen und als sich meine Augen an das Licht gewöhnt haben, erkenne ich, dass ich auf dem Parkplatz des Nibelungen Survival Camps stehe.

Serenity drückt mich fest an sich und schiebt mich dann Richtung des Fußwegs, der zum Camp führt.

Mit schnellen Schritten folge ich dem Pfad und erreiche bald mein Ziel. In den Baumwipfeln sehe ich meine Eule. Sie gibt mir Kraft und Sicherheit. Ich weiß, dass alles gut wird. Mit jedem Schritt, den ich gehe, schlägt mein Herz schneller in der Brust.

Als ich das Eingangstor passiere, sitzt Bente an einen mit Kerzen dekorierten Tisch. Er geht auf mich zu und nimmt mich in den Arm. Ich kann nicht anders und fange an zu weinen. Es sind Tränen der Freude und Erleichterung. Vorsichtig hebe ich den Kopf und unsere Lippen finden sich. Es ist der schönste Kuss, den ich jemals bekommen habe. So voller Liebe.

Wir setzen uns und Ben schenkt uns ein Glas Weißwein

ein. Auf dem Tisch steht eine Platte mit liebevoll angerichteten Häppchen.

Ich kann meinen Blick nicht von ihm wenden, so sehr habe ich ihn vermisst.

»Julia, in den letzten Tagen ist mir einiges klar geworden. Ich habe viel über mich und auch über dich gelernt. Ich hasse, was du mir angetan hast. Aber ich kann damit leben, denn ich liebe dich.«

»Danke, ich habe so gehofft, dass es noch ein uns geben wird ...«

»Wir haben beide zu viel Ballast der Vergangenheit mit uns herumgetragen. Ich habe mit mir und mit meiner Vergangenheit Frieden geschlossen. Und ich spüre, dass du das auch hast.«

Ich nicke, denke an meine Eule, an die letzten Tagebuchseiten. Ja, ich habe mich verändert. Und das ist gut so. Leben ist Veränderung.

»Du hast dich verändert, du hast eine andere Ausstrahlung und die Lebensfreude ist zu dir zurückgekehrt. Ich liebe dich, Julia. Bitte, mein Schatz, versprich mir, dass du mich nie mehr betrügst. Kannst du das?«

»Ja, das kann ich. Ich liebe dich doch auch! Die Vergangenheit ist vorbei. Du bist meine Zukunft.«

Das Essen bleibt unangetastet und die Gläser stehen am nächsten Morgen noch halbvoll auf dem Tisch.

Dieses Mal genießen wir die Nacht allein im Camp in vollen Zügen. Wir nehmen auf niemanden Rücksicht und genießen unsere Liebe.

Ich erwache neben Bente und höre aus der Ferne

Kinderlachen. Schlaftrunken setze ich mich auf und gebe Bente, der leise schnarcht, einen Kuss. Er schlägt die Augen auf und lächelt mich an.

»Guten Morgen, meine Schöne. Hast du gut geschlafen?«

»So gut wie schon lange nicht mehr. Hörst du das? Die Kinder lachen wie Maxi und Franz.«

Wir treten aus dem Zelt und sehen unsere Familie beladen mit Brötchentüten, einer Thermoskanne Kaffee und einem prall gefüllten Korb mit Frühstücksutensilien. Sie gehen den Waldweg entlang. Die Jungs stürmen auf uns zu, lachen und kreischen: »Überraschung!«

Nach einem entspannten Frühstück mit all unseren Lieben, liege ich zusammen mit Bente in der Hängematte.

Ich bin glücklich.

Das Kind der 90er ist erwachsen geworden.

Die 90er - 10 bunte und spannende Jahre

Ich liebe dieses Jahrzehnt nicht nur wegen der Lebensfreude, sondern auch der unglaublichen Fortschritte.

1990: Deutschland feiert die Wiedervereinigung und wird Fußball-Weltmeister. Der zweite Golfkrieg beginnt und die erste Internetseite geht online

1991: Die RAF treibt ihr Unwesen und die Sowjetunion bricht auseinander. Helmut Kohl wir erster gesamtdeutscher Kanzler und Ötzi wird entdeckt

1992: Bill Clinton wir US-Präsident, Dagobert erpresst Karstadt und das Mobilfunknetz D1 wird in Betrieb genommen

1993: Rabin und Arafat reichen sich die Hände, Deutschland bekommt fünfstellige Postleitzahlen und der Musiksender VIVA geht auf Sendung

1994: Der Nirvana Sänger Kurt Cobain nimmt sich das Leben. Roman Herzog wird deutscher Bundespräsident

1995: Christo verhüllt den Berliner Reichstag, das Schengener Abkommen tritt in Kraft und tausende Demonstranten protestieren gegen Castortransporte

1996: Take That trennt sich und tausend Teenieherzen brechen. Das Schaf Dolly wird geklont und Lady Di und Prinz Charles lassen sich scheiden

1997: Harry Potter erblick das Licht der Buchwelt, das Jahrhunderthochwasser an der Oder richtet einen großen Schaden an und Lady Di stirbt bei einem Autounfall

1998: Die RAF löst sich auf, Viagra kommt auf den Markt, ebenso wie Google. Der Bundestag stimmt für die Einführung des Euros und Bill Clinton hat eine Affäre mit seiner Praktikantin

1999: Eine totale Sonnenfinsternis verdunkelt Deutschland, Star Wars Episode 1 läuft in den Kinos und deutsche Truppen kämpfen im Kosovo

Zehn bunte, spannende und aufregende Jahre. Wir haben neue Telefonnummern und Postleitzahlen bekommen. Mobiltelefone wurden zur Normalität. Wir bekamen E-Mailadressen und setzten uns mit dem Internet auseinander.

Danksagung

Ich liebe diesen Teil in Büchern und lese ihn immer von Anfang bis Ende durch. Nun ist es bei mir soweit.

Zuerst möchte ich mich bei Janet und Fabian Zentel bedanken. Sie haben mir, bei meiner Buchreise, immer mit Rat und Tat zur Seite gestanden. Janet hatte Tag und Nacht ein offenes Ohr und wertvolle Tipps, die für mich als Schreibanfänger einfach Gold wert waren.
Ich bedanke mich von Herzen bei meiner Lektorin Eva Maria Nielsen. Ohne Eva wäre mein Buch niemals so gut geworden. Ich danke dir für deine Geduld, all meine „Lieblingswörter" zu streichen und Klarheit in so manchen Knoten zu bringen.
Viele Dankesgrüße gehen an meine Familie, die mich unterstützt hat und mir die Zeit und den Freiraum gegeben hat, diesen Traum zu leben.
Ein weiterer Dank gilt Anna Cremer. Ohne sie hätte ich niemals angefangen, Bücher zu schreiben.

Der größte Dank gilt aber euch Lesern! Was ist ein Buch ohne Leser? Was würden Julia, Bente und Jannis machen, wenn niemand sie zum Leben erwecken würde? Wenn sich niemand mit ihnen identifizieren oder mitleiden würde?

Alle Personen sind frei erfunden oder stark abgewandelt. Wenn sich doch jemand erkennt, kann es daran liegen, dass er oder sie ein Kind der 90er ist.

Wenn euch das Buch gefallen hat, freue ich mich über eine

Rezension auf Amazon und wenn ihr mehr über mich und meine Projekte erfahren wollt, schaut auf meiner Internetseite www.kind-der-90er.de vorbei.

Für das richtige 90er Feeling habe ich auf Spotify eine Playlist, mit allen Songs zum Buch erstellt. Hört gerne rein https://open.spotify.com/playlist/04yleupLaegPQgu24XSLI S?si=CAUoCVAxSG2E-ruaKoI8oA

Eure Michèle